KB235213

그 남자의 책장, 무엇이 특별했을까

그 남자의 책장, 무엇이 특별했을까

1판 1쇄 펴낸날 2012년 6월 10일
1판 2쇄 펴낸날 2012년 11월 30일

지은이 고광영
펴낸이 이규만

펴낸곳 참글세상
책임편집 사유진
출판등록 2009년 3월 11일(제 300-2009-24호)
주소 서울시 종로구 인사동 7길 12, 백상빌딩 1305호
전화 (02) 730-2500
팩스 (02) 723-5961

ⓒ 고현재, 2012

ISBN 978-89-94781-07-5 03800

값 15,000원

참글세상

그 남자의 책장,
무엇이 특별했을까

삶에 힘이 되어주는 고광영의 책 이야기

참글세상

1% 나눔의 기쁨

그가 남긴 책사랑은 사라지지 않으리라

고광영은 이런 사람이었다.

고광영이 이 세상을 떠난 지 1년이 지나갔지만, 아직도 그는 내 곁을 떠나지 않고 나와 이야기를 주고 받는다. 눈을 감으면 그가 막걸리 잔을 앞에 놓고 열정적으로 불교와 불교 출판에 대해 열변을 토하던 장면이 떠오르고, 귀를 막으면 또 그의 쟁쟁한 목소리가 들린다.

고광영은 얼핏 보면 딱딱하고 정이라고는 없는 사람인 듯 느껴지는데, 그런 느낌은 그가 낯가림이 심해 처음 만나는 사람에게 살갑게 다가가지 못하는 성격 때문이었다. 실제로 그는 세상의 어느 누구보다도 정이 많고 마음이 여리고 고왔던 사람이다. 그는 자신이 살기 위해서 차갑고 단호하게 끊지 않으면 안 되는 상황에서도, 다른 존재에 대한 연민 때문에 머뭇거리며 무거운 짐을 혼자 지고 가느라 힘들어하고 홀로 속을 앓다가 몸과 마음의 아픔이 깊어져 우리 곁을 일찍 떠나갔다.

고광영은 참으로 명징(明澄)하게 살았다. 제 자신의 이익을 돌보는 데에는 그야말로 '젬병'에 가까웠지만, 세상 살아오면서 이런저런 인연으로 맺어진 벗들에게는 가슴까지 빼서 주고자 했다. 선후배나 동료들 중에 누군가 곤경에 놓였지만 단 한 사람 나서서 그를 변호하려고 하지 않을 때에도, "그게 아니야. 그를 이렇게 힘들게 하면 안 돼. ……"라고 설득하느라 그야말로 고군분투(孤軍奮鬪)하며 애를 쓰다가 자신의 마음에 깊은 아픔을 겪기도 했던 인물이 고광영이다. 그는 이익과 손해가 아니라 옳음과 그름을 기준으로 자기 행동을 판단하고 결정하여 실천에 옮겼던 사람이다.

고광영은 책에 대해서는 애정을 넘어 거의 종교에 가깝게 존경하고 숭배했던 애서가(愛書家)·존서가(尊書家)였다. 지방에 머물던 시절 가끔 서울 나들이를 할 적이면 넓지 않은 그의 집에서 잠자리를 신세지는 일이 자주 있었던 나는, 그가 책을 어떻게 대하는지 직접 확인하고 놀란 적이 여러 차례이다.

그는 자신이 편집 책임을 맡아 세상에 나온 책뿐만 아니라 다른 이들의 손을 거쳐서 세상의 빛을 보게 된 신간도 처음 집에 들어온 날에는 정갈하게 상을 준비하여 그 위에 책을 정성스레 모셔놓고 그 앞에 향을 피우며 손을 모아 기도를 드린다.

"이 책이 세상에 나왔으니 제 역할을 하여 세상 사람들의 마음을 살찌우기를, 책을 태어나게 하느라 노고를 겪은 저자와 기획 편집자·서점 관계자 모두에게 이 공덕으로 좋은 일이 이어지기를 …….”

그러나 편집자 고광영은 부드러움과는 거리가 멀었다. 그의 손에 들어간 원고에는 빨간 줄이 넘쳐났고, 때로는 "몇 단락을 들어내야 한다"며 필자와 다투기도 하고 그 중에는 아주 멀어진 사람도 있다. 이 또한 자신에게 이익이 되는가 여부가 아니라 옳고 바름을 기준으로 살고자 하였던 그의 생활 철학, 그리고 "책은 함부로 태어나서는 안 된다"는 편집 철학과 '책에 대한 존경심'이 없이는 불가능한 일이었을 것이다.

고광영은 진실한 불교인이었다. 함께 불교 공부를 하는 벗들에게 뿐만 아니라, 세상 사람들 모두에게, 파리·모기와 같은 작은 곤충들에게까지도 연민(憐愍)의 마음을 가졌던 인물이다. 어머님 뱃속에서부터 자연스럽게, 따라서 감성적으로 불교인이 되었던 이들과 달리 그는 처음에 학문적·이성적으로 불교를 만났기 때문에 자칫 신앙이 취약해질 위험성이 있었다. 그러나 그는 불보살님과 스님들에 대한 존경심이 어느 누구보다도 크고 깊었다. 불교계 신문을 깔고 앉거나 하는 사람을 보면 "그 안에 부처님과 스님들 사진이 있을 터인데 어찌 그리 함부로 대하느냐?"며 역정을 내기도 해서 주변을 놀라게 한 적이 꽤 여러 차례였다. 그리 많지 않은 급여에서 매월 일정 비율을 떼어 어려운 이들을 위해 보시를 실천하였으니 고광영은 진실한 불교인이었고 여지없는 관음·보현보살의 행지로 살았던 사람이었다.

이제 보살 고광영은 이 세상에 없다. 그러나 그가 남긴 '책 사랑'과 '일체 존재에 대한 연민'은 사라지지 않을 것이다. 그가 이곳저곳에 흔적으로 남긴 '책 사랑 이야기'들을 찾아 엮어서 이렇게 책이 만들어졌다. 이 일을 고광영의 사랑스러운 아내이자 남편 못지않게 불교 출판에 대한 애정이 깊고 탁월한 편집자이기도 하였던 사기순이 맡아서 하였으니, 남편 생전에 다하지 못한 사랑까지 듬뿍 더해져서 책이 더욱 빛날 것이다. 그러니 이 책은 고광영과 사기순 사이에 태어난 첫째 아들 현재에 이은 둘째 아들인 셈이다.

고탄(古呑) 고광영 불자여! 둘째 아들 순산을 진심으로 축하하오! 둘째 아들 낳느라 고생한 사랑스런 아내에게 이번에는 드러내놓고 "사랑한다, 고맙다. 함께 했던 날들, 정말 행복했다"고 사랑을 표현해주는 멋진 남편이 되어주시구려.

그리고 나는 그대가 나에게 준 애정과 기대의 눈길을 잊지 않으려오, 그 무언의 눈에 담긴 바램은 이것이었지요?

"스님, 부디 올곧은 수행자가 되어 주십시오."

불기 2556년 5월

법인(대한불교 조계종 교육원 교육부장) 합장

책갈피마다 그의 바람이 분다

신록이 눈부시다. 먹 하나로 삼라만상을 표현하는 수묵화처럼, 초록 하나로 수천의 때깔을 빚어내는 그 빛의 향연 때문만은 아니다. 거기 생명의 기운이 함빡 배어 있기 때문이다. 그리도 신록이 아름답던 날, 나는 가장 친하였던 도반 하나를 보냈다. 49재를 치르며 〈제망매가〉가 떠올랐고, 그의 영가가 왕생하는 환영을 그렸다. 땅을 기어가는 저 벌레도 숨이 멈추면, 그를 더 작은 미물이 먹고 자라고 그 껍데기에도 수억 마리의 미생물이 깃들 터이니, 죽음이 곧 삶이다. 내가 살려고 먹지만 그건 다른 생명에게는 죽음이요, 그럴수록 내 몸의 신진대사가 왕성해져 세포가 늙어가니 삶이 곧 죽음이다. 그 영겁의 반복을 생각하면 생사가 차별이 없다.

반복이지만 거기엔 또 차이가 있어 의미를 형성한다. 고탄 고광영은 나에게 적지 않은 차이를 보여주었고 의미를 남겼다. 그는 대략 다섯 가지를 사랑하였다. 부처님, 책, 가족, 친구, 그리고 술이다. 앞의 둘은 신적인 존숭 대상이었고, 뒤의 셋은 생의 도반이었다.

그는 진정한 불자였다. 지극한 마음으로 부처님과 스님을 섬기었고, 경전과 관련 서적을 열심히 읽었으며, 부처님의 말씀을 전하는 데 온 정성을 다하였다. 특히 오현 스님을 섬기는 일에는 남달랐다. 하루도 술을 마시지 못하면 잠을 이루지 못하던 그가 금주를 하는 때가 있다. 해마다 5월부터 시작하여 만해축전이 시작되는 8월 중순까지 100일 동안은 철저히 금주를 하며 만해축전 준비에 모든 것을 바쳤다. 〈불교평론〉, 〈유심〉 등의 잡지와 불교시대사와 도서출판 장승의 책들은 그가 책임자일 때 환히 빛났다. 무엇보다도 그는 자비행을 실천하는 보살이었다. 쥐꼬리 월급에서 일정액을 떼어내 어려운 이들에게 보시를 행함은 물론, 원고료가 생기면 주변 사람들을 불러 모아 밥 한 끼 사주는 것을 큰 낙으로 삼았다.

그는 좋은 책을 구하면 향을 피우고 의례를 행할 정도로 책을 부처님처럼 받들었다. 그의 사무실과 집엔 여느 학자 이상으로 책이 많았다. 양만이 아니다. 책을 고르는 눈썰미, 이해력, 비판력에서도 그는 뛰어났다. 어떤 책에 관한 이야기가 시작되면, 그 분야에 정통한 학자와도 오랜 동안 이야기꽃을 피웠다. 누구든 여기 이 책에 실린 그의 서평을 보면, 그가 얼마나 눈이 밝고 명석한 사람이었는지 단박에 알 수 있으리라. 책을 섬기는 자로서 책의 자질에 대해서도 엄격하였다. 그는 불교 종파를 떠나 폭넓게 부처님의 말씀과 마음을 이해하는 학구였고, 대중의 마음을 읽어 부처님과 대중을 연계하여 특집으로 엮어내는 탁월한 기획자였으며, 단순히 오자나 문장만이 아니라 내용의 오류를 짚어내 필자에게 끈질기게 수정을 요구하는 유능한 편집자였다. 그는 많은 이들과 두루 교류하며 그들 안에 내재한 불성을 드러내어 수많은 사람들을 하나로 엮어주는 '사람의 편집자'였다.

그는 가족을 사랑하였다. 아내는 말없이 속 깊게 사랑하였고, 아들은 그 반대였다. 그와 만나면 주로 시국, 불교, 책, 어려운 이들에 대한 이야기를 했는데, 그러다 잠시 휴지기를 가질 때면 그는 아들 사랑을 숨김없이 토해내었다. 자식 자랑하면 반편이라고 놀려대도 아랑곳하지 않고 자랑을 늘어놓았다. 잘난 척하는 성격이 아닌데다가 진심이 담겨 있어 우리는 들으며 맞장구를 쳐주곤 하였다.

무엇보다도 그는 친구와 술을 좋아하였다. 친구를 만나 막걸리를 마시며 이야기를 하는 그 순간이 그에게는 가장 행복한 순간 같았다. 선후배를 포함하여 그가 도반으로 여기는 사람들의 일이라면 물불을 가리지 않았다. 부산이건, 진주건, 무안이건 누가 상을 당하였다 하면 가장 먼저 달려가는 이가 그였다. 결국 그는 원고료가 생겼다고 장인상에 왔던 이들을 불러내어 점심 접대를 연이어 하던 끝에 유명을 달리 했다. 죽음의 그 순간까지 친구와 술을 사랑하였으니 그야말로 호걸 중의 호걸이다. 지금도 나는 가끔씩 술 먹자고 전화를 하는 그의 환청을 듣는다.

어찌 되었든 그는 지금 여기에 없다. 대신 글과 생각은 남았다. 한국 불교의 중흥과 가난하고 억압받는 이들에 대해 함께 꿈꾸던 것들은 이제 남은 이들의 몫이다. 그가 썼던 글 가운데 서평을 한 것을 모아 유복자처럼 출산시키려 한다. 사람이 죽으면 흙, 물, 불, 바람으로 흩어진다고 했는가. 그의 살은 흙으로 되었다가 나무로, 다시 종이로 변하였고, 그의 피는 잉크가 되었고, 그의 체온은 글 속의 기운으로 빛나고, 그의 행동은 책갈피를 들출 때마다 바람으로 분다. 신록을 스치고선 책갈피 위로 일렁이는 푸른 바람! 참 먼 거리를 달려온 바람이로구나. 그의 향과 막걸리 내음과 땀내가 모두 실려 있으니 네가 바로 그로구나. 나는, 독자는 이 책을 읽으며 과연 몇 차례나 그 푸른 바람을 맞을런가.

2012년 5월 6일
관악의 와실에서 고탄 고광영의 도반,
이도흠(한양대 국문과 교수) 씀

| **차례** |

1. 이 시대, 그 남자의 화두

2. 이 시대의 불교인이 만났던 불교

6. 이 시대, 그 남자가 바랐던 세상살이

7. 이 시대, 그 남자가 아내와 아들에게

1
이 시대, 그 남자의 화두

나누지 못할 정도의 가난은 없다

《성공하는 사람들의 아름다운 습관 ⋯ 나눔》

박원순 지음

책과 관련된 직업에 종사하다 보니 아무래도 서점에 자주 가게 된다. 몇 년째 계속되는 불황 탓인지 손님이 별로 없다. 그나마 사람들이 좀 모여 있는 코너로 발길을 돌려본다. '부자 되는 법', '성공하는 법' 등을 주제로 한 처세술 코너이다.

사람은 누구나 성공을 꿈꾸고 부자가 되기를 원한다. 필자 또한 이와 관련된 책을 몇 번 소개한 바 있다. 가난이 죄도 아니지만 자랑할 거리도 아니기 때문이다. 그럼에도 불구하고 마음이 편하지 않았다. 우리 사회의 부자, 성공했다는 사람들이 보여주는 모습 때문이다. 그

위치에 오른 과정은 논외로 하더라도 그들은 나눔에 인색하다. 부자 되게 해 준다는 책 어디에도 축적된 부를 나누어야 한다는, 사회에 환원해야 한다는 가르침은 담겨 있지 않다.

《성공하는 사람들의 아름다운 습관…나눔》은 나눔으로 해서 사회가 얼마나 아름답고, 풍성해질 수 있는지 잘 보여준다. 저자 박원순 변호사는 인권변호사로, 참여연대의 창립과 운영의 주역으로서 우리 사회의 제도적 모습을 시정하는 일에 앞장섰던 시민운동가로 널리 알려져 있다. 그는 또 '아름다운 재단'을 설립해 '1% 나누기 운동'을 펼쳤고 지금은 '희망제작소'를 설립하여 보다 나은 사회를 위한 비전과 정책을 개발하고 있다.

이 책에는 변호사로서 우리 사회의 부자였고, 성공한 사람이었던 저자가 나눔의 삶에 온몸을 던지게 된 계기와 경로 그리고 나눔을 실천하는 사람들의 아름다운 이야기가 실려 있다. 특히 감동적인 것은 오히려 도움을 받아야 할 것 같은 가난하고 힘 없는 이들의 나눔이다.

예컨대 정부로부터 받은 보조금과 평생 모은 돈 중 자신의 장례비용만 빼고 전 재산을 아름다운 재단에 기부한 일본 종군위안부 출신 할머니, 멸치 한 상자를 시작으로 하루 3,000원씩 모아 기부하는 노점상, 월세 15만 원짜리 단칸방에서 노모와 딸과 같이 사는 구두닦이, 자신에게 지급되는 정부의 생활보조금을 떼어내 기부하는 장애인 등의 이야기는 아름답다 못해 가슴이 저리다. 이들의 사례는 나눔은 가진 것이 많아야만 가능한 것이 아닌, 나누지 못할 만큼의 가난은 없음을 증거한다. 특히 우리 불교는 어느 종교, 어떤 가르침보다 나눔을 중시한다. 이 책에 소개된 에사이 선사의 일화는 불교의 나눔이 어떤 것인지 웅변한다.

에사이 선사가 주석하고 있던 절은 끼니를 걱정할 정도로 가난했다. 어느 날 가난한 사람이 절을 찾아와 구걸했다. 절에는 먹을 것도 돈이 될 만한 것도 없었다. 온 경내를 다 뒤지던 스님의 눈에 불상 뒤 부처님의 광배(光背)가 눈에 띄었다. 스님은 주저하지 않고 그 광배를 떼어내 가난한 사람에게 주었다. 불평을 쏟아내는 절의 대중들에게 스님이 말했다.

"만약 부처님이었다면 당신의 팔다리라도 베어서 중생을 살리셨을 것이다."

얼마 전 보도에 의하면 세계 최고 갑부인 빌 게이츠는 자선사업을 위해 몇 년 후 기업경영에서 은퇴할 예정이라고 하며, 구두쇠로 유명했던 워렌 버핏은 빌 게이츠가 설립한 재단에 37조원을 기부했다고 한다. 이들은 부시 대통령의 상속세 폐지 움직임을 무산시키기도 했다. 상속세가 폐지되면 부의 편중이 심화되고 사회가 망가진다는 이유다. 우리나라에도 이런 멋있는 부자, 성공한 사람들이 많이 나왔으면 좋겠다.

- 이 결함 많고, 불안한 자본주의를 현명하게 살아가는 방법은 바로 함께 나누는 것이다. 내가 가진 것을 조금만 나누는 일, 이것이 바로 내가 가진 것을 잘 지킬 수 있는 현명한 방법이 되기도 한다. (p. 77)

- 아주 작은 나눔이라면 누구나 할 수 있다. 1%의 아주 작은 나눔이라면. 그 작은 나눔도 모이면 커진다. 커져서 언젠가는 세상을 바꿔 놓을 수도 있다. 인간의 관점에서 행하는 나눔, 그 작은 행동들이 모여 오늘 세상을 바꾸는 힘이 된다. (p. 106)

- 사람은 누구나 기분 좋은 일이 있으면 함께 나누고 싶어 한다. 좋아하는 사람이 있으면 어디를 가든 자기도 모르는 사이에 그 사람에 관한 얘기만 하게 되고, 몹시 갖고 싶던 물건을 가지면 마구 자랑하고 싶어진다. 나눔도 마찬가지다. (p. 211)

- 우리 모두가 다시 한 번 생각했으면 좋겠다. 이 세상에서 가진 부를 저 세상에 가져갈 수 없고, 자식에게 온전하게 남겨 줄 수도 없다는 사실을. 그런 자각이야말로 성숙한 사회와 그렇지 못한 사회의 차이를 부를 것이다. 그리고 결국, 우리도 그만큼 성숙한 수준에 이를 것이라고 믿는다. (p. 235)

박원순 씨는 성공한 사람이었다. 20대 중반 사법고시를 통과했다. 검사를 거쳐 변호사 생활을 하면서 그는 어느새 부자가 되어 있었다. 그랬던 이가 '나눔 전도사·희망 중개인'으로 나서게 된 것은 몇 가지 '실패의 경험' 덕분이다. 실패의 경험은 대학 신입생 시절 예기치 않게 휘말린 서울대 '오둘둘 사건'에서 비롯한다. 4개월에 걸친 수감 생활과 뒤이은 수년의 방랑 생활, 결국 이후 궤도를 수정하여 역사학도로서 또 다른 세계를 경험한다. 아래로부터 일어나는 올바른 변혁의 의식은 위정자로부터 어떤 압박을 받더라도 결국 성취된다는 진리를 깨달은 것이다.

'오둘둘 사건'으로 경험한 수감 생활 역시 그에게 큰 영향을 미쳤다. '감방'에서 만난 소년수들. 그들은 무척 순진하고, 의리 있는 친구들이었다. 가끔 치기를 부리고, 건전한 꿈도 키워가는 여느 청춘과 다름없었다. 감시와 처벌보다, 성숙한 조건과 사회 제도를 만드는 게 우선이라는 신념은 그들을 인간 대 인간으로 만났기에 가능했다.

이제 돈은 그만 벌고 눈을 좀 돌려보라는 선배 변호사의 일침으로 떠난 미국 유학길에서 발견한 삶의 한 형태로서의 기부. 현대 자본주의와 패권주의의 상징이라고만 생각하던 미국 사회 전역에 기부 문화가 발달해 있다는 것에 적지 않은 문화 충격을 받고 돌아왔다.

그는 아름다운 사회를 위한 시민운동을 시작, 참여연대 사무처장, 아름다운 재단과 아름다운 가게 상임이사를 거치면서 진보적인 사회운동의 영역을 나눔과 기부로 확대하는 데 큰 역할을 담당했다. 2006년에는 21세기 신실학운동을 구현하고자 희망제작소 설립에 앞장섰다.

스티븐 코비 박사의 《성공하는 사람들의 7가지 습관》에 이어 저자가 한 가지

더 제안하는 습관은 '나눔의 마음'이다. 한 사람의 삶은 필연적으로 전체의 삶과 연결되어 있기에, 함께 살아가는 시대의 상황을 고민하고, 실천하고, 해결해 가려는 의지와 의식이 필요하다. 저자는 사회 유명 인사부터 이름 없이 살아가는 평범한 사람에 이르기까지, 이 시대를 나눔으로 살아가는 사람들의 다양한 일화를 소개하고 있다.

또한 저자는 우리 민족은 선하며, 우리 사회에는 희망이 넘친다고 믿는다. 물꼬가 트이기만 하면 언제든, 얼마든 결집할 마음이 바탕에 깔려 있다는 것이다. 그는 우리가 가진 선한 심성을 시스템으로, 관행으로, 의식으로 만들어 낼 수 있는 방법을 찾기 위해 지금도 고민한다.

한편 '노블레스 오블리제', 몇 년 전만 해도 생소하던 용어가 이제 귀에 많이 익었다. 우리에게도 이러한 훌륭한 나눔의 자산이 있다. 전남 구례의 운조루에 있는 뒤주에는 '다른 사람도 능히 구멍을 열 수 있노라(他人能解)'고 적혀 있다. 누구든지 필요하면 쌀을 퍼 가라는 주인의 배려로 만들어진 뒤주인 것이다. 이렇듯 나누는 삶에 대한 실천은 이미 우리에게 잠재되어 있다.

저자는 완벽한 나눔을 요구하려는 것이 아니다. 단지 '누군가의 손을 잡기 위해' 한 손쯤 비워주기를 바랄 뿐이다.

2

이 시대의 불교인이 만났던 불교

우리 모두는 엄청난 힘이 있다

《붓다의 딸, 세상을 비추다》

아미 슈미트 지음 · 이명원 옮김

위빠사나의 대가인 잭 콘필드(세계적인 베스트 셀러 《누가 내 치즈를 옮겨 놓았을까》의 저자), 조셉 골드스타인 등 서양의 불교 지도자들이 정신적 스승으로 모시는 사람이 있다. 현대의 불교 성자로 일컫는 그 사람은 그 흔한 성자의 징표가 하나도 없다. 공부를 많이 한 것도 아니다. 성장 과정도 평범하고 온갖 불행을 겪은 보통 사람이다. 남자가 아니라 여자다.

그녀의 이름은 나니 발라 바루아(통상 '빛의 어머니'라는 뜻의 '디파 마'로 불린다. 그녀의 딸 이름이 빛을 뜻하는 '디파'이다). 여자로서 견디기 힘든 역경을 딛고 영적 스승으로 우뚝 선 디파 마의 삶의 여정과 그 가르침을 전하고 있는 아미 슈미트의 《붓다의 딸, 세상을 비추다》(2004, 꿈꾸는 돌)는 삶의 무게에 짓눌려 있는 사람들에게 희망을 듬뿍 안겨준다.

1911년에 태어난 디파 마는 초등학교 5학년 때인 12살에 학교를 그만두고 결혼. 18살 때 어머니를 잃고, 20여 년간 아이를 갖기 위해 노력한 끝에 35살에 딸을 낳는다.

그러나 3개월 후 아이는 병으로 죽고 자신은 심장병을 얻는다. 4년 후 딸 디파를 낳고 다시 임신, 고대하던 아들이었으나 태어나자마자 죽고 만다.

거듭되는 불행 속에 디파 마는 고혈압으로 쓰러져 몇 년 동안 거동도 하지 못한다. 1957년 남편이 심장마비로 쓰러져 숨을 거둔다. 10년 사이에 두 아이와 남편, 부모를 잃은 것이다.

그녀가 절망에서 걸어 나올 수 있었던 것은 위빠사나 수행이었다. 호흡에 집중하고 자신의 몸과 마음의 움직임 등을 낱낱이 바라본다. 현실을 외면하며 도피하는 것이 아니라 정면 승부를 한 것이다. 몇 번의 고비를 거쳐 수행이 깊어지고 마침내 건강을 되찾고 깨달음을 얻는다.

그녀는 자신의 경험을 바탕으로 수행에만 전념할 수 없는 가난한 사람, 특히 주부들을 상대로 명상을 지도하여 새 삶을 살게 한다. 그녀가 가르치는 수행은 사원에 갇힌 전문가만을 위한 것이 아니었다.

그녀는 말하기, 다림질하기, 요리, 쇼핑, 아기 돌보기 등 일상생활 속에서 어느 순간에서나 활용할 수 있는 명상을 가르쳤다. 주부이자 어머니로서 일상의 수행을 통해 의식이 깨어 있는 영적 수행자가 될 수 있다는 사실을 몸소 보여 준 것이다.

인간이 맛볼 수 있는 모든 고통을 경험한 디파 마의 가장 강력한 메시지는 자기 사랑이다. 자기를 사랑하는 사람은 자기의 삶을 포기할 수 없기 때문이다.

"명상은 자기 사랑입니다. 우리 모두는 엄청난 힘을 가지고 있습니다. 우리는 원하는 모든 것을 얻을 수 있습니다. 우리는 삶을 거부할 수 없고 삶은 여기에 있습니다. 우리의 삶이 여기에 있는 한 우리도 이곳에 존재하며 그렇기에 우리는 삶을 최대한 활용해야 합니다."

고통을 직시하는 용기 있는 사람만이 행복할 수 있음을 디파 마는 조용히 그러나 단호하게 말한다.

- 당신은 당신이 원하는 모든 것을 할 수 있습니다. 당신을 막고 있는 것은 그 일을 할 수 없다는 당신의 생각뿐입니다. (p. 65)

- 그녀는 다림질을 하다가도 깨달음을 얻을 수 있다고 믿었다. 그녀는 언제나 온 마음을 집중하여 모든 일을 해나가야 한다고 생각했다. 그 마음은 우리가 다림질을 하면서 갖는 마음과 같은 것이다. (p. 98)

- 본질을 발견하지 못한다면 차라리 우리를 둘러싸고 있는 알 수 없는 구름 속에 나타나게 해야 한다. 본성을 파악한다는 것은, 우리가 존재하는 모든 사람 그리고 사물과 함께 뒤얽혀 있고, 또 세상 속에서 일어나는 모든 일에 대해 책임을 져야 한다는 사실을 깨닫는 것을 의미한다. (p. 159)

- 자신을 깊게 사랑하는 것은 다른 사람을 사랑하게 하는 연료가 되고 토대가 됩니다. 여러분 자신을 사랑함으로써 여러분의 친구도 사랑할 수 있습니다. 여러분의 친구를 사랑하듯이 고통 받는 다른 이들을 사랑할 수 있습니다. (p. 179)

조셉 골드스타인(Joseph Goldstein), 잭 콘필드(Jack Kornfield), 샤론 살즈버그(Sharon Salzberg) 등은 서양 불교계에서 왕성한 활동을 펼치고 있는 명상지도자들이다. 《붓다의 딸, 세상을 비추다》는 이들의 정신적 스승 디파 마(Dipa Ma)의 일대기를 그린 책이다. 이 책의 저자 아미 슈미트(Amy Schmidt)는 10년이 넘는 기간 동안 모아놓은 이야기를 총 3부에 걸쳐 전한다. 1부는 디파 마의 인생 이야기, 2부는 디파 마로부터 가르침을 받은 유명 인사와 이웃의 회상, 3부는 디파 마의 가르침으로 이루어져 있다.

그녀의 본명은 나니 발라 바루아(Nani Bala Barua)로, 1911년 3월 미얀마 국경과 인접한 동벵갈의 한 마을에서 태어났다. 그녀의 가족이 직접 명상하는 것은 드문 일이었지만, 불교 의식과 풍습을 간직하고 있었다. 그녀는 어려서부터 불교 의식에 관심이 많아서 동네 사원에서 공양물을 올리고 불상을 조성하는 스님을 돕기도 했다.

그 시절 인도의 관습에 따르면, 여자는 초경이 시작되기 전에 결혼을 해야 했다. 그녀는 12살에 결혼을 했지만 두 번의 유산을 경험하고, 결혼 후 27년이 지난 후에야 겨우 디파(Dipa)라는 여자 아이를 낳을 수 있었다. 이때부터 디파의 어머니라는 의미의 '디파 마(Dipa Ma)'라는 이름을 얻었다. 벵갈어로 디파는 빛이었기 때문에 '빛의 어머니(mother of light)'라는 별명으로 불리기도 했다.

그런데 그녀는 10년이라는 결혼 기간 동안 두 아이와 남편을 잃고, 자신의 건강조차 잃어버렸다. 이러한 시련을 겪으면서 디파 마는 명상 수행만이 살아내기 위한 유일한 방법임을 확신하고, 본격적인 수행을 하기 시작한다. 첫째 주의 명상 기간 동안 그녀는 제행무상(諸行無常)의 삶을 통찰하는 체험을 하게 된다. 이후 디파 마의 수행은 극적으로 깊어진다. 6년 뒤, 그녀는 심오하고도 궁극적인 변화를 감지했다. 53세의 나이로 디파 마는 견성 체험을 하게 된 것이다.

미국의 뛰어난 수행자들은 대부분 1970년대에 디파 마로부터 위빠사나를 배웠다. 디파 마는 전통 위빠사나의 가르침을 바탕으로, 제자들이 바쁜 일상생활에서도 '마음챙김' 할 수 있는 특별한 수행법을 고안했다. 디파 마는 '마음챙김'이 말하기, 다림질하기, 요리, 쇼핑, 아기 돌보기 등 어떤 순간 어떤 활동에서도 활용될 수 있다고 주장했다. 명상이란 경제적·시간적 여유가 있고 학식이 깊어야만 가능할 것 같다는 선입견이 그야말로 선입견에 불과하다는 것을 보여준 것이다. 그는 일상의 소란스러움 속에서 진가를 발휘하는 명상의 힘에 대해 확신에 차 있었기에, '주부들의 수호성자'라는 별명을 얻기도 했다.

저자는 디파 마의 가르침을 통해 "붓다의 길은 바로 지금 이 삶 속에서 자유를 획득하는 것을 목적으로 한다는 사실을 알았다"고 한다. 붓다는 영적인 가르침을 "처음도 아름답고, 중간에도 아름답고, 마지막에도 아름다운 것"이라 말했다. 디파 마의 가르침은 그런 아름다움을 반복해서 보여준다. 그렇기에 죽은 후에도 그녀는 여전히 사람들의 마음속에 살아 있는 것인지도 모른다.

03

부시 대통령에게 권하고 싶은 책

《붓다와 테러리스트》

사티쉬 쿠마르 지음 · 이한중 옮김

"선도 생각하지 말고 악도 생각하지 말라(不思善 不思惡)."

우리 선문(禪門)에서 귀히 여기는 《육조단경》에 나오는 혜능 대사의 첫 법문이다. 선도 생각하지 말라니 의문이 아닐 수 없다. 모든 부처님의 공통된 가르침이라는 칠불통계게(七佛通戒偈)에서도 "악을 행하지 말고 선을 힘써 행하라(諸惡莫作 衆善奉行)."고 하지 않았는가.

이런 의문에 대해서 여러 선사, 학자들이 답을 내놓은 바 있다. 그러나 가장 확실하고 이해하기 쉬운 답을 내놓은 이는 부시 미국 대통령이 아닌가 한다. 9·11 테러 후 행한 연설에서 그는 이렇게 말한다.

"이것은 선과 악의 전쟁이다. 물론 선이 이긴다.", "우리 편이 아니면 적이다."

그는 '선의 이름'으로 아프가니스탄을 침공하고 이라크를 초토화시켰다. 무고한 민간인 수십만 명이 죽었고 지금도 희생되고 있다. 이에 맞서 이슬람 근본주의자들의 보복 테러도 점점 강도를 더해가고 있다.

선사들이 선도 생각하지 말고, 악도 생각하지 말라고 한 이유가 바로 여기에 있다. 선과 악은 절대적 기준이 없다. 한쪽에게는 선이지만 다른 쪽에게는 악이다. 선악을 고집하면 서로를 죽이는 살생만이 난무할 뿐이다.

《붓다와 테러리스트》는 부처님께서 이런 문제를 어떻게 해결하셨는지 잘 보여준다. 이 책은 불경의 실화를 소설 형식으로 재구성한 것이다.

테러리스트로 등장하는 인물은 앙굴리마라다. 그는 99명의 사람을 죽인 악명 높은 살인마였다. 부처님은 그를 제자로 받아들여 새 사람으로 만든다. 국왕은 그를 체포하려고 하지만 부처님은 그를 인도해 주지 않는다. 왕 또한 그를 직접 만나보고는 감명을 받아 체포하지 않는다.

그러나 백성들이 용납할 리 없다. 국왕은 앙굴리마라 문제를 처리하기 위해 이해 당사자 전부를 소집해서 회의를 한다. 의견이 팽팽히 맞선 가운데 앙굴리마라에게 남편을 잃은 수자타라는 여인이 말한다.

"저는 한편으론 앙굴리마라가 처벌을 받아서 다른 사람의 본보기가 되기를 바라고 있습니다. 그런가 하면 앙굴리마라의 죽음이 제 남편을 되살리지 못한다는 생각도 듭니다. 한 사람이 더 죽는다고 무슨 이득이 있을 것이며, 저와 제 아이가 얻을 것이 무엇인가 스스로 묻고 있습니다. …

앙굴리마라가 진정으로 변한 것은 사실인 것 같습니다. 그의 눈에는 더 이상 폭력의 흔적이 보이지 않습니다. 이런 마당에 그의 죽음을 요구하는 것은 단순한 보복행위밖에 되지 않을 것입니다. 저는 그런 행위를 원치 않습니다. 앙굴리마라의 본보기는 모든 사람은 구제될 수 있다는 사실을 보여주고 있습니다."

부처님이 앙굴리마라를 왕에게 넘겨주지 않은 것은 원한은 원한으로 해결되지 않기 때문이다. 피는 피로 씻어지지 않는다. 사랑하는 가족을 잃은 사람의 슬픔은 어떤 말로도 위로받지 못할 것이다. 그렇다고 피의 보복이라는 악순환을 되풀이해야 하는가.

부처님 당시 숲 속에서 생활하는 비구들이 뱀에 물리는 사고가 빈발했다. 그러나 부처님은 뱀들을 잡아 없애라고 하지 않으셨다. 대신 비구들에게 《자비경》을 일러주고 이를 독경토록 하셨다. 자비심만이 위해(危害)를 없애는 비결이라는 것이다.

부시 대통령에게 꼭 읽히고 싶은 책이다.

- 나는 그대가 자기 안에서 힘을 발견하길 바란다. 자기 안의 힘은 남들을 지배하는 힘보다 더 위대하다. 그대와 그대 같은 사람들이 고통을 겪는 것은 왕과 카스트 제도에 얽매인 사회가 그대들에게 힘으로 억누르기 때문이다. 이제 그대는 남들에게 그대의 힘을 휘두르길 바라고 있다. 사랑의 힘을 발휘해보라. 본성의 힘은 칼의 힘보다 강하다. 사랑의 힘은 그대 안에서 자라는 것인 반면, 칼의 힘은 바깥에서 주어지는 것이다. 나무가 씨앗에서 자라듯, 사랑의 힘은 본성에서 자라는 것이다. 힘을 자기 안에서 찾아 스스로의 빛이 되어라. (p. 32)

- 전하, 폭력은 폭력을 낳습니다. 복수와 정의는 같은 것이 아닙니다. 누군가가, 어디선가 폭력을 일으키는 악순환의 고리를 끊을 용기가 필요합니다. 용서는 정의보다 위대합니다. 자신에게 잘해주는 사람에게 친절과 자비를 베푸는 것은 쉬운 일입니다. 진정한 용서와 자비는 야만적인 행위를 저지른 사람일지라도 용서해 줄 수 있을 때 나타나는 것입니다. (p. 57)

- 우리는 모두 서로 연결되어 있습니다. 부자와 빈자, 높은 계급과 낮은 계급, 인간과 동물은 서로 연결되어 있습니다. 우주는 상호 연관된 전개의 과정입니다. 오직 맑은 관점과 관대한 영혼을 통해서만 이런 저런 모든 갈등을 해결할 수 있는 것입니다. (p. 124)

앙굴리마라(Angulimāla) 이야기는 불경에 나오는 내용이지만 인도의 구전에서도 여러 가지 버전으로 전해진다. 앙굴리마라는 바라문교 스승의 사주로 사람을 죽이고 그 손가락을 잘라내어 머리를 장식하곤 했는데, 그러던 중 부처님을 만나서 교화를 받는다. 그는 잘못을 뉘우치고 부처님의 제자가 되었지만 예전의 흉악한 행동 때문에 사람들에게 심한 박해를 받았다. 이를 잘 참고 견디며 참회하는 삶을 살자 결국 깨달음을 얻게 되었다는 것이 이야기의 대략적인 내용이다.

이 글의 저자인 사티쉬 쿠마르(Satish Kumar)는 인도의 생태운동가이다. 그는 《붓다와 테러리스트》에서 앙굴리마라 이야기와 구전으로 전승되는 설화를 재구성하여, 이 세상의 폭력을 보다 효과적으로 제거할 수 있는 방법을 알리고, 또 이를 통해 불교 철학을 더욱 널리 전파하고자 한다.

사바티를 방문한 부처님은 앙굴리마라라는 살인자가 사람들을 마구 죽이고 있다는 충격적인 이야기를 듣고 그를 만나기 위해 제타 숲으로 향한다. 앙굴리마라는 부처님을 죽이려 들었으나 칼을 통해 남을 지배하는 힘보다 자기 내면의 힘을 발견하라고 말하는 부처님의 말씀에 감복하여 제자가 되었다.

한편, 사바티의 파세나디 왕은 앙굴리마라를 없애기 위해 군대를 끌고 제타 숲을 찾았다가 부처님을 만나 변화한 앙굴리마라에게 감명을 받고 돌아간다. 하지만 앙굴리마라는 결국 과거의 악행 때문에 재판정에 서게 된다. 앙굴리마라는 자신이 폭력적으로 변할 수밖에 없던 이유, 신분 사회 속의 억압에 대해 이야기한다. 부처의 또 다른 제자 마하비라는 '앙굴리마라 또한 폭력의 희생자'라는 사실을 강조한다.

그러나 사람들은 카스트 제도와 그의 폭력 사이의 연관성을 느끼지 못했다.

법무대신을 비롯한 여러 사람들이 처벌을 주장하는 가운데, 앙굴리마라에게 남편을 잃은 젊은 수자타의 증언이 시작된다. 수자타는 진심으로 뉘우쳐 변한 앙굴리마라를 죽이는 일은 보복 행위밖에 되지 않는다고 하면서 모든 사람이 구제될 수 있다는 희망을 보여주는 본보기가 될 수 있다고 말한다. 마침내 앙굴리마라는 사면을 받는다.

이후 앙굴리마라(아힘사카)와 부처님은 사회적 폭력인 카스트 제도의 차별과 불가촉천민들의 치욕을 근절하기 위해 힘쓴다. 그들은 출생과 상관없이 모든 존재에게는 행복하고자 하는 바람이 있다고 가르쳤다. 나아가 수많은 사람에게 영감을 주어 내적인 평화를 찾게 하고, 스스로 존중하고 자비를 베풀며 모든 생명들과 조화를 이루는 삶을 강조했다.

이는 일종의 비유다. 앙굴리마라는 우리 시대의 테러리스트다. 테러리스트를 앙굴리마라와 같은 선상에 두고 지금 우리가 처해야 할 자세에 대하여 언급하고 있는 것이다. 《붓다와 테러리스트》는 부처님과 앙굴리마라의 이야기를 통해 그 악순환의 고리를 끊어내는 자세를 배우라는 단순 명쾌한 메시지를 담고 있는 책이다. 이제 우리는 테러리스트를 악으로만 대하고 있지 않았는지, 그들을 폭력으로써 억누르기만 하지 않았는지 의심해 보아야 한다. 복수는 또 다른 복수를 낳는다. 누군가는 그 악순환의 고리를 끊어내야 한다.

04

여름은 덥고 겨울은 춥다

《마음공부 이야기》

법상 지음

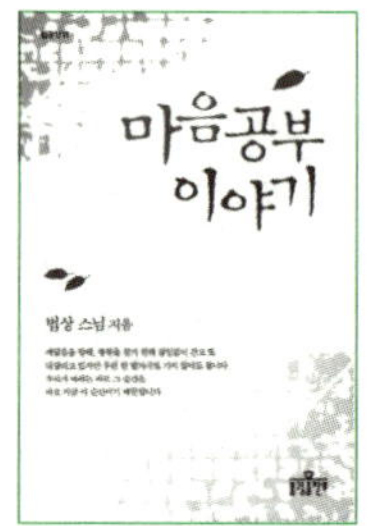

동산(洞山) 선사에게 한 스님이 "추위나 더위가 오면 어떻게 피하는 것이 좋겠느냐?"고 물었다. 선사는 한마디로 잘라 말한다. "추울 때는 추위에 뛰어들고 더울 때는 더위에 뛰어들어라."

여름은 더워야 여름이고, 겨울은 추워야 겨울이다. 이런 자연의 이치가 무너지면 이 지구상에는 생명체가 살 수 없다. 그런데도 우리 중생들은 추울 때는 더위를 잊어버리고 더울 때는 추위를 잊어버린다. 추우면 춥다고 아우성치고 더우면 덥다고 짜증을 낸다.

인생살이에도 계절이 있다. 뜻대로 일이 이루어지는 때가 있는가

하면 하는 일마다 어그러지는 때도 있다. 일이 잘 풀리면 의기양양하다가도 일이 조금만 막히면 남의 탓만 하고 분노하는 데 세월을 보낸다. 그도 아니면 세상이 끝난 듯이 풀이 죽어 고개를 떨군다.

실패를 딛고 일어서려는 사람도, 그리고 실제로 성공했다는 사람도, 행복하다는 사람보다는 불행하다는 사람이 훨씬 많다.

왜 그럴까?

문제는 노력이다. 행복하고자 하는 노력이 역으로 불행을 초래한다는 것이다. 선사의 가르침대로, 있는 그대로, 추울 때는 추위에, 더울 때는 더위에 뛰어드는 노력이 아니기 때문이다.

선사가 우리에게 간곡하게 일러주는 노력은 그 자체가 기쁨이고 행복인 것이다. 이것이 불교의 수행이다.

이러한 불교의 수행법을 잘 설명해주고 있는 책이 법상 스님의 《마음공부 이야기》다. 스님은 마음공부의 구체적 실천법으로 다섯 가지를 든다.

첫째, 수(受), 받아들이는 것이다. 원인 없는 결과 없다. 현실로 드러난 것은 자기가 씨앗을 뿌린 것이다. 나쁜 일이 생기는 것은 자신의 악업이 소멸하는 것이므로 있는 그대로 즐겁게 받아들인다.

둘째, 방(放), 놓아버린다. 모든 것은 변한다(諸行無常). 붙들어 집착하지 않으면 괴로움 또한 흘러가게 된다. 결코 놓아버리려고 애써서는 안 된다. 애쓰는 것은 또 다른 고통이며 수행이 아니다. 그러면 어떻게 해야 하는가?

셋째, 관(觀), 그냥 바라만 본다. 집착하지도 말고 외면하지도 말고 응시하여 알아차리기만 한다.

넷째, 불(佛), 여기까지 수행이 이루어지면 '나'라는 존재가 없음(無我)을 알게 된다. 오직 부처님(佛)만이 있다. 우리는 그대로 부처이다. 이를 믿지 않고 '나'를 고집하여 스스로 '중생'이라 여기기 때문에 고통이 따라온다. 모든 것을 부처님의 일로 돌리면 고통 또한 부처님의 것일 뿐이다.

이상의 수·방·관·불, 네 가지는 지혜를 키우는 수행이다. 부처님은 지혜와 복덕을 원만하게 갖춘 양족존(兩足尊)이다. 마지막으로 복을 쌓는 수행, 보시(施)를 실천한다. 물론 베풀었다는 의식이 없는《금강경》에서 설하는 무주상(無住相)보시이다. 이미 무아(無我)이므로 나와 남이 다르지 않기 때문에 보시라 할 것도 없다.

여름은 덥고 겨울은 추운 법이다. 인생 또한 희비의 쌍곡선이 있게 마련이다. 이를 기쁘게 받아들일 때 행복은 늘 우리 곁에 있다. 우리는 이미 그 자체로 행복하다는 것이다.

- 변하지 않는 것은 어디에도 없는 이 세상에서 '변치 않음'을 추구한다는 것은 얼마나 어리석은 일입니까. 이 세상을 그냥 놓아두십시오. 어떤 것도 붙잡지 마십시오. 집착하지 마십시오. 다만 흐르도록 놓아두십시오. 변화하도록 그대로 두십시오. '나'라는 것도 붙잡지 마십시오. '나'도 끊임없이 변화할 뿐, 거기에 고정된 실체로서의 '나'는 없습니다. (p. 34)

- 불교의 핵심은 정견 즉 '있는 그대로를 있는 그대로 보는 것'에 있습니다. 있는 그대로를 있는 그대로 보려면 온갖 알음알이며 지식들로 꽉 채워진 머릿속을 비우고 속 뜰에서 울려나오는 내적인 삶의 질서에 온전히 맡기고 흐를 수 있어야 합니다. (pp. 95~96)

- 하나만 필요하면 하나만 가지면 되는 것입니다. 많이 있다고 하나가 필요한데 두 개, 세 개에 욕심을 부린다면 그 하나마저도 잃어버리게 될지 모릅니다. 음식도 그렇고, 입는 옷도, 돈도, 차도, 책도, 우리 주위에 있는 내 소유의 것들을 가만히 살펴봅니다.
필요한 것을 필요한 만큼 가지고 있는지, 아니면 꼭 필요하지도 않은 것들이 주섬주섬 쌓여 있지는 않은지 하고 말입니다. 꼭 필요한 것들이 필요한 만큼 필요한 곳에 있을 때 우리의 삶은 한층 맑고 소박해질 것입니다. 살뜰한 행복감도 많이 소유하는 데서 오기보다는 꼭 필요한 것을 필요한 만큼 가지는 데서 오는 것일 겁니다. (p. 166)

《마음공부 이야기》는 법상 스님이 인터넷 생활수행도량 '목탁소리'의 생활수행 이야기 코너에 몇 년간 게시한 글을 모은 책이다. 법상 스님은 충북 제천의 산골 작은 마을에서 자연과 더불어 어린 날을 보내고, 조계종 원로의원 불심도문 큰스님을 은사로 출가하였다.

'생생한 삶이 곧 수행처'라는 생각으로 삶과 하나 되는 수행을 실천해 오다가, 스님의 글을 읽고 생활 속 수행에 뜻을 모은 사람들과 함께 인터넷 생활수행도량 '목탁소리'를 개설하였다. 2006년부터는 겨울 강원도 양구의 산골 작은 암자 도솔사로 들어가 자연과 더불어 놓아버림과 내적 휴식의 가르침을 전하고 실천하며 살고 있다. 스님은 지금도 많은 이들에게 수행과 명상, 자연과 환경, 종교와 영성을 주제로 한 진지한 깨침의 이야기들을 전하고 있다.

법상 스님은 우리가 살아가면서 가져야 할 삶의 자세를 크게 네 부분으로 나누어 설명해 준다. 깨어 있는 삶, 지혜로운 삶, 조화로운 삶, 평화로운 삶이다. 이러한 삶을 살아가기 위한 몇 가지 지침을 살펴보면 다음과 같다.

깨어 있는 삶을 위해서는, "기다리지 말라."고 하셨다. 기다림을 놓고 지금 이 순간의 '나 자신'을 있는 그대로 받아들여 오직 깨어 있는 행위를 하고 있는지 비추어보라, 부처가 되려고 하지 말고 부처의 행위를 하면 그 행위가 그대로 부처임을 강조한다.

지혜로운 삶을 위해서는, "지금 이 순간이 평화롭다." 역경도 역경이 아니고 순경도 순경이 아니다. 괴로움도 괴로움이 아니고 즐거움도 즐거움이 아니다. 순역의 양 극단을 다 놓아버리고 내 앞에 다가오는 그 어떤 경계라도 즐겁게 받아들이라고 한다.

조화로운 삶을 위해서는, "물도 식물도 부처님이다."라는 것을 알면 된다는 것이다. 우리의 한 생각, 한 마디 말, 행동 하나가 단순한 나 한 사람의 사소한 움직임이 아닌 온 우주 법계와 상호 연관 관계에 있다는 법계 연기의 모습이다. 주의를 기울여 바라본다는 것은 그대로 지혜와 자비를 발현케 하고, 조화로운 삶 자체이다.

평화로운 삶을 위해서는, 온갖 집착을 버리면 된다. 집착을 버리고, 마음을 비우는 것이야말로 모든 종교, 사상에서 공통적으로 말하는 지혜와 평화의 일깨움이다. 어디에서도 진리를 찾을 수 있다. 종교를 믿는 사람들에게 있어 가장 중요한 것은 '어떤' 종교를 믿느냐가 아니라 '어떻게' 종교를 믿는가에 있다.

《마음공부 이야기》는 행복을 찾아 떠날 마음의 준비를 제안하며, 그 시작을 위한 지침들을 전해준다. 행복하길 바라는 사람들, 아주 평범한 모든 이웃들, 몸과 마음의 건강과 평화를 찾고자 하는 사람들, 진리를 찾아 떠나는 사람들, 새로운 변화를 꿈꾸는 사람들, 대자연과 하나 되는 조화로운 삶을 추구하는 사람들, 이 모두에게 행복을 위한 작은 깨우침의 씨앗을 선사하고 있다.

05

사람 아닌 천민, 당당한 사람이 되다

《암베드카르》

디완 챤드 아히르 지음 · 이명권 옮김

우리는 흔히 '인도' 하면 간디, 네루, 타고르를 떠올린다. 간디와 네루는 인도 독립운동에 헌신한 사람으로, 특히 간디는 성자로 일컬을 정도다. 네루 또한 당대의 걸출한 정치인으로 이름이 높고, 타고르는 동양인 최초로 노벨 문학상을 수상한 시인으로 명성이 여전하다. 그러나 인도에는 이들과 견줄 만한, 아니 이들보다 능력이나 인격 면에서 훨씬 뛰어난 인물이 있다. 인도 제헌 헌법의 아버지, 현대 인도 불교의 중흥자로 불리는 사람, 암베드카르(1891~1956)다.

그는 '불가촉천민(不可觸賤民)'으로 태어났다. 그냥 천민이 아니라 '불가촉', 만질 수 없는, 같이 살 수 없는 천민이다. 그와 관련된 일화 한 토막. 암베드카르가 칠판에 수학 문제를 풀려고 하자 다른 카스트의 학생들이 들고 일어났다. 불가촉천민인 그가 칠판에 손을 대면 칠판 뒤에 쌓아 놓은 그들의 도시락이 부정 탄다는 것이었다. 길을 가다 목이 말라 우물물을 먹으려 하자 사람들은 웅덩이의 더러운 물을 가리키며 그것을 먹으라고 했다. 마을 우물물도 함께 마실 수 없는 천민이 불가촉천민이다.

이러한 끝없는 증오와 멸시도 암베드카르를 굴복시키지는 못했다. 그는 참을 수 없는 모멸을 통해 오히려 자신을 단련시켰다. 불가촉천민이 겪는 이러한 굴욕이 '불가촉'이라는 사회적 저주에서 오는 것임을 깨달은 그는 자신과 똑같은 불운을 안고 가는 수많은 민중들을 사회적 노예에서 해방시키는 일에 몸과 마음을 다 바치겠다는 다짐을 한다. 이를 위해 필사적으로 공부에 매진한다.

하늘은 스스로 돕는 자를 돕는다고 했던가. 그의 노력에 감동한 한 후원자의 도움으로 대학을 마치고 미국 유학길에 올라 석사·박사를 마친다. 다시 영국에서 박사·변호사 자격을 획득한다. 이후 그는 어린 시절 다짐했던 불가촉천민들을 노예의 족쇄에서 해방시키는 일에 자신의 모든 것을 바치기 시작한다.

1927년 3월 19일, '초다르 저수지'에서 집회를 갖는다. 1924년 저수지의 식수 사용을 불가촉천민에게 개방하였으나 상위 카스트 주민들이 허락하지 않은 것을 항의하기 위해서다. 그는 '금지된 저수지'

에서 물을 떠 마심으로써 불가촉천민들의 정당한 권리를 온 천하에 천명한다. 이 일은 불가촉천민들이 자신의 권리를 당당하게 표출하기 시작한 최초의 역사적 사건이었다.

암베드카르는 당시 인도 사회 전반에 절대적인 영향력을 행사하고 있던 간디와 공개적으로 충돌하기도 했다. 불가촉천민 문제에 대해 간디가 "대(大)를 위해 소(小)가 희생될 수밖에 없다." "사람은 조상 대대로 물려오는 직업에 따라 밥벌이를 해야 한다." 등 미온적인 태도를 보였기 때문이다.

카스트 제도를 고집하는 힌두교로서는 인간의 평등을 이룰 수 없음을 절감한 그는 마침내 1956년 10월 14일 불가촉천민 30여만 명을 이끌고 불교로 개종한다. 그리고 그해 12월 열반한다.

책을 덮으면서 내내 마음이 편치 않다. 한국을 기회의 땅으로 여기고 고국을 떠나온 동남아 등 이주 노동자들을 우리는 어떻게 대하고 있는가. 불가촉천민 대하듯 하지는 않는가. 그렇지 않다고 자신 있게 말할 수 없는 우리의 현실 때문에 마음이 아프다.

- 불가촉천민의 문제는 결코 어느 개인과 개인 사이의 불화의 문제가 아닙니다. 그것은 상위 카스트 힌두교인들과 불가촉천민들 사이의 계급 투쟁의 문제이며 한 계급이 다른 계급에 가하는 불의와 폭정의 문제입니다. '사회적 지위'가 가장 핵심적인 문제인 이 투쟁에서는 한 계급과 다른 계급에 대한 관계가 중요합니다. (p. 90)

- 가치 있는 삶을 살기 위해서는 상당한 여유가 필요하다. 단순히 연명하기 위해서 밥벌이에 모든 시간과 정력을 쏟아 버린다면, 좀 더 인간적이고 문화적인 활동을 할 수 있는 기회가 완전히 상실될 것이기 때문이다. (p. 111)

- 오늘날 최하층민에게 가장 중요한 것은 결코 의식주 문제의 해결이 아닙니다. 그들에게는 성장 과정에서 물들어 온 노예로서의 열등감을 어떻게 해서든 떨쳐버리고, 인간으로서의 존엄성과 조국에 대한 사명감을 회복하는 일이 가장 시급한 일입니다. 저는 오직 고등 교육만이 우리 사회가 안고 있는 문제들을 치유할 수 있는 유일한 처방이라고 믿습니다. (p. 201)

- 중요한 것은 생존 그 자체가 아니라 과연 어떻게 생존하느냐입니다. (p. 320)

인도에서 마하트마 간디와 더불어 탄생일이 국가 기념 공휴일로 지정될 만큼 추앙받고 있는 국민 영웅이 바로 암베드카르다. 그는 신생 인도 정부의 초대 법무장관이자 헌법기초위원회 위원장으로 현대 인도의 초석을 놓은 위대한 인물들 가운데 한 사람이다.

《암베드카르》, 이 책에는 그의 인생과 업적, 그에 대한 모든 것이 담겨 있다. 그의 생전 활동 모습이 담긴 사진도 수록되어 있는데, 사진마다 수많은 군중들과 함께 찍혀 당시 상황을 가히 상상해 볼 만하다.

인도에는 브라만, 크샤트리아, 바이샤, 수드라 네 가지 계급의 신분제도가 있다. 그런데 어느 계급에도 속하지 못하는 사람들, 함부로 만져서도 안 되는 불가촉천민이 있다. 암베드카르는 불가촉천민 출신으로 온갖 무시와 수모를 당하며 자랐다. 그는 이 같은 모욕이 신분이라는 사회적 굴레에서 오는 것임을 깨닫고 공부에 매진했다. 다행히 성적이 우수하여 정부 장학금을 받을 수 있었다.

영국, 독일 등에서 경제학과 법학 등을 공부하고, 미국 명문대인 콜롬비아 대학에서 철학박사 학위를 받았다. 변호사 자격도 취득했다. 그럼에도 불구하고 인도에서 그에게 씌워진 사회적 멍에를 지울 수는 없었다. 그는 여전히 냉대와 모욕을 받으면서 불가촉천민을 위해 일생을 바치고자 다짐하게 된다.

그는 변호사로서 1927년 3월 인권 회복을 위한 첫 발을 내딛는다. '초다르 저수지' 사건이다. 당시 마하라시트라 주 콜라바 군 마하드에서는 불가촉천민들에게도 공공 시수 시설을 이용할 수 있게 범안을 통과시켰다. 그러나 주민들이 거세게 반발하였다. 천민이 물을 마시면 저수지가 오염된다는 이유였다. 암베드카르는 약 1만 명의 불가촉천민을 이끌고 시위 행진을 벌였다. 신분 차별을 정당화한 힌두교

법전을 태워 구덩이에 묻어 버리기까지 했다.

이는 인도에서 최하층 신분의 사람들이 최초로 자신들의 권리를 행사한, 역사적인 사건으로 평가된다. 그 뒤 그는 불가촉천민의 힌두교 사원 출입 금지 문제도 해결하려 5년 동안이나 애썼으나 한계를 느껴 결국 힌두교와의 결별을 선언하고 새로운 종교를 모색했다. 대안은 인간의 이성과 체험을 바탕으로 얼마든지 변할 수 있음을 가르치고 있는 불교였다. 그는 1956년 50여만 명의 군중과 함께 '불교 집단 개종 의식'을 실행하였다. 희망과 번영, 그리고 불교의 부흥이라는 새로운 시대를 열었다.

《암베드카르》에서 참으로 흥미로운 점은 마하트마 간디와의 대립이다. "계급을 없애기보다는 계급 안에서 자신의 일에 충실하여 조화를 이루어야 한다."고 주장한 간디와 달리 암베드카르는 카스트 제도의 폐해를 혁파하고자 했다. 그가 생각하는 자유와 해방은 불가촉천민에게만 해당하는 것이 아닌, 모든 사람에 대한 것이었다. 그는 헌법에서 여성에게 재산권과 입양권을 부여해 남성과 동등한 지위를 보장받을 수 있게 하였다. 또한 교육이야말로 성공과 희망의 열쇠라고 믿었기에 불가촉천민을 위한 기숙학교를 세우고, 1946년에는 대학까지 설립하였다.

억압받는 인도 민중의 구원자이자 인도 헌법 기초의 주역, 인도 불교 부흥의 위대한 선구자였던 암베드카르, 이 책은 이러한 그의 인품과 사명, 업적, 그가 남긴 풍성하고도 다양한 유산 등 그의 생애 전반을 종합적으로 조망하고 있다.

06

우리도 부처님같이

《붓다, 나를 흔들다》

법륜 지음

병술년 새해가 밝았다. 시작도 끝도 없는 시간에 굳이 점을 찍어 묵은해와 새해를 가르는 것은 희망 때문이다. 사람은 누구나 실수를 할 수도 잘못을 저지를 수도 있다. 그러나 인생은 그것으로 끝나지 않는다. 얼마든지 새롭게 다시 시작할 수 있다. 더구나 우리에게는 부처님이라는 든든한 빽이 있지 않은가.

법륜 스님의 《붓다, 나를 흔들다》는 부처님을 만나 삶이 바뀐 사람들의 이야기를 감동적으로 그리고 있다. 이 책에 등장하는 인물들을 보면 인생사가 과연 고(苦)의 바다임을 실감하게 된다. 스승을 잘못 만나 99명을 살해한 살인마, 외아들을 잃고 절망에 빠진 아버지, 한 번은 어머니에게 한 번은 딸에게 남편을 빼앗겨야 했던 여인 등등.

이처럼 삶을 영위할 희망이 없어 보이던 사람들이 부처님을 만나 새롭게 태어난다. 어떻게 이런 일이 일어날 수 있었을까. 부처님은 그들에게 신통력을 보여주지 않았다. 빵 몇 조각과 물고기 몇 마리로 몇천 명을 먹여 살리는 식의 기적을 행하지도 않았다. 부처님은 그들을 조용히 흔들어 깨웠다. 악몽을 꿀 때 흔들어 그것이 꿈임을 일깨우는 식으로.

이 책에서 법륜 스님 또한 우리를 조용히 흔든다. 일방적으로 가르치려 하지 않는다. 구체적인 상황에서 부처님이 어떻게 생각하고 행동했는지를 담담하게 들려준다. 이를 통해 불교가 어떤 종교이며 부처님이 어떤 분인지 깨닫게 한다. 그리하여 우리 스스로 부처님같이 생각하고 부처님처럼 행동함으로써 부처님을 닮아가도록 유도한다. 물론 부처님처럼 산다는 것이 결코 말처럼 쉽지는 않다. 끊임없는 노력이 필요하다.

부처님은 네 종류의 사람이 있다고 말씀하셨다.

첫째, 어두운 곳에서 어두운 곳으로 나아가는 사람, 둘째 어두운 곳에서 밝은 곳으로 나아가는 사람, 셋째 밝은 곳에서 어두운 곳으로 나아가는 사람, 넷째 밝은 곳에서 밝은 곳으로 나아가는 사람이다.

어두운 곳에서 어두운 곳으로 나아가는 사람은 현재 불행하고 고통스러운 상황에서 헤어나지 못하고 계속 악행을 저지르는 사람이다.

어두운 곳에서 밝은 곳으로 나아가는 사람은 현재는 조건이 좋지 않고 고통스럽지만 업에 굴복하지 않고 운명을 개척하는 사람이다. 비록 가난하지만 자기보다 더 가난한 사람을 돕고, 자비를 베풀며 선한 행위를 하는 사람이다.

밝은 곳에서 어두운 곳으로 나아가는 사람은 현재는 좋은 환경에서 부귀하게 살지만 악업을 짓는 사람이다. 비록 지금은 안락하지만 나쁜 씨앗을 심고 있으므로 결국에는 불행하게 된다.

밝은 곳에서 밝은 곳으로 나아가는 사람은 좋은 환경에서 태어나 매우 행복하게 살며 선업을 쌓는 사람으로 미래 또한 밝다.

부처님은 우리에게 밝은 곳으로 나아가는 길을 보여주셨고 실제로 그 길을 걸어가셨다. 어두운 곳에서 어두운 곳으로 나아가는 것도, 어둡지만 밝은 곳으로 나아가는 것도 모두 우리의 몫이다.

세상 사는 것이 어렵다고 아우성이다. 이럴 때일수록 용기가 필요하다. 일찍이 황벽(黃蘗) 선사는 이렇게 일갈했다.

"한 번 추위가 뼛속까지 스미지 않고/ 어찌 진한 매화 향기를 맡을 수 있으랴."

• 수행자는 모름지기 자신을 계속 꾸짖어야 합니다. 과거의 업에 의해 살아가려고 하는 자신을 경책하고 꾸짖지 않으면 해탈의 길로 가기 어렵습니다. (p. 34)

• "상대가 화를 낸다고 나도 덩달아 화를 내는 사람은 승리자가 아니다. 패배자다. 상대에게 끌려드니 상대에게 진 것이고, 자기 분을 못 이기니 자기 자신에게도 진 것이다. 이것은 두 가지 패배에 속한다." 이것이 부처님의 가르침입니다. (pp. 40~41)

• 비록 지금까지는 내 생각만 하고 살아서 가슴 답답해하고 세상을 원망했지만, 이제 우리가 부처님의 가르침을 듣고 다른 사람을 생각하는 사람이 된다면, 우리도 부처님 같은 보살이 될 수 있습니다. (p. 211)

• 중생의 갖가지 고뇌에 따라 그에 적절한 처방을 쓰지만 목표는 하나입니다. 바로 해탈, 열반으로 인도하는 거예요. 깨달음의 길로 가는 것이 인도의 목표라는 말이에요. 이것이 정법입니다. 깨달음의 길로 이끄는 다양한 방편을 쓴다는 말은 그때그때 알아서 적당하게 때우라는 얘기가 아닙니다. 각 사람의 처지에서 깨달음으로 인도되는 가장 적절한 방법을 쓰라는 말이지요. 이것이 중도(中道)예요. (p. 235)

《붓다, 나를 흔들다》는 부처님을 만나 법문을 듣고 깨달은 사람들의 이야기를 담은 책이다. 2005년 봄에 불교방송에서 마련한 100일 특별 법문에서 법륜 스님이 '부처님의 교화 이야기'를 중심으로 법문한 내용 중 32편을 선별하여 엮었다. 교사로서의 부처님의 면모를 전해주고, 변화된 사람들의 사례를 통해 지금의 나는 어떻게 살아야 할지 그 길을 구체적으로 밝혀준다.

부처님은 옳고 그름을 판정하기보다는 늘 알아서 깨닫게 했다. 깨달음이야말로 부처님의 가르침의 가장 큰 특징이다. 부처님의 가르침은 합리적이고 논리적이어서 누가 들어도 합당하다. 또 상대의 눈높이에 맞춘다. 부처님의 법문을 듣고 깨달았다고 하는 것은 우리 마음속에 있던 불안, 의혹, 고뇌가 사라졌다는 것이다. 고뇌가 사라진 상태를 열반이라고 한다.

불교에서 바라보는 사람의 유형은 네 가지다. 범부중생과 현인, 보살, 부처다. 범부중생은 어리석은 중생이고 현인은 범부중생보다는 낫지만 아직 해탈로는 나아가지 못한 사람이다. 흉년이 들어서 농사를 망치면 범부중생보다 더 괴로워한다. 그러나 보살은 흉년이 들어 농사를 망치더라도 행복을 누렸으니 후회가 없다. 그래서 보살은 자기도 이롭게 하고 중생도 이롭게 한다. 부처님은 뭇 중생을 이롭게 하지만 중생을 이롭게 한다는 생각이 없다. 무위의 존재다. 아무것도 하지 않는 게 아니라, 무엇을 했다, 무엇을 베풀었다는 생각이 없어 바라는 마음도 섭섭함도 원망도 없다. 우리는 보살의 길, 부처의 길을 가야 한다.

불교의 가르침은 개인의 평화를 중시한다. 흔히 불교는 세상을 외면한다고들 한다. 그런데 부처님은 과거에 분쟁이 일어났을 때 잠자코 있지 않고 중재에 나섰다. 불자들도 세상의 문제를 그냥 외면하거나 비난만 하지 말고 평화를 위해 노력해야 한다.

우리 사회는 다종교 사회다. 종교간에는 서로 갈등이 일어나게 마련이다. 하지만 불자들은 부처님이 원수를 원수로 보지 말고, 원망을 원망으로 갚지 말라고 한 말씀을 깊이 받아들여야 한다. 미워하기보다는 교화하는 쪽으로 나가는 자세가 필요한 것이다.

부처님의 교화 방식은 딱 정해져 있는 것이 아니었다. 부처님을 찾아온 제자와 대중들은 성격도 상황도 모두 다르다. 중생의 갖가지 고뇌에 따라 쓰는 적절한 처방은 다르지만 목표는 하나다. 바로 해탈, 열반으로 인도하는 것이다.

법륜 스님은 각 이야기에 담긴 붓다의 지혜를 오늘날 우리의 삶과 연결 지어 잘 받아들일 수 있도록 설명하고 있다. 1부에서는 개인 차원의 깨달음에 관한 이야기들을, 2부에서는 세상과의 관계를 어떻게 풀어갈지에 대한 지혜를 얻을 수 있는 사례들을 수록하였다. 3부에서는 수행자로서의 삶의 자세를 이야기하고 있다. 불자뿐만 아니라 행복과 평화를 꿈꾸는 사람이라면 누구나 쉽게 읽을 수 있게 정리하였으며, 간결하면서도 구수한 입담을 통해 잔잔한 감동을 전해준다.

07

이제 다시 부처님에게 돌아가자

《인간 붓다, 그 위대한 삶과 사상》

법륜 지음 · 박수일 엮음

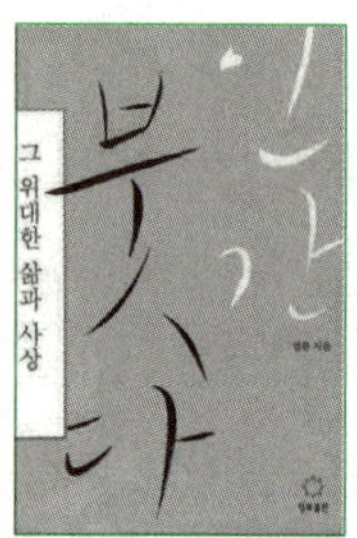

얼마 전 불교 최대의 명절 '부처님오신날'이 있었다. 사찰과 거리에는 꽃비가 내리듯 아름다운 연등으로 장엄됐고, 각종 경축행사가 열렸다. 평소 사찰을 찾지 않던 불자들도 이날만큼은 목욕재계하고 부처님께 예배하고 공양을 올리며 지난날의 잘못을 참회하기도 한다. 이것만으로도 '부처님오신날'은 그 자체로 의미가 깊다.

그러나 이 기쁜 날을 보내고 난 지금 마음이 개운하지 않다. 연등을 달기 위해 몇 군데 절을 찾고 당황하지 않을 수 없었다. 연등마다 가격이 정해져 있었고, 거기에 따라 크기와 다는 위치, 기간이 정해져 있었다. 가격의 하한선도 일반 서민에게는 만만한 것이 아니었다. 가난한 사람은 아예 연등을 달 수 없었다.

이런 현상은 불사 현장에서도 목격할 수 있다. 부처님 한 분 얼마, 대들보 얼마, 불단 얼마 하는 식으로 가격이 매겨져 있다. 불사의 효율성 때문인지는 모르겠으나 가난한 사람들이 부담 없이 부처님께 공양 올릴 수 있는 길이 차단되고 있는 것이다. 우리 사회가 부자 20%, 가난한 사람 80%로 나뉘어져 있고 모든 영업 전략이 상위 20%에 집중한다더니 사찰도 예외가 아닌가 싶다.

예전 같으면 초파일이 가까워 오면 귀가 아프게 들었던, 국왕이나 부자들이 단 등은 바람에 또는 기름이 떨어져 꺼졌으나 한 가난한 노파가 온갖 정성을 다하여 공양한 등은 밤새 꺼지지 않았다는 '빈자일등(貧者一燈)'의 이야기가 스님들의 법문이나 교계 언론에 거의 등장하지 않는 것도 이 때문이 아닌가 하여 여간 씁쓸하지 않다. 기우이기를 바라지만 사실이라면 보통 심각한 문제가 아니다.

부처님의 가르침과 어긋나는 길을 걷는다면 아무리 입으로 불자라 한다고 해도 불자가 아니다. 우리는 흔히 한국 불교가 불교의 전통을 가장 순수하게 잘 간직하고 있다고 자랑한다.

그러나 현실은 결코 그렇지 않다. 신행, 교단 내의 제도나 일상사를 들여다보면 비불교적 요소가 한두 가지가 아니다. 심하게 말하면 무늬만 불교일 뿐 부처님께서 가장 경계하고 비판하셨던 브라만교가 아닌가 할 정도다. 요컨대 한국 불교는 부처님으로부터 너무 멀리 떨어져 있다. 이런 비불교적 요소를 제거하고 바른 신앙을 회복하기 위해서는 무엇보다 먼저 부처님이 어떤 분인지 알아야 한다. 부처님이 없이는 불교가 존재하기 않기 때문이다.

《인간 붓다, 그 위대한 삶과 사상》은 부처님의 탄생부터 열반까지 그 삶을 총체적으로 조명한 책이다. 저자는 오랜 세월 속에 신비화되고 주술화된 부처님 상을 제거하고 역사 속에 실제로 존재했던 부처님의 생애를 살피기 위해 먼저 2,600여 년 전 인도의 사회 정치적 상황에 입각하여 당시의 시각으로 부처님의 삶을 이해한다.

이를 바탕으로 부처님 생애의 주요 고비를 하나하나 짚어가면서 부처님의 삶을 관통하는 본질적 의미를 찾아낸다. 그리고 그것에 근거하여 '부처님이 이 땅에 오신다면 어떻게 살아가실 것인지' 그 현재적 의미를 이끌어낸다.

불자는 부처님을 삶의 모범으로 삼고, 그분을 닮는 것을 궁극의 목표로 한다. 그럼에도 우리는 부처님에게 우리를 맞추는 것이 아니라 우리의 필요, 욕심에 따라 부처님을 중생의 수준으로 끌어내렸다. 이제 다시 부처님께 돌아가야 할 때이다. 부처님을 등지고 불자라 할 수 없다.

- 새로운 삶으로의 전환을 위해 가족 관계를 끊고 출가하는 이유도 거기 있습니다. 그러니까 가족에 대해 냉정하자는 것이 아니라 관계 맺은 모든 사람들을 객관화시키는 것이 필요하다는 것입니다. 집단적 이기심의 차원인 내 가족, 내 나라, 내 민족이라고 하는 아상과 인상을 그대로 지닌 채 사물을 보지 않고 사물의 있는 모습 그대로를 바라볼 때만이 진리를 발견할 수 있습니다. 따라서 진리를 찾아 출가할 때는 이러한 가족 관계의 가치관을 새로운 차원의 가치로 전환시키지 않으면 안 됩니다. (p. 163)

- 기존의 관습, 즉 자기 중심적인 사고방식과 안일한 삶의 태도로부터 사회를 보는 잘못된 안목과 감옥으로부터 탈출하는 것을 말합니다. 우리의 출가는 이제까지 갖고 있던 중생의 업, 즉 거짓된 가치를 버리고 부처의 길을 가고자 삶의 자세와 방향에 있어 일대 전환이 이루어질 때 가능합니다. (p. 171)

- 극단이라는 것은 다른 게 아닙니다. 끔찍하게 고행을 하거나 쾌락만을 추구하는 것을 극단이라고 하기보다는, 본래의 목적을 성취하기 위한 수단에 매달려서 목적을 상실하고 결국은 그 수단에 얽매이고 마는 경우를 극단이라고 합니다. (p. 256)

이 책은 부처님의 탄생과 성장에서부터 청년기의 갈등과 출가 수행, 성불을 거쳐 열반에 이르기까지를 우리 시대의 정신 상황에 비유, 현대적 감각으로 서술하고 있다. 《대장경》과 《불본행집경》 등 부처님의 생애를 다루는 경전 또한 폭넓게 인용되어 있다.

부처님의 사상을 말하기 전에 그 뿌리가 되는 인도의 사상과 역사를 소개한다. 이러한 구성은 당시의 정치나 경제, 사회적인 배경을 올바로 파악하지 못한 상태에서는 그의 삶을 올바로 이해하고, 나아가 우리의 삶으로 받아들이기에 한계가 있으리라는 저자의 생각에서 비롯한다.

따라서 초반부는 인도의 자연 환경, 인도교의 역사, 부처님의 탄생 당시의 시대적 배경이 자세히 설명된다. 그 다음에 부처님의 탄생과 성장, 출가, 고행, 성도, 그의 기본적인 가르침, 그리고 열반에 드는 이야기로 끝을 맺는다.

혁신 사상을 포함한 당시의 인도 사상계에 대해 부처님은 인간 중심의 실천론적 관점에 서서 통렬히 비판한다. 신의 의지든, 전생의 업의 결과든 우연한 사건이든 간에 그러한 것이 인간의 사고와 행동을 규정한다면, 인간에게 있어 자유 의지란 존재할 수 없다는 것이다. 부처님은 인간의 자유 의지를 인정하고 인간 스스로가 자신의 운명과 이 세계의 주인임을 밝힌다.

이 책은 부처님의 삶을 그리는 데 있어서 임의로 꾸미는 것이 아니라, 각 장 각 사건마다 먼저 그 부분을 소개하는 경전들을 뽑아서 인용하고, 이어서 그 인용문들이 연결되고 그 의미가 이해되도록 설명해 준다. 부처님의 일대기가 무미건조하다는 과거의 통념을 깨고 불자가 아닌 보통 사람들도 재미있게 읽을 수 있도록 엮어졌다.

저자는 부처님이 태어나서 생각하고 행동하며 살다가 열반에 들 때까지의 삶의 줄거리를 하나의 상징으로 만든다. 그리고 그 상징들 하나하나가 현실의 우리 삶에 무슨 의미를 가지는 지를 말한다.

부처님의 일생과 사상은 분명히 과거의 것이지만 저자는 그것을 오늘날의 이야기로 펼쳐놓는다. 부처님의 좌절과 고뇌를 우리가 현재 지금 만나는 사회 구조의 예로 풀이한다. 과거의 이야기를 읽으면서 현실을 직시할 수 있는가 하면, 반대로 현실의 여러 문제들을 당면했을 때 과거 부처님은 어떻게 문제들을 해결해 나갔을 지 짐작할 수 있다.

여타 불서들이 주로 종교적인 의미에서 부처님 출가의 위대성을 강조하면서 현실적으로 고통을 받았던 일반 민중과 해탈자인 부처님 사이에 큰 거리를 두는데 비해서 이 책은 민중이 받는 현실적인 고통에 대한 부처님의 관심과 보살핌을 드러내려고 노력하고 있다.

이전의 많은 부처님 일대기들은 부처님을 너무 인간적으로 만들거나, 반대로 지나치게 신화적으로 꾸미는 경향이 있었다. 그러나 이 책은 부처님을 숭배나 탐구의 대상이 아니라 오늘날 우리 삶의 방향을 일러줄 스승으로서 조명하고 있다. 부처님이 산 시대적 배경 속에서 전생담을 불교 사상의 상징으로 설명함으로써, 역사와 신화를 한 줄기로 엮는 것도 흥미진진하다.

08

불교는 깨달음의 종교인가

《을유 불교산책》

이태승 지음

불교를 수십 년 동안 공부하고 신행해 온 분들도 선뜻 대답하지 못하는 질문이 있다. "불교란 무엇입니까?"라고 하는 질문이다. 왜 그럴까? 왜 우리는 아직도 가장 쉽게 답해야 할 이 질문에 선뜻 답변을 내놓지 못하고 있는 것일까? 공부한 것이 적어서? 읽은 불교서적이 많지 않아서? 글쎄, 아무리 생각해도 그런 것은 아닌 것 같다. 그럼 왜일까?

오늘 소개하는 책《을유 불교산책》은 그 난감함에 대해 답변의 실마리를 제공한다는 것 한 가지만 해도 읽어볼 만하다. 이 책에는 '깨달음에서 지혜로'라는 부제가 붙어 있다. 깨달음, 지혜, 뭐 별로 새로운 이야기도 아니다. 하지만 '깨달음에서 지혜로' 초점을 전환시키라는 것이면 이야기는 달라진다.

한국 불교계를 풍미하는 신화는 '깨달음의 신화'이다. 곧 깨달음이 없는 불교는 불교가 아니며, 깨닫지 못한 스님은 스님도 아니고, 한 소식 하지 않았다면 불교가 무엇인지 입도 떼지 말아야 한다. 그만큼 한국의 불자들이 생각하는 불교는 '깨달음'을 기준으로 삼는다. 한국 불교에서 '깨달음'은 모든 것을 해결해 주는 그 '무엇'인 것이다.

간혹 듣는 이야기 중의 하나가 한국 불교는 대단히 독특하다는 것이다. 어째서 독특하냐고 하면, 유독 한국 불교의 구성원들만이 하나같이 똘똘 뭉쳐서 '깨달음'을 향해 무모하게(?) 돌진한다는 것이다. 그만큼 깨달음에 대한 열망이 강하다는 것이겠고, 그래서 장점이 되기도 하지만 동시에 '깨달음'을 배제한 한국 불교는 존재 의의를 상실한다는 것이기도 하다. 그만큼 자칫하면 약점이 될 수도 있다.

그런데 저자는 그 지향점을 '깨달음'이 아니라 '지혜'에 두어야 한다고 말한다. 이 책의 부제는 아마도 그런 의미인 것 같다. 저자는 이렇게 말한다.

"붓다의 깨달음의 체험에서 우리는 수행의 목표와 깨달음의 의미를 분명히 알 수 있다. 곧 수행은 인간의 오래된 무지에 의해 생긴 무명을 타파하는 데 그 목표가 있으며, 깨달음은 무명의 소멸을 확신하는 지혜를 생기게 하는 데 그 의미가 있다."

저자가 생각하는 불교는 '깨달음의 종교'가 아니라 '지혜의 종교'임을 알 수 있게 하는 부분이다. 깨달음이라는 말은 무척 다양한 의미를 가지고 있다. 어떤 의미에서는 모호하게 사용된다. 깨달음은 기본적으로는 부처님의 종교 체험에서 시작되는 것이다. 하지만 체험의 영역에 속하기 때문에 도달한 자에게는 너무나 확연한 것일 수 있다.

그러나 도달하지 못한 자에게는 언젠가 도달하면 얻게 되는 '그저 어떤 것', 말로 표현할 수 없는 모호함의 상징이기도 하다. 당연히 그러한 모호함을 기준 삼아 불교를 정의하려는 시도는 성공할 수가 없었던 것이다.

선뜻 동의하기 힘들 수도 있지만 '불교'가 무엇이라고 정확히 답변하지 못한 쓸쓸한 기억이 있는 불자라면 이 책을 한 번 읽어보면 어떨까? 짧지 않은 기간 불교학을 전공으로 삼아 공부해 온 젊은 학자가 1년 가까이 신문 독자를 대상으로 삼아 '불교'가 무엇인지 고민한 흔적을 더듬어 보는 재미도 곁들여서.

- 모든 번뇌를 떠나 지혜를 얻은 부처님은 이타행과 자비행으로 많은 사람들에게 감로의 법을 주었다. 불교도가 추구하는 목적도 부처님과 같은 지혜로운 사람이 되는 것이다. 부처님과 같이 된다는 것은 자신을 중생에서 부처로 변화시키는 것이다. 곧 자신의 정신과 마음을 부처님과 같은 상태로 바꾸는 자기 변화이다. 이렇게 자신을 바꾸는 것을 수행이라 이름하며, 이런 수행을 통해 부처님의 마음, 부처님의 정신을 갖는 것이다. 그리고 부처님과 같이 변화하고자 하는 사람은 부처님이 보인 것과 같은 자비행을 본받아 남을 위한 이타행에 소홀해서는 안 된다. (p. 77)

- 부처님이 보리수 아래에서 깨달은 정각의 내용은 다양하게 설명되지만, 그 근본적인 내용은 연기(緣起)의 도리이다. (중략) 이 연기법에 대한 자각이야말로 부처님이 인류에게 던지는 지혜와 자비의 메시지이다. (pp. 104~106)

- 인도에서 불교는 힌두교에 융합되어 소멸하지만, 오랜 역사 속에서 불교는 그 교리적 보편성과 윤리성으로 인해 인도를 넘어 주변 지역으로 전개된다. (중략) 인도를 넘어 주변으로 전해진 불교는 심오한 교리적 특징과 윤리성을 바탕으로 각 지역에 독특한 불교문화를 구축하였다. 더욱이 오늘날에도 여전히 불교는 중요한 인간의 정신문화로 세계의 종교문화를 대표하고 있다. (p. 235)

《을유 불교 산책》은 을유년 한 해 동안 불교의 발생, 전개, 발전과 각국의 불교를 짚어 본 책이다. 인도불교의 사상과 역사를 입체적으로 표현하고 불교의 근본 개념인 지혜, 반야 등이 어떻게 설명되고 있는가에 비중을 두었으며 불교의 역사를 삼보의 전개와 관련시켜 서술하고 있다.

세간을 떠나 진리를 찾는 인도인의 삶은 중국으로 대표되는 동양적 문화와 매우 다르다. 공동체를 원활히 하기 위한 승가의 규칙, 규율은 모두 부처님의 말과 행동에 의거해 성립하게 된다. 불교도의 다양한 계율은 인간의 삶을 도덕적으로 만들었고 중도의 합리적인 사유와 실천은 인간의 삶에 정당한 윤리적 기준을 제시했다. 불살생 등의 계율은 전통적인 희생제의를 바꾸는 계기가 되었고, 부처님이 주창한 무아설의 교의는 유아설에 입각한 기존의 바라문교를 재해석하여 본격적인 인도사상이 전개되는 계기가 되었다.

불교가 종교문화현상으로 사회의 한 구성요소인 이상 사회의 변화와 밀접한 관련을 갖는다. 세계의 거대종교가 세속의 정치적인 힘과 관련을 맺었듯 불교도 아쇼카 왕이라는 대군주와의 관계 속에서 인도를 벗어나 세계종교로 발돋움한다. 아쇼카 왕은 35년여에 걸친 재위기간 동안 불교의 정법에 바탕을 둔 이상적인 인도사회를 구현하기 위해 노력을 아끼지 않았다. 아쇼카 왕은 자신의 법이념을 알리기 위해 사절단을 인도 국내외의 지역에 파견했다. 곧 불교는 간다라 등의 북인도를 통해 중국불교로 이어지고 스리랑카를 중심으로 한 남방불교가 형성되었다.

불교는 삼보를 근간으로 오랫동안 인도사회 속에 존속했지만 7, 8세기를 고비로 인도에서 사회적 추진력을 잃고 11, 12세기에 이르러 인도에서 그 자취를 감춘다. 인도에서 불교가 사라졌다는 말은 삼보 중의 승보가 사라졌다는 말이다. 그러나 불보와 법보의 2보는 인도의 종교인 힌두교 속에 융합되어 전승되었다. 승보가 사라진 이유 중의 하나는 인도사회에서 정치권력과 결탁한 이슬람 종교 문화가 불교를 박해했기 때문이다. 정치사회적 요소 외에도 인도에서 불교는 힌두교에 융합되어 소멸하지만 불교는 교리적 보편성과 윤리성에 힘입어 인도 외 주변지역으로 전개된다.

인도의 주변지역으로 전해진 불교는 그 역사적 전개에 따라 남방불교, 북방불교 등으로 나뉜다. 남방불교란 스리랑카, 태국, 캄보디아 등 남아시아로 전개된 불교다. 이곳에는 시기적으로 대승불교 이전의 불교가 전래된 까닭에 대승불교권과는 다른 인도불교 초기의 형태를 보여준다. 북방불교란 중국으로 이어지는 실크로드의 지역을 포함해 중국, 한국, 일본으로 전개된 동아시아 불교를 가리킨다. 이곳에 전해진 불교의 중심적 교리는 대승불교다. 중국에서 불교는 천태종, 삼론종, 법상종, 정토종, 선종 등 독특한 종파로 전개되었고 한국, 일본에도 영향을 미쳤다. 중국의 선종은 한국에 전파되어 아직까지 한국 불교의 전통을 유지하고 있다.

불교가 국교였던 삼국시대, 고려시대는 교와 선의 체계가 다양한 종파로 전개되어 화려한 불교문화를 꽃피웠으나 숭유억불을 국시로 하는 조선시대는 불교가 선종과 교종의 둘로 줄어들었다. 임진왜란 이후에는 선과 교의 체계가 뒤섞인 형태로 선종의 단일한 체계가 한국 불교의 중심을 형성하게 되었다. 겉으로는 선종의 모습을 갖추지만 안으로는 다양한 불교적 체계가 함께하는 불교적 모습이 오늘날까지도 이어지고 있다.

3

이 시대, 경전 읽기의 행간

09

아, 불교는 이것이다

《부처님 최초의 말씀》

붇다빠-라 지음

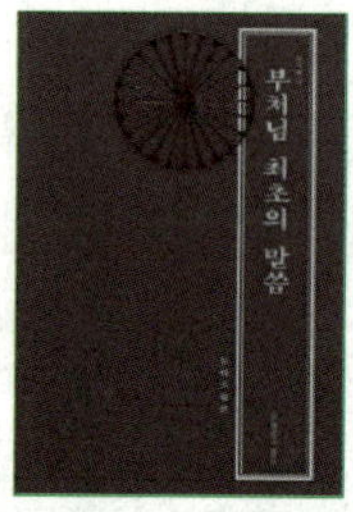

부처님이 유행(流行)하시면서 케사풋타라는 마을에 들른 적이 있었다. 그 마을에 사는 칼라마 인들이 부처님께 여쭈었다.

"존자시여, 케사풋타에는 사문과 바라문들이 찾아옵니다. 그들은 자신들의 이론만을 드러내어 주장하고 다른 사람들의 이론에 대해서는 비난하고 헐뜯으며 멸시하고 갈기갈기 찢어 놓습니다. 우리는 이들 사문이나 바라문 가운데 누가 진리를 말하고 누가 거짓을 말하는지 의심스럽고 혼란스럽습니다."

진리라면 사람을 행복하게 해주어야 할 텐데, 그리고 종교인이라면 몸소 사랑을 실천해야 할 텐데 오히려 갈등을 부추겼던 것이다. 우리 주변에도 이런 일을 흔하게 볼 수 있다.

부처님은 칼라마 인들에게 이렇게 말씀하신다.

"칼라마 인들이여, 거듭 들어서 얻어진 지식이라 해서, 전통이 그러하다고 해서, 소문이 그렇다고 해서, 성전에 그렇게 써 있다고 해서, 그럴싸한 추리에 의한 것이라 해서, 혹은 '이 사람은 우리의 스승이시다'라는 생각 때문에 그대로 따르지 마십시오. 스스로 '이들은 좋은 것이고, 이들은 비난받지 않을 것이고, 이들은 지혜로운 이에 의해 칭찬받을 것이고, 이들이 행해졌을 때 이롭고 행복하게 된다'는 것을 알았을 때 받아들이십시오."

부처님이 제시한 기준은 지금 보아도 대단히 혁명적이다. 보통 종교가들과는 달리 부처님은 부처님 당신이 말씀하신 것이라 하더라도 무턱대고 믿지 말고 스스로 곰곰이 살펴서 이것이 진리에 합당한지, 그대로 따르면 행복해질 수 있는지 검토해 보고 그렇다는 판단이 설 때 받아들이라고 말씀하신다. 한마디로 진정한 종교란 모르기 때문에 믿는 것이 아니라 알기 때문에 믿지 않을 수 없는 것이어야 한다는 것이다.

다른 종교도 그렇겠지만 불교는 특히 불교의 가르침이 무엇인지 알고 믿어야 한다. 그러기 위해서는 부처님의 가르침이 담겨 있는 경전을 읽고 공부하는 것이 불교 신행의 출발이 되어야 한다.

《부처님 최초의 말씀》은 불교를 처음 입문하는 사람들이 부처님의 가르침이 과연 무엇인지 이해하는 데 매우 좋은 자료다. 이 책은 팔리어 《초전법륜경(初轉法輪經)》을 번역한 것이다. 《초전법륜경》은 부처님이 깨달음을 이루신 후 약 6개월 간 설법하신 최초의 말씀이다. 여기에는 연기, 삼법인, 사성제, 팔정도, 중도, 인과, 보시, 지계, 오온, 번뇌, 불교의 세계관과 인간관, 출가하여 스님이 되는 법, 재가 불자가 되는 법 등 불교와 관련된 기본 개념, 교리체계가 망라되어 있다. 이 책의 또 다른 특징은 경전 내용보다 설명이 더 많다는 것이다. 이 설명들은 생소한 교리 용어 때문에 불교 공부를 주저하는 사람들에게 더 도움이 될 것으로 보인다.

번역자인 '붇다빠-라' 스님은 이 한 권의 경전이면 부처님의 근본 가르침에 관한 모든 것을 배울 수 있으며, 기존 불교사상에 대해 어느 정도 이해하는 사람은 철학적 사유 체계를 완전히 바꾸어 놓을 것이고, 불교를 어렵다고 느끼는 사람은 '아, 불교는 이것이다'라는 답을 스스로 내릴 수 있을 것이라고 자신한다. 과연 그러한지는 부처님이 제시한 원칙과 기준에 따라 '소문에 그렇다고 해서, 성전에 그렇게 쓰여 있다고 해서 믿지 말고 그것이 진리에 합당한지, 행복을 가져다 주는지를 스스로 검토한 후' 판단하면 될 터이다.

- 가치관을 남김없이 소멸시키면 의도가 사라지고, 의도가 소멸하면 분별이 사라지고, 분별이 소멸하면 개념이 사라진다. 개념이 소멸하면 감각기관이 사라지고, 감각기관이 소멸하면 접촉이 사라지고, 접촉이 소멸하면 느낌이 사라지고, 느낌이 소멸하면 갈애가 사라지고, 갈애가 소멸하면 집착이 사라지고, 집착이 소멸하면 삶의 토대가 사라진다. 삶의 토대가 소멸하면 새로운 삶이 사라지고, 새로운 삶이 소멸하면 늙음, 죽음, 슬픔, 비통, 괴로움, 근심, 고뇌 등이 사라진다. (p. 23)

- 먼저 법을 듣고 깨달아 홀로 있으면서 만족함은 즐거움이다. 다른 생명체를 해치지 않는 것도 즐거움이다. 애욕을 제거하고 세상살이에 집착하지 않는 것도 즐거움이다. 자기 자신에 대한 아만심을 자제할 줄 아는 것은 진실로 최상의 즐거움이다. (p. 31)

- 생법은 무엇이나 멸법이다. (p. 79)

- 피할 수만 있다면 모든 악을 피하고, 행할 수만 있다면 모든 선을 행하라. 그리고 수행을 통하여 마음을 맑혀라. 이것이 부처님 가르침의 전부다. (p. 107)

이 책은 《초전법륜경》을 번역한 책이다. 이 경전은 부처님이 보리수 아래에서 최초로 아라한의 도과(道果)에 들어 열반을 체험하고 그 기쁜 마음을 게송으로 노래한 후 그곳에서 약 두 달 정도 머무르면서 깨우침을 체계화한 것이다.

《초전법륜경》은 부처님이 처음 부처를 이룬 뒤, 진리를 체험한 눈 푸른 수행자의 안목으로 자신의 생각을 있는 그대로 담담하게 때로는 설렘으로 어떤 때는 정열적으로 설명한, 불교사에 있어서 가장 중요한 경전이다. 이 경전이 있기에 불교가 비로소 세상에 제 모습을 드러낼 수 있었던 것이다.

이 경전은 팔리 3장 맨 처음 첫째 쪽 첫째 줄로부터 시작된다. 팔리 3장은 부처님의 입멸 후 구전으로 외워서 전승되다가 이후 기원전 1세기경에 문자로 기록된 것으로 부처님의 정법을 전하는 가장 오래된 원전이다. 경장·율장·논장의 3장으로 이루어져 있다. 경장은 부처님의 가르침을 그대로 기록한 것이며 율장은 승려들이 지켜야 하는 규칙인 계율을 기록했다. 논장은 비구들이 만든 경장 해설서이다. 이것이 모든 불교 경전의 원형이 되고, 여기에 나오는 개념들을 다시 풀어서 설명한 것이 대장경에 나오는 다른 모든 경전이 되었다.

《초전법륜경》은 연기, 12연기, 4성제, 8정도, 중도, 3법인, 인과, 자력, 4대, 차제설법, 최상설법, 보시, 지계, 사무량심, 5온, 번뇌, 세계관, 인간관, 교육관, 윤회의 부정, 신의 부정, 수행법, 전법선언, 부처님 오도송, 출가하여 스님이 되는 법, 재가 불교도가 되는 법, 행복으로 가는 길 등 불교와 수행에 관련된 개념이나 교리체계를 망라하고 있다.

그렇다면 인간이 괴로움에서 벗어날 수 있는 실제 진리는 무엇인가. 부처님은 여덟 가지 길을 밝힌다. '올바른 가치관, 올바른 의도, 올바른 말, 올바른 행위,

올바른 직업, 올바른 노력, 올바른 알아차림, 올바른 마음집중'이다. 이를 8정도라 이른다. 부처님의 이러한 설법을 통해 다섯 비구들은 집착이 사라지고 번뇌로부터 마음이 해탈하게 된다.

부처님은 마음의 건강을 강조했다. 부처님 자신 또한 마음을 건강하게 하여 행복으로 가는 길을 개척했고, 다른 사람에게도 그 중요성을 설명했다. 마음에 대한 훈련인 수행을 통해 무기력한 마음을 활기차게 하며, 피곤한 마음을 건강하게 하고, 오염된 마음을 청결하게 했다. 산란한 마음을 고요하고 평화롭게 하여 느낌이 보다 풍요롭게 일어날 수 있도록 마음을 가꾸었다.

부처님은 우리 마음을 피곤하게 하고 지치게 하며 오염시키는 오염원을 마음 속에 존재하는 욕망과 이기심, 분노와 적대감, 선입관이나 가치관 또는 편견에 기초해서 사물을 바라보는 것이라고 보았다. 이러한 것들을 탐진치 3독심 또는 무명이라 했다. 이는 정신적·내적 불평등이며 폭력이고 어리석음이다. 이러한 것들이 우리 마음을 오염시키고 피로하게 만드는 정신적 노폐물이며 오염원인 것이다. 이를 제거하는 과정이 수행이고 그 구체적 도구가 참선이다.

《부처님 최초의 말씀》을 처음 읽기는 쉽지 않다. 근본불교라 칭해지는 원시불교식 표기법을 따르고 있기 때문에 낯설고 어색하리라 생각된다. 그러나 참선하는 마음으로 차근차근 글의 흐름을 따르다 보면 이 한 권의 책으로 부처님의 근본 가르침에 관한 모든 것을 배우고 익힐 수 있을 것이다.

10

화·분노·고통에서 벗어나는 비결, '경전 읽기'

《마음으로 듣는 부처님 말씀》

홍사성 지음

우리나라만큼 종교가 성한 나라도 드물다. 몇 십 미터만 걸으면 빨간 십자가가 보이고, 명산의 골짜기에는 어김없이 절이 들어서 있다. 거리 곳곳에는 자칭 철학관이라는 점집이 즐비하다. 종교인 통계를 합하면 전체 인구 수보다 많을 정도다. 이렇게 종교가 번성하는 것은 무슨 까닭일까?

사람들은 아무 문제가 없거나 행복할 때는 종교를 찾지 않는다. 종교에 매달린다는 것은 그만큼 아픔, 고통이 많다는 증거다. 하기야 얼마나 고통이 넘쳐나는 세계이면 우리가 사는 세상을 참고 견디어야 하는 사바(娑婆)라 했겠는가.

인생사에서 고통이 피할 수 없는 것이라면 문제는 뜻하지 않은 고통을 겪게 되었을 때의 대처 방법이다. 신을 믿는 사람은 신에게 기도하며 빈다. 사주니 팔자니 하는 것을 믿는 사람은 어쩔 수 없다고 자포자기한다. 또 어떤 사람들은 물에 빠진 사람 지푸라기 잡는 심정으로 점을 치거나 굿을 하기도 한다.

그러나 불교는 이런 식으로는 고통에서 벗어날 수 없다고 가르친다. 인간의 행복과 불행은 신의 뜻에 의하거나 숙명에 의해서도 아니고, 우연히 그렇게 된 것이 아니기 때문이다. 스스로 지은 업에 의해 그렇게 된 것이므로 그 해결 또한 자신만이 할 수 있다.

이것은 불교 공부를 조금만 해도 알 수 있다. 머리로는 이해가 된다. 그러나 막상 고통을 당하면 말처럼 쉽지 않다. 어떻게 해야 할지 답답하고 불안하다.

《마음으로 듣는 부처님 말씀》의 저자는 이럴 때 '경전 읽기'를 권한다. 누구든 불교를 바르게 믿고 실천하면 고통의 근원을 제거하고 마음의 평화를 얻을 수 있으며, 그 방법의 하나가 '경전 읽기'라는 것이다. 실제로 저자 자신이 몇 년 동안 극심한 고통을 당했는 바, '경전 읽기'를 통해서 마음을 다스릴 수 있었고, 이 책 또한 그 결과물이라는 것이다.

책에 소개된 경전은 부처님의 육성이 담겨 있는 아함부 경전의 하나인 중아함과 장아함이다. 중아함은 60권에 222경이 들어 있는 중간 길이의 경전군이고, 장아함은 22권에 30개의 긴 경전이 들어 있는 경전군이다. 중아함과 장아함은 인생을 살아가면서 유념해야 할 중요한 태도와 덕목을 제시하고 있다. 교리적으로도 매우 중요한 내용을 포함하고 있어서 진지하게 교리 공부를 하는 사람은 반드시 읽어야 할 경전으로 꼽힌다. 저자는 이 경전들을 한 자 한 줄 새겨서 읽고 그것을 다시 컴퓨터에 옮겨 써 나가는 방식으로 독경과 사경을 했다. 그런 다음 100개의 경전을 추리고 거기에 일종의 해설인 독후감을 덧붙였다.

이미 다가온 고통은 외면한다고 해서 사라지지 않는다. 누구에게 매달린다고 해서 해결되지도 않는다. 그렇다고 마냥 고통에 갇혀 울부짖고 있을 수만도 없다. 고통을 극복하는 가장 좋은 방법은 우리의 스승이신 부처님께 여쭈어보는 것이다. 경전을 읽는 것이다. 거기에 길이 있다.

저자는 경전의 본문을 꼭 한 번씩 베껴 쓰는 사경(寫經)을 해보라고 권한다. 그리하면 고통에서 헤어나지 못하는 중생에게 때로는 따뜻한 격려로, 때로는 따끔한 경책으로 평안의 세계로 이끌어 주는 부처님의 생생한 음성을 들을 수 있다는 것이다.

- 부처님의 설법은 인간의 이성을 뛰어넘는 초경험적 문제에 대해 말하는 일이 없다. 불교의 궁극적 관심은 오직 어떻게 하면 현실적 고통을 줄일 것이냐 하는 것이다. 불교가 수행을 강조하는 것은 그것을 통해 고통에서 벗어난 열반, 즉 진정한 행복을 얻고자 하기 때문이다. 그래서 부처님은 '리얼리스트의 사상가'로 불리기도 한다. (p. 103)

- 불교에서 인과응보는 어디까지나 의지적 행위가 있어야 성립된다. 고의성이 없는 행위까지 인과로 이어지는 것은 아니다. '업은 몸이 아니라 마음을 따라간다'는 언급은 이를 뒷받침하는 말씀이다. 왜 '착한 마음'으로 자비희사를 행하여야 하는가, 업보는 마음을 따라가는 까닭이다. 왜 악한 마음으로 나쁜 짓을 하면 안 되는가, 업보는 마음을 따라가는 까닭이다. (p. 118)

- 불교를 공부하는 사람이 지녀야 할 가장 소중한 덕목은 무엇일까? 얼핏 겸손과 공경, 진실과 근면, 자비와 무욕 같은 단어들이 떠오른다. 그러나 이런 모든 덕목에 앞서 불교인이 가져야 할 마음자세는 부끄러움이다. 왜냐하면 부끄럽다는 생각을 해야 겸손해지고 공경심이 생기고 진실해지고 자비심이 생기기 때문이다. (p. 153)

이 책은 《아함경》에 실린 말씀과 함께 저자의 생각을 전해준다. 아함은 산스크리트아가마의 음역으로서, '전승'이라는 의미다. 이 이름으로 불리는 문헌은 장아함경, 중아함경, 잡아함경, 증일아함경이 있는데, 이 책은 그 중 중아함 222경과 장아함 30경에서 100가지를 가려 뽑은 법문을 실었다.

중아함은 원시불교의 전반에 걸친 교리가 주로 편집되어 있으며, 4제와 12인연을 바탕으로 해서 인연비유와 부처님과 제자들의 언행을 기록한 것이라 할 수 있다. 장아함의 경우, 제 1분에서는 과거 7불과 부처님의 열반 등을, 2분에서는 4성(姓)의 평등과 미륵불의 출현 등을 설명하고 있다. 제 3분에서는 외도 바라문의 삿된 견해를 타파하는 내용을 설하고 있고 제 4분에서는 전륜성왕, 지옥, 아수라, 4천왕, 3재(災) 등을 설명한다.

이 경전들은 우리가 인생을 살아가면서 유념해야 할 중요한 태도와 덕목이 제시된다. 또 교리적으로도 매우 중요한 내용을 포함하고 있어서 진지하게 교리 공부를 하려는 사람은 반드시 한 번은 읽어야 할 경전이다. 이 책에 실린 일화 한 가지와 그에 대한 해설을 소개한다.

《중아함》 54권 200경에는 이런 구절이 있다.

"어떤 사람이 물살이 센 강가에 이르러 강을 건너고자 나무와 풀을 엮어 뗏목을 만들었다. 그는 그 뗏목을 타고 무사히 저쪽 언덕으로 건너갔다. 그러나 강을 건넌 뒤에는 그 뗏목을 메고 갈까 놔두고 갈까 고민에 빠졌다. 비구들이여, 너희들 생각에는 어떠하냐? 그 사람이 뗏목을 메고 가야 하는가, 놔두고 가야 하는가?"

비구들은 일제히 대답했다.

"강을 건넜으면 놔두고 가는 것이 더 유익합니다."

"그렇다. 너희들이 이 뗏목 비유의 뜻을 안다면 응당 법도 버려야 하거늘, 하물며 법이 아닌 것에 집착해야 하겠는가."

대개 제도화된 모든 종교는 그 가르침을 교조화해서 그것이 아니면 안 된다는 식으로 말한다. 제도화된 종교의 가장 큰 특징은 경전을 쓰여진 그대로 해석하는 축자주의에 빠져 있다는 것이다. 그 말을 한 본뜻을 외면하고 표현에만 매달려 엉뚱한 곳에서 헤매고 있다. 진리라는 것도 따지고 보면 강을 건너는 뗏목에 불과하다. 강을 건너면 그것마저 버려야 한다. 뗏목에 집착해 그 무거운 것을 지고 가려고 한다면 인생이 피곤해진다. 우리 앞에 던져진 과제 중 무엇이 버려야 할 나쁜 것이고 무엇이 뗏목인지 살펴볼 일이다.

《마음으로 듣는 부처님 말씀》에는 이와 같은 재미있는 일화와 뜻 깊은 해설이 가득하다. 이를 통해 독자는 부처님이 어떤 인물이었는지, 참다운 진리란 무엇인지, 수행자가 해야 할 일과 하지 말아야 할 일은 무엇인지 등 다양한 질문에 대한 답을 찾아갈 수 있다.

11

반야심경, 행복을 설하다

《행복의 발견》

히로 사치야 지음 · 이미령 옮김

사람들은 누구나 행복을 꿈꾼다. 공부하는 것도 일을 하는 것도 행복을 위해서다. 그러나 공부하는 것이 즐겁다고 하는 학생 거의 없고, 일하는 것에서 행복을 맛보는 사람 드물다. 오히려 극심한 스트레스만 안겨줄 뿐이다. 행복하기 위해 하는 일이 오히려 사람을 불행하게 한다. 도대체 어떻게 하면 행복할 수 있을까?

이 책 《행복의 발견》은 우리에게 행복하게 사는 방법을 일러준다. 그렇다고 그 흔한 행복론이 아니다. 《반야심경》 해설서이다. 《반야심경》이 어떤 경전인가. 팔만사천 법문 중 가장 유명한 경전이다. 법회라

든가 불교의 의식에서 빠짐없이 독경한다.

이렇게 불교인들이 가장 많이 접하는《반야심경》이지만 실제로 그 내용을 알고 독경하는 사람은 많지 않다. 어려운 한자로 되어 있기 때문이기도 하지만 한글로 번역된 것을 읽어도 사정은 다르지 않다. 양으로 치면 260여 자에 불과한 짧은 경전이지만 연기, 무아, 중도, 공(空) 등 불교 교리의 핵심을 담고 있기 때문이다. 알기 쉽게 풀어썼다는 해설서 또한 전문용어로 가득하기 일쑤다. 이래저래 일반인들이《반야심경》을 이해하기는 쉽지 않다.

이 책은 암호 같은 어려운 용어로 가득 찬 여타 해설서와 다르다. 학술용어를 전혀 쓰지 않고 우리 일상생활에서 소재를 찾아 의미를 풀어낸다.

예를 들면, '공(空)'을 '벌거벗은 임금님'이라는 우화를 통해 설명하고, 목욕탕 물을 비유로 '중도(中道)'의 의미를 밝힌다. 그 유명한 '색즉시공 공즉시색'은 태양의 색깔로 풀이한다. 한국인이나 일본인들은 태양은 붉다고 생각하기 때문에 빨간색으로 태양을 그리지만 미국인이나 프랑스인들은 노랗다고 생각하여 노랗게 그린다. 같은 태양인데도 이렇게 다른 것은 '태양'이라는 고정된 실체가 없는 공이기 때문이다. 공이기 때문에 다르게 보고 다르게 보기 때문에 다르게 표현한다는 것이다.

이처럼 히로 사치야의《반야심경》이해는 해석이나 설명방식 모두 새로운 정도가 아니라 파격적이다. 따라서 정통 불교학자의 눈에는 매우 위험스런 대목도 없지 않을 것이다. 그러나 삶과 유리된 번쇄한 해설을 과감히 탈피하고, '어떻게 행복한 삶을 누릴 것인가'라는 일관된 시각으로 경전을 해석한 것은 매우 탁월하다.

그는 《반야심경》의 핵심적인 가르침, 행복의 비결을 다섯 가지로 요약한다.

첫째, 욕심을 줄인다.

둘째, 적당해야 한다. 적당함은 결코 대충대충이 아니다. 뜨거운 물을 좋아하는 사람에게는 뜨거운 물이 적당한 것이고, 미지근한 물을 좋아하는 사람에게는 미지근한 물이 적당한 것이다. 각각의 적당함이 있으므로 자기 자신의 적당함을 발견하는 일이 행복을 움켜쥐는 길이다.

셋째, 집착하지 않는다. 사물을 보는 눈은 각각 다르므로 자신의 견해에 집착해서는 안 된다.

넷째, 차별하지 않는다. 모든 사람이 관세음보살이라고 믿는다면 자기 또한 관세음보살임을 알게 된다. 그러면 자기가 지금 살고 있는 모습 그대로 행복하다.

다섯째, 감사하는 마음을 갖는다.

행복은 없는 무엇을 만들어 얻어지는 것이 아니고 발견하는 것이다. 사물과 인생을 바라보는 시각을 조금만 바꾸면 행복이 바로 곁에 있다. 그 관점의 혁명이 바로 불교이고, 《반야심경》의 가르침이다.

- "급한 성격은 태어날 때부터 갖고 있던 것이 아니다. 연(緣)에 의해서 그대가 만들어놓은 것일 뿐이지."

  이처럼 '급한 성격'이라는 것은 있는 것이 아니라 공하다는 것을 알면 해결 방법을 저절로 알게 됩니다. 다시 말해서 '급한 성격'이 나올 만한 조건(緣)을 만들지 않으면 되는 것입니다. 우리는 '급한 성격'을 없애려고만 애씁니다. 하지만 그렇게 하면 오히려 문제가 복잡해집니다. 밤에 잠이 오지 않을 때 '자야 하는데, 자야 하는데' 하면서 애태우는 것과 같습니다. 애태우면 애 태울수록 잠은 더 오지 않습니다. 관자재보살은 모든 것이 공하다는 것을 깨달아서 불안한 마음과 급한 성격을 극복하셨던 것입니다. (p. 51)

- 우리 머릿속에는 세상의 상식이 가득 차 있습니다. 오늘날 현대인의 가장 큰 관심사는 '돈'입니다. 따라서 '돈이 있는 것은 행복이다. 돈이 있으면 행복해진다.'는 것이 세상의 상식이 되었으며, 그 상식에 따라 모든 것을 판단합니다. 그것은 '상식유(常識由)'이지 결코 '자유'는 아닙니다. (p. 55)

- 《반야심경》은 '무가애고'라고 말하고 있습니다. 이것은 '집착이 없다', '얽매임이 없다', '걸림이 없다'는 의미입니다. 이렇게 되어야만 하고, 이렇게 되지 않으면 안 된다는 집착이 없는 것입니다. 저는 이것이 '적당함'이라고 생각합니다. 결국 《반야심경》은 우리에게 '적당함'을 권하고 있는 것이 아니겠습니까? (p. 210)

《행복의 발견》은 불교의 대중화를 위해 교리를 실생활에 접목시키는 일에 관심을 가져온 저자가 에세이로 풀어 쓴《반야심경》이다. 한국인들에게도 친숙한 불교경전《반야심경》은 부처님 가르침의 핵심인 연기·무아 사상이 함축되어 있고, 중도적 실천 정신을 명료하게 제시한다. 이 책은《반야심경》의 핵심사상인 '공(空)'의 철학을 평범한 일상으로 끌어내고 있으며,《반야심경》의 참뜻을 시원하면서도 통쾌하게 설명하고 있다.

《반야심경》은 '관점의 혁명'을 가르친 불교 경전이다. 우리는 세간의 상식에 따라, 혹은 선입관에 집착해서 사물을 보고 있다. 그런 관점을 조금만 바꾸면 좀 더 즐겁고 여유롭게 인생을 살 수 있다. 이것을 가르쳐주는 것이《반야심경》이다. 이 책에서 저자는 '관점의 혁명'을 위해《반야심경》을 어떻게 읽어야 좋은지에 역점을 두고 이 경을 해설했다.

《반야심경》은 불자들 사이에서 지명도가 가장 높은 경전이다. 소승불교의 복잡하고 난해한 교리체계를 일목요연하게 정리하고 대승불교의 관점에서 '공(空)', 즉 집착하지 말라는 것을 가르친다. 참 지혜를 얻고 번뇌에 얽매이지 않도록 하는 것이《반야심경》의 큰 매력이다.

불교는 기적의 종교가 아니라 지혜의 종교다. 불교에서는 인식파의 차이에 따라 사물이 다르게 보인다고 생각하며 사물은 절대불변의 모습을 하고 있지 않다고 생각하기 때문에 사물을 공(空)이라고 말한다. 그렇기 때문에 우리가 발하는 인식파를 바꾸면 사물이 다르게 보인다.

이 책에서 강조하는 관점의 혁명에 대해 살펴보자. 이웃집에 불이 나 내 집에 옮겨 붙었을 때 '저 사람이 내 집을 태웠다'라는 차안의 관점을 갖고 있으면 복수하고 싶어진다. 하지만 '탔다'라고 생각하면 마음을 가라앉힐 수 있다. 후자의 마음가짐은 '피안의 지혜'고 '반야의 지혜'다.

《반야심경》에서는 이 같은 '피안의 지혜'를 완성해나가라고 우리에게 속삭인다. 뜨거운 물에 손을 넣었다가 30도의 물에 손을 넣었을 때와, 차가운 물에 손을 넣었다가 30도의 물에 손을 넣었을 때 감각이 다르듯 '따뜻하다', '차갑다' 하는 것도 공이다. 그런 집착을 버리라는 것이《반야심경》의 가르침이다.

불교는 일체의 욕망이나 번뇌를 완전히 끊으라고 가르치는 종교가 아니다. 《반야심경》이 말하는 것은 "아프다고 생각해도 좋고, 아름답다고 생각해도 좋다. 다만 그에 집착하지 않으면 된다."는 것이다. 대승불교에서는 다른 사람에게 돈이나 물건을 주는 보시가 중요한 수행에 속한다. 그런데 베푸는 일이 보시가 되기 위해서는 공(空)의 마음으로 베풀어야 한다.

불교는 행복학이다. 불교는 행복을 '피안에 건너가는 것'이라고 가르친다. 《반야심경》이 말하는 대로다. 차안에서는 진정한 행복을 얻을 수 없다.《반야심경》은 피안으로 건너가 행복을 얻으려면 욕심을 줄이고, 중도를 걷고, 집착하지 말고, 차별하지 말고 감사하는 마음을 가지라고 말하고 있다.

12

행간에 촘촘히 박혀 있는 보석 같은 가르침

《입보리행론》

산티데바 지음 · 청전 옮김

종교를 흔히 '사회의 목탁', '빛과 소금'이라고 한다. 잘못을 일깨워 바르게 살도록 이끌며(목탁) 어둠을 제거하고(빛) 사회가 썩지 않도록 하는(소금) 것이 종교의 역할이라는 것이다. '종교백화점'이라 할 정도로 다양한 종교가 존재하고, 통계상 종교 인구 수가 전체 인구 수보다 높게 나오는 등 종교심 또한 남다른 우리나라, 그러나 종교가 제 역할을 다하고 있는 것 같지는 않다. 언론매체의 고발 프로그램에 단골로 등장하는 것이 종교계의 비리다.

종교를 갖고 있지 않은 사람보다 종교인이 오히려 더 타락하는 것은 무슨 까닭인가? 종교의 가르침 자체에 문제가 있기 때문은 아닐 것이다. 그렇다면 자신이 신앙하는 종교가 무엇을 가르치고 지향하는지 모른 채 그저 복 받을 욕심에 절에, 교회에 다니기 때문은 아닐까. 이유야 어떻든 우리의 종교 생활에 문제가 있는 것은 사실이고, 올바른 신행 생활에 대한 진지한 고민이 필요하다.

여기서 타종교를 거론할 필요는 없다. 우리는 법회 때마다 네 가지 큰 서원(四弘誓願)을 외운다.

그 첫머리는 '중생을 다 건진다(衆生無邊誓願度)'이다. 우리가 불교를 신앙하는 것은 자신만의 안락을 위해서도 아니며, 자신만을 위해 깨달음을 구하는 것도 아니라는 것이다. 자신과 더불어 중생을 구제하기 위해 불교를 믿는 것이다. 그러면 어떻게 해야 하는가?

티베트 불교에서 매우 중요시하는 논서인 《입보리행론(入菩提行論)》은 보살행의 실천을 쉽고도 심오하게 설하고 있다. 전체 10품으로 구성된 이 책은 보리심(菩提心: 모든 중생을 고통으로부터 해방시키겠다는 자비심과 그것을 바탕으로 완전한 깨달음을 이루겠다는 보살의 마음)을 일으키고, 그것을 실천함으로써 깨달음으로 들어가는 대승불교의 근본사상을 아름답게 노래하고 있다.

〈공덕찬탄품〉〈참회품〉〈전지품(全持品)〉은 보리심을 일으켜야 함을 설한다. "계율을 지니고 유정 세계의 모든 중생을 구제하기 위해 불퇴전의 마음으로 보리심을 바르게 수지한다면" 헤아릴 수 없는 공덕을 얻게 됨을 설한다.

〈정진품〉〈선정품〉〈지혜품〉은 지켜온 보리심을 더욱 향상시키는 것을 주제로 한다. "바람 없이 움직임이 없는 것과 같이 복덕은 정진 없이 생기지 않고" "장애를 없애기 위해 그릇된 길에서 마음을 되잡아 선정(禪定)을 지어가야" 하며, "모든 고통이 평정되길 원하면 지혜를 일으켜야" 함을 설한다. 〈회향품〉은 이와 같이 지니고 향상시킨 보리심의 결과를 이웃에 회향하는 품이다.

저자 샨티데바 보살은 "내가 보살의 실천에 들어감(入菩提行)을 세분하여 지은 이 책의 공덕으로 모든 중생이 보살행에 들어가기를/ 몸과 마음에 고통의 병으로 시달리는 시방의 모든 중생이 나의 복덕으로 행복과 기쁨의 바다에 이르기"를 서원한다.

《입보리행론》은 아름다운 게송 형식에 분량도 짧다. 어느 쪽을 펼치든 보석 같은 가르침이 촘촘히 박혀 있다. 항상 휴대하며 읽고 싶은 책이다. 이 좋은 책을 이렇게밖에 소개하지 못하는 필자의 무딘 재주가 한스럽다.

- 희희낙락거리고 어수선한 무리 속에서도 / 주의해서 상처를 살피듯이 / 악한 사람들 속에 있을 때도 / 이 마음의 상처를 항상 돌보아야 한다. // 상처의 조그만 고통이 두려워 / 상처를 조심한다면 / 중합지옥을 두려워할진대 / 어찌 마음의 상처를 돌보지 않으랴? (p. 55)

- 노력도 안 하고 결과를 바라는 자여! / 엄살이 심한 자에게는 피해가 많은 법. / 죽음에 붙잡혀있으면서도 신처럼 (오래 살기를 바라지만) / 아! 고통으로 부서지는구나. // 사람이라는 배를 의지해서 / 고통의 큰 강을 건너야 하리라. / 이 배는 후에 얻기 어려우니 / 어리석은 이여! 시간이 있을 때 잠에 빠지지 말라! (p. 98)

- 세상의 모든 행복은 어디에서 오는가. / 그 모든 것은 남을 위하는 데서 온다. / 세상의 모든 불행은 어디에서 오는가. / 그 모든 것은 자신을 위하는 데서 온다. (p. 131)

- 비록 다른 사람이 허물을 저질렀어도 / 자신의 허물로 받아들여야 한다. / 내가 작은 허물을 범했다면 / 많은 사람 앞에서 밝혀야 한다. // 타인의 명성은 크게 칭찬하고 / 나의 명성은 드러내지 않아야 한다. / 나는 비천한 종처럼 처신하며 / 모든 이를 위하여 쓰이도록 해야 한다. (p. 137)

《입보리행론》은 인도의 불교학자인 샨티데바 스님의 저술로 전해지며 후기 대승 불교문학의 걸작으로 꼽힌다. 스님의 본명은 샨티바르마(Santi-varma)로 7~8세기 경 인도 나란다 사에서 대승불교의 중요 사상을 널리 알린 중관학자다. 티베트에 전승되는 〈팍삼존상〉에 따르면, 그는 남인도의 사우라아슈트라 국에서 왕자로 태어났다. 하루는 꿈에서 문수보살을 친견하여 "왕의 자리는 지옥의 열탕과 같다."라는 말을 들었다. 그 후 왕위 계승에 회의를 품게 되어 왕위에 오르기 전날 밤, 왕궁을 몰래 빠져나왔다. 중인도 나란다에서 지나 데바(Jinadeva)에게 출가하여 샨티데바라는 이름을 얻고, 나란다 사에 가서 비구가 되었다.

《입보리행론》은 원전인 산스크리트본이 있고 티베트역, 한역 등 많은 번역본이 있다. 산스크리트 원전은 시로 되어 있으며 티베트본 제목은 《입보살행》, 한역본은 《보리행경》이다. 특히 티베트에서 애송되어 130가지가 넘는 주석서가 있었고, 현존하는 주석서만도 8종이나 된다. 이는 이 경의 비중을 말해주는 것이다.

이 책은 보리행, 즉 대승의 깨달음을 구하는 이들에게 교훈을 주는 내용이며, 육바라밀을 기본으로 삼는다. 바라밀은 바라밀다의 준말로, 저 언덕에 이른다는 뜻이다. 육바라밀이란 생사의 고해를 건너 열반의 피안에 이르기 위해 닦아야 할 여섯 가지 실천 덕목을 말한다. 대승불교의 보살은 이 육바라밀의 실천을 통해 자신의 완성을 이룩해 가는 동시에 다른 사람들도 완성시켜 정토를 건설해 가야 한다는 것이다.

육바라밀은 구체적으로 보시, 지계, 인욕, 정진, 선정, 지혜 여섯 가지의, 대승불교의 보살이 실천해야 할 덕목이다. 보시는 조건 없이 기꺼이 주는 것이다. 지계는 계율을 잘 지켜 악을 막고 선을 행하는 것이며, 인욕은 박해나 곤욕을 참고 용서하는 것이다. 정진은 꾸준하고 용기 있게 노력하는 것이고 선정은 마음을 바로 잡아 통일되고 고요한 정신 상태에 이르는 것이다. 지혜는 진상을 바르게 보는 정신적 밝음이다.

이 책은 대승불교의 씨앗인 보리심과 보살행의 실천을 통해 대승 사상의 요점을 일목요연하게 설명하고 있다. 경에서 보리심을 일으켜, 실천함으로써 깨달음으로 들어가는 대승불교의 근본사상을 설하는 것이다.

원전은 모두 10장 917송으로 전체는 10품으로 나누어진다. 제1장, 제2장, 제3장은 속제와 진제로 보리심을 일으켜야 되는 것과 제4장, 제5장, 제6장은 일깨운 보리심을 잘 지키는 것이며 제7장, 제8장, 제9장은 이 지켜온 보리심을 위로 위로 향상시키는 것으로 되어 있다. 제 10장은 이와 같이 증장시킨 결과를 이웃에 회향하고 대원력을 발하는 기원으로 끝나고 있다.

이 책에서 난해한 장은 제9장이다. 의미도 문제지만 게송 하나하나에 대한 질문, 답변, 반론의 흐름을 알지 못하면 무슨 말을 하려는지 알기가 힘들다. 이 장에서는 절대 진리인 공성의 입장에서 세상의 속성에 머무는 인식 수준인 실유론의 견해를 논파함으로 바른 진리의 입장을 세우고 있다. 실제 인도 당시의 다양한 불교와 비불교 학파들의 견해가 본문에 질의와 반박 형식으로 녹아 있으나, 본문의 게송만으로는 구별하기가 힘들다. 더불어 제8장은 '나'와 '대화의 상대'를 바꾸어 쓰는 역설적 묘미를 가진 문장들이 많이 들어 있다. 문맥의 흐름에 유의하면 그 뜻의 아름다움을 맛볼 수 있을 것이다.

13

한 구절의 명구, 인생을 바꾸다

《진흙소가 물위를 걸어 간다》

무비스님 가려 뽑음

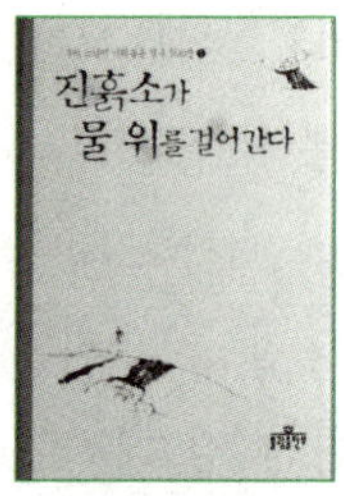

언젠가 TV의 한 프로그램에서 한 유명인사가 스승을 찾는 것을 본
적이 있다. 제자는 당시 가정환경이 무척 어려웠다. 의기소침하고 주
눅이 들어 있는 그에게 스승은 따뜻한 말로 격려한다. 알고 보면 하찮
은 것에 불과한 것인데도 대단한 것인 양 그를 칭찬한다. 스승의 말 한
마디에 제자는 활기를 찾는다. 어려움에 처할 때마다, 포기하고 싶을
때마다 스승의 말을 떠올리며 힘을 얻는다. 그런데 정작 스승은 당신
이 그런 말을 했는지조차 기억하지 못한다.

이렇듯 무심한 말 한마디, 책에서 읽은 글귀 한 구절이 사람의 운명을 바꾸어 놓는 경우가 부지기수다. 불교사를 보더라도 어렵지 않게 이를 확인할 수 있다. 선종사의 일대사건 혜능(慧能)의 경우가 대표적이다. 혜능은 원래 가난한 일개 나무꾼에 불과했다. 그는 어느 날 우연히 이름 없는 한 스님이 읊조리는 "응무소주 이생기심(應無所住 而生起心)"이라는 《금강경》 한 구절을 듣는다. 이 일을 계기로 그는 홍인의 제자가 되고 천하의 6조가 된다. 혜능이 그날 《금강경》 한 구절을 듣지 않았다면 선종사는 어떻게 전개되었을까?

불교 명구 모음집 《진흙소가 물 위를 걸어간다》의 선자(選者) 무비(無比) 스님 또한 이와 유사한 인연이 있다. 어렸을 적에 마을 이웃에 있는 사찰에 놀러갔다가 또래의 어린 동자스님을 만나 명구 하나를 설명 듣고 큰 감동을 받아 출가사문의 길을 걷기로 결심했던 것이다.

이 책을 펴낸 까닭도 당신의 경우처럼 "간단한 명구 한 구절을 통해서 불교에 입문하는 사람도 있을 것이고, 지혜의 눈을 뜨는 사람도 있을 것이기" 때문이다. 그러니 정성이 들어가지 않을 수 없다. "오랫동안 기록하고 버리고 기록하고 버리고를 반복하다가" 마음에 절실하게 와 닿은 것을 고르고 골라서 엮었다.

스님이 뽑은 명구도 명구이거니와 곁들인 해설 또한 놓칠 수 없다. 문장은 간결하고 미려하다. 그러나 그 흔한 예쁘지만 향기가 없는, 감탄사는 있으나 감동은 없는, 화장기 짙은 글이 아니다. 뜻은 산뜻하면서도 장중하다. 한편의 빼어난 수필이자 법문이다. 책을 펼쳐본다.

온종일 밥을 먹되

일찍이 쌀 한 톨도 씹지 않았고

종일토록 걸어가되

일찍이 한 조각의 땅도 밟지 않는다.

終日喫飯 未曾咬著一粒米, 終日行 未曾踏著一片地.

황벽 선사의 《전심법요(傳心法要)》에 나오는 구절이다. 스님이 붙인 해설은 이렇다.

"보통 사람은 무엇을 하든 하는 것마다 그 흔적이 남는다. 상(相)이 남고, 기쁨이 남고, 화가 남고, 미련이 남는다. 선인(禪人)은 그와 같은 것들이 남지 않는다. 그렇다고 아무 것도 하지 않아서가 아니다. 누구보다 왕성한 삶을 산다. 왕성하게 활동하되 한 것이 없다는 뜻이다. … 이런 이치를 알아서 인생이 세월의 무게처럼 무거워질 것이 아니라 날이 갈수록 깃털처럼 가벼워야 한다."

무더위가 기승을 부리기 시작한다. 사람들은 옷을 하나씩 벗어버리고 산으로 강으로 바다로 휴가를 떠날 것이다. 옷깃을 풀어헤치고 집 밖을 나서면 마음이 들뜨고 풀어지기 십상이다. 그때 이 책을 펼쳐 보시길, 거기에 처방전이 있으니, "벽에 틈이 생기면 바람이 들어오고, 마음에 틈이 생기면 마군이 침범한다."

- 사람이 살아가면서 크게 문제가 되는 것은 어떤 일을 일으킨 것보다 그 일을 마음에 담아두고 자꾸 키우고 확대시켜가는 것이다. 사실 좋은 일이거나 나쁜 일이거나 닥쳐오는 것은 어쩔 수 없는 일이다. 모두가 내가 지어서 돌아오는 것이다. 그러므로 그냥 인연을 따라서 순리대로 맞이하여야 한다. 다만 중요한 것은 더 이상 가슴에 묻어 두지 말라는 것이다. (p. 45)

- 불법은 노력을 하고 구해서 얻어지는 것이 아니라, 모든 사람들에게 이미 다 갖추어져 있다. 일체가 다 구족하여 마치 저 드넓은 허공과 같다. 모자라거나 남는 일이 없다. 완전무결하다. 이미 존재하는 것만 인식하면 된다. 달리 구하고 찾아 나설 것이 아니다. 찾아 나서면 더욱 멀어진다. (p. 127)

- 진정으로 도를 닦는 사람이라면 남의 허물, 세상의 허물을 보지 않는다. 볼 시간도 없다. 마음속에 남겨두지도 않는다. 특별히 수행을 하지 않더라도 생각이 있는 사람들은 남의 허물을 들추거나 시기 질투를 일삼지 않는다. (p. 163)

무비 스님은 불교계의 대표적인 학승이다. 15세 때 경북 영덕 고향마을에 있던 덕흥사에 놀러갔다가 또래 동자스님으로부터 "삼일수심(三日修心)은 천재보(千載寶)요, 백년탐물(百年貪物)은 일조진(一朝塵)이다(3일간 닦은 마음은 천년의 보배요, 한평생 탐하여 모은 재산은 하루아침에 먼지가 된다)."라는 자경문의 한 구절을 듣고 큰 감동을 받았다. 그리고 그 자리에서 출가를 결심했다. 일화에서도 알 수 있듯이 무비 스님은 긴 말보다 짤막한 명구 한마디가 삶을 바꾸고 사람의 마음을 눈뜨게 하는 데 효과적일 수 있다고 생각했다. 이러한 생각을 바탕으로 불교의 명언 명구를 가려 뽑아 해설을 곁들였다.

산이 하나 있다. 불교라는 거대한 산이다. 어떤 산이든지 산에 오르는 길과 방법은 한 가지일 수 없다. 산에 올라가는 길과 방법은 다양하다. 큰 산일수록 더욱 그렇다. 더구나 불교라는 이 산에 오르기 위한 어떤 길이나 어떤 방법도 절대적으로 옳고 좋은 방법이라 할 수는 없다. 무비 스님은 명구 한 구절의 오솔길을 타고 불교라는 거대한 산에 오르기 시작했다.

명언과 명구에 얽힌 일화는 참으로 다양하다. 육조 혜능 스님이 출가하기 전에 땔나무를 팔아 생활하던 때다. 하루는 나무를 짊어지고 객점에 이르렀는데, "응당 머무르는 바 없이 그 마음을 내라(應無所住而生其心)"는 구절을 우연히 들었다. 객점에 머무르던 손님이 외던 금강경 한 구절이었다. 혜능 스님은 이 한 구절을 듣고 마음이 열렸다. 그리고 후에 천하의 육조가 되어 부처님의 법을 이은 큰 조사가 되었다.

열반경에는 게송을 얻기 위해 몸을 던진 이야기가 나온다. 부처님이 가섭에게 자신이 보살로 수행할 때의 이야기를 해 주었다. 부처님은 전생에 설산에 살면서 보살행을 닦을 때 설산동자로 불렸다. 하루는 제석천신이 그를 시험하고자 사람을 잡아먹는 식인귀로 변해 동자 앞에 나타났다. 그러고는 "세상의 모든 일은 항상됨이 없어서 한번 나면 반드시 없어지나니(諸行無常 是生滅法)"하는 반절짜리 게송을 외웠다.

설산동자는 그 게송을 듣고 목마른 이가 물을 만난 듯 반가워하며 그에게 가서 나머지 부분을 외워달라고 졸랐다. 식인귀는 배가 고파 외울 수 없으니 설산동자의 몸을 먹게 해 주면 외우겠다고 말했다. 동자는 게송의 나머지 반절을 들은 다음에 육신을 주기로 약속했다. 식인귀는 "나고 죽음에 끌려가는 마음이 없어지면 적멸의 고요가 즐거우리라(生滅滅已 寂滅爲樂)."는 게송의 나머지 구절을 외웠고, 동자는 기뻐하며 그 게송을 돌벽과 나무에 새긴 뒤 높은 나무에 올라가 뛰어내렸다. 식인귀는 제석천신으로 변하여 설산동자의 뛰어내리는 몸을 받고 참회했다. 명구 한 구절을 얻기 위해 하나뿐인 몸을 던져 보시한 설산동자. 이러한 예는 무수히 많다.

현대인은 바쁘고 복잡한 세상을 살아간다. 그 속에서 팔만사천법문에 해당하는 불법의 요체를 온전히 이해하기란 쉽지 않다. 무비 스님은 사람들의 근기와 취향이 다르기에 간단한 명구 한 구절을 통해서 불교에 입문하는 사람도, 지혜의 눈을 뜨는 사람도 있을 것이라고 믿는다. 이 책은 그러한 현대인들을 위해 불법의 요체를 가려 모은 것으로, 명구를 마음에 새겨 깨달음의 세계를 맛볼 수 있도록 명쾌한 해설도 함께 담아냈다.

14

방거사, 한국 선계(禪界)에 경책을 내리다

《방거사어록강설》

혜담 지음

불교경전 중에 설주(說主)가 부처님이 아닌 경우가 딱 하나 있다.《유마힐소설경(維摩詰所說經)》이다. 모든 경전은 부처님이 설법의 주체가 되는데,《유마힐소설경》은 유마 거사가 법을 설한다. 게다가 이 경전에서는 부처님의 제1제자인 사리불까지도 유마 거사에게 질책을 당한다.

인도에 유마 거사가 있다면 중국에는 방거사가 있다. 성은 방(龐), 이름은 온(蘊)이다. 그는 과거를 보러 가는 길에 한 행각승에게 "참으로 아깝습니다. 어찌하여 부처를 뽑는 곳(選佛場)엔 가지 않습니까?"라는 말을 듣고 발심, 수행자의 길에 들어섰다. 석두(石頭) 선사를 만나 자신을 억누르던 의혹들이 눈 녹듯 사라짐을 체험하고, 마조(馬祖) 선사를 친견하고 본심(本心)의 완전한 자각을 얻었다.

방거사의 진면목은 철저한 무소유의 실천에서 돋보인다. 그는 발심한 후 수만 수레에 달하는 재산을 동정(洞庭)의 상강(湘江)에 버리고 대바구니를 팔아 생계를 이었다. 사람들이 "불쌍한 사람에게 주든지 불사(佛事)에 사용하라."며 말렸으나, 거사는 "내가 이미 원수라 생각하고 버리면서 어찌 다른 사람에게 주겠는가? 재물은 몸과 마음을 근심하게 하는 원수이다."라고 하였다.

내로라 하는 선사들의 날카로운 기봉을 꺾고 때로는 당당하게 맞섰던 거사는 당대(唐代)의 불교를 선(禪)으로 특징짓는 데 큰 영향을 미쳤다. 간화선의 주창자인 대혜(大慧) 선사가 《서장(書狀)》에서 "다만 온갖 것을 비우기를 원하고(但願空諸所有), 결코 없는 것을 채우지 말라(愼勿實諸所無)."는 거사의 임종게를 인용하며 "다만 이 글귀만 알면 일생 참선하는 일을 마치게 될 것이다."라고 극찬할 정도였다.

이렇듯 선에 큰 영향을 미친 방거사의 어록이 선종을 표방하는 우리나라에서는 무슨 이유인지는 모르겠으나 간행된 적이 없다. 이러한 점에서 혜담 스님의 《방거사어록강설》이 갖는 의미는 특별하다.

혜담 스님이 《방거사어록강설》을 펴낸 까닭 중의 하나는 "방거사를 우리 시대에 조명하여, 거사를 통하여 선종 본래 모습인 당대의 선풍이 오늘날에 재생하는 데 보탬이 되게 하고, 작금 교계에서 일고 있는 간화선을 둘러싼 소모적인 논쟁에 앞서 참선 본래의 참구법으로 회귀하는 계기"를 마련해 보기 위해서다.

저자가 보기에 우리의 수행 풍토는 한심하기 그지없다.

"도(道)와 돈을 혼동하고 있지 않은지 의심스럽다. 출가수행자든 재가수행자든 재물에 대한 집착을 끊으려는 생각도 하지 않고 선방에 앉아 있는 것은 아닌지 의심스럽다."

"자신은 하루에 한 시간도 참선을 하지 않으면서 신도를 향해서는 참선법을 설하는가 하면 선객(禪客)이라고 자처하면서 종단의 정치나 사회문제에 골몰하고 있다."는 것이다. 뿐만 아니라 무늬만의 수행자가 넘쳐나고 있다는 지적이다. 이에 대한 저자의 처방이 방거사의 선사상, 삶의 방식인 것이다.

여기 방거사의 골수를 드러내는 게송을 옮겨 적는다.

세상 사람들은 재물을 중하게 여기지만	世人重珍寶
나는 순간의 고요함을 귀하게 여긴다.	我貴刹那靜
재물은 사람의 마음을 어지럽히고	金多亂人心
고요함은 진여의 성품을 나타낸다.	靜見眞如性

- 나날의 일이란 말 그대로 우리들이 아침에 일어나서 세수하고 식사하는 것으로부터 시작하여 저녁에 잠자리에 드는 것까지의 그런 생활을 말한다. 특별히 그날의 수행 상태를 염두에 둔 말은 결코 아니다. 그러한 일상생활에 특별한 일이 달리 없다는 것이다. 견성한 도인이라고 해서 혹은 대통령이라고 해서 대단한 삶이 있고, 이제 갓 수행을 시작한 학인이라고 해서 혹은 길거리의 거지라고 해서 시원찮은 삶이 있는 것이 아니라는 말이다. (p. 54)

- 모두의 삶이 정답이다. 수행자의 삶도 정답이고, 막노동의 삶도 정답이다. 중요한 것은 우리들의 일상생활이 모두가 정답 속에서 다만 스스로 슬금슬금 흘러간다는 그 사실에 눈뜰 때, 비로소 '참된 자기'가 실현된다는 것이다. (p. 55)

- 《여래장경》에는 다음과 같은 법문이 있다. (중략) 부처님은 보살들에게 "천안을 가진 사람이 연꽃 중의 부처님 모습을 발견하는 것처럼, 여래도 또한 스스로의 지혜와 눈을 가지고 탐욕, 진에, 우치, 갈애, 무명을 비롯한 수천만의 번뇌에 덮여 있는 모든 중생을 관찰한다. 거기에서 여래는 그러한 번뇌에 덮여 있는 중생들의 내면에 자신과 똑같은 지혜를 가지고 똑같은 눈을 가진 여래가 있는 것을 발견하고, 그들 중생 가운데에 여래의 법성이 변함없이 존재하여 중생이 윤회의 길을 방황해도 조금도 더럽혀지지 않는 것을 본다."라고 말씀하셨다. (p. 187)

방 거사는 성이 방(龐)이고 이름은 온(蘊)이다. 때문에 방온 거사라 부르기도 하지만, 고래로부터 방 거사라고 일반화되어 왔다. 그는 중국의 유마 거사라고 칭송되는 인물이다. 《유마경》에는 부처님 당시 바이샬리에 있으면서 부처님의 여러 제자들을 압도하고 문수보살과 당당하게 대론한 유마 거사의 풍모가 실려 있다. 방 거사의 삶은 이 유마 거사와 비견되곤 한다.

방 거사가 살던 8세기 중반에서 9세기 초까지는 마조 선사나 석두 선사가 선풍을 크게 드날리고 있었다. 방 거사도 석두 선사를 친견하고 마조 선사 문하에서 수행하여 그 법을 이었는데, 이 유명한 선사들의 기봉을 꺾거나 당당하게 맞서 조금도 흔들림이 없었다. 그러나 그는 법을 얻고도 승려가 되지 않고, 재가 거사로 일생을 보냈다.

원래 《방거사어록》은 당시 양주의 자사였던 우적이 편집한 것으로, 가장 오래된 간본은 숭정간본이다. 이것은 명나라 말기인 숭정 10년(1637년)에 천주라산의 서은원에서 출판한 것으로 상·중·하권으로 되어 있다. 《방거사어록강설》은 그 중 상권을 혜담지상 스님이 번역·강설한 책이다.

방 거사는 형양 태수의 아들이었다. 과거를 보러가던 중 벼슬길에 오르는 것보다 부처가 되는 것이 좋다는 말을 듣고는 귀로에 올랐다. 그는 수만 수레에 이르는 집안의 재산을 배에 싣고 상강에 가져가 전부 물속에 가라앉혀 버리고, 성밖의 작은 집을 장만해 대바구니를 만들어 팔며 생계를 이어갔다고 전한다.

그가 재물을 던지려 할 때 사람들이 "다른 사람에게 주든지, 불사에 쓰라."고 권유했다. 그러나 방 거사는 "내가 이미 나쁜 것이라 생각하고 버리면서 어찌 다른 사람에게 주랴, 재물은 심신을 괴롭히는 근원이다"며 단호히 물속에 던져버렸다.

"세상 사람들은 재물을 중하게 여기지만 / 나는 순간의 고요함을 귀하게 여
긴다 / 재물은 사람의 마음을 어지럽히고 / 고요함은 진여의 성품을 나타낸다."

수행자인 거사에게 있어서 재물은 심신을 괴롭히는 원수였다. 그 원수와 같
은 재물을 다른 사람에게 주어서 그 사람을 괴롭힐 수 없다는 것이 거사의 입장
이다. 방 거사의 게송엔 무소유의 성품이 드러난다.

불교는 인간의 진정한 행복이 결코 물질적·향락적인 것에 있지 않다는 사실
을 직시하라는 가르침이다. 정신적인 행복의 바탕이 없이 쌓은 물량 축적이 얼마
나 허무하게 붕괴되는 가를 분명히 보여주는 것이다. 방 거사는 그 많은 자신의
재산을 강물에 던지면서 우리들에게 '수행과 재물은 결코 병행될 수 없는 것'이
라고 경고한다.

방 거사는 일상생활이 신통하고 묘한 작용이며 도의 현현임을 체득하고 그
러한 경지에 도달했다. "물을 긷고 나무를 나르는 일상생활이 곧 도(道)의 현현(顯
現)"이라는 그의 어록에는 선(禪)의 정수가 담겨 있다.

방 거사 입멸 1,200주년을 2년 앞두고 출간된 이 책은 방 거사와 당시의 선
풍을 조명하고 있으며, 오늘날 교계에서 일고 있는 간화선을 둘러싼 소모적인 논
쟁에 앞서 참선 본래의 참구법으로 회귀하는 계기를 마련해 준다.

15

붓다, 누구보다 인간적인 스승

《붓다의 마지막 여행》

나카무라 하지메 지음 · 이경덕 옮김

　인류의 교사이자 위대한 성인으로 추앙받는 붓다. 그 붓다의 마지막 여정을 접할 때 우리는 어떤 생각을 떠올릴 것인가. 어떤 사람은 무언가 교훈이 될 만한 이야기를 잔뜩 기대할지도 모르고, 어떤 사람은 무언가 신화적인 영웅의 모습을 기대할지도 모르고, 어떤 사람은 그야말로 성인으로서 무언가 보통 사람과는 다른 달관의 모습을 기대할지도 모르겠다. 사실 한문으로 번역된 《열반경》은 여러 가지 교리철학적인 해석들의 나열과 함께 성인으로서의 붓다의 모습이 부각되어 있는 것이 사실이다.

그래서 이 책, 나카무라 하지메가 팔리어본을 중심으로 엮은《붓다의 마지막 여행》은 조금은 생소하기까지 하다. 그렇다고 흔히들 알고 있는 붓다의 마지막 여정과 그렇게 차이 나는 줄거리를 가지고 있는 것도 아니다. 하지만 한역본이 가지고 있지 못한 장점을 이 책은 보여준다. 대승불교에 의해 신화로 덧씌워진 붓다의 이미지가 팔리어본에는 존재하지 않기 때문이다. 오히려 위대한 성인이자 인류의 위대한 스승이었던 붓다의 마지막 여정이 이렇게 담담하게 그려질 수도 있었는가 하는 놀라움마저 느낀다면 필자의 지나친 감정일까.

붓다의 마지막 여행길은 왕사성 영취산에서 시작되어 쿠시나가라까지 이어지는 결코 가깝지 않은 길이었다. 그 여행의 과정에서 붓다는 병이 들었다. 파바에 도착했을 때 붓다는 대장장이의 아들 춘다가 소유한 망고 숲에 머무른다. 붓다는 춘다의 음식을 먹었을 때 죽을 것처럼 격심한 고통을 느끼지만 내색하지 않고 쿠시나가라로 향한다. 그 여정의 한가운데서 붓다는 아난다에게 말을 건넨다.

"아난다야, 너는 나를 위해 겉옷을 넷으로 접어 깔아라. 나는 지쳤다. 나는 앉고 싶다."
"아난다야, 물을 좀 가져오너라. 목이 마르구나. 물을 마시고 싶다."

지친 노인이 먼 여행길의 피곤한 노정을 견디지 못하고 젊은 동반자에게 건네는 말과 무엇이 다를 것인가. 그리고 쿠시나가라로 향하는 여정 중에 몇 번이나 아난다에게 부탁한다.

누군가 "수행의 완성자가 네가 바친 마지막 음식을 먹고 죽게 되었으니 너에게는 이익이 없고 공덕이 없다."고 말해서 대장장이의 아들 춘다가 후회하지 않도록 잘 말해 주라고.

누차 당부하는 그 모습은 뒤에 남는 어린 자식들을 걱정하는 늙은 아버지의 모습과 크게 다르지 않은 듯 오버랩 된다. 아난다가 세상에 더 오래 머물러 줄 것을 간청해 주기를 바라며 더 오랫동안 삶을 유지할 수 있음을 세 번이나 반복하여 말하는 모습에서, 죽은 뒤의 장례절차를 알려주는 모습에서. 죽음을 맞이하는 그 순간까지 붓다는 제자들에 대한 걱정을 놓지 않는다.

"자아, 수행 승려들이여. 너희에게 말하겠다. 여러 가지 사상(事象)은 지나가는 것이다. 게으름 피우지 말고 수행을 완성하라."

혹 우리는 잊고 살았던 것이 아닐까. 붓다가 인간이었음을, 누구보다도 인간적이었음을 누누이 강조하면서도, 부지불식간에 붓다를 '신화'로 받아들이고 있는 것이 아닐까. 혹여 마음속에 '스승 붓다'가 아니라 '신격으로서의 붓다'만 모시고 있다면, 다시 한 번 붓다를 찾아가 보자. 격렬한 논쟁의 와중이 아니라, 자신의 삶을 조용히 정리하면서 당부를 거듭하는 늙은 수행자의 마지막 여정 속으로. 그리고 돌이켜 보자. 게으름 피우고 있지 않은지.

- 수행 승려들이여, 미래의 세상에 수행 승려들이 믿음이 있고, 부끄러운 마음이 있고, 부끄러워하고, 박학하고, 노동에 힘쓰고, 마음 상태가 안정되어 있고, 지혜를 지니고 있다면 수행 승려들은 번영하고 쇠망이 없을 것이다. (p. 29)

- 수행 승려는 몸을 잘 관찰하고, 열심히, 정신을 바짝 차리고 이 세상의 탐욕과 근심을 제거해야 한다. 감수를 잘 관찰하고 열심히 성심을 다해 이 세상의 탐욕과 근심을 제거해야 한다. 마음을 잘 관찰하고, 열심히, 정신을 바짝 차리고 이 세상의 탐욕과 근심을 제거해야 한다. 여러 사상을 잘 관찰하고 열심히 성심을 다해 이 세상의 탐욕과 근심을 제거해야 한다. 이와 같이 하는 것이야말로 수행 승려가 바르게 염원하는 것이다. (p. 66)

- 지금이든 내가 죽은 뒤에든 누구나 스스로를 섬으로 삼으며, 타인을 의지하지 않고 스스로를 의지하며, 법을 섬으로 삼으며, 타인의 것을 근거로 삼지 않고 스스로의 것을 근거로 삼는다면 그들은 수행 승려로서 최고의 경지에 이를 것이다. (p. 78)

- 자아, 수행 승려들이여. 너희에게 말하겠다. 여러 가지 사상은 지나가는 것이다. 게으름을 피우지 말고 수행을 완성하라. (p. 190)

《붓다의 마지막 여행》은 인류의 위대한 스승 붓다가 죽음을 앞두고 떠난 여행에서 제자들에게 보여준 행적과 설법에 대한 이야기다. 병으로 인한 붓다의 죽음과 유골 분배가 이루어지기까지의 과정 또한 담겨 있다. 붓다는 지금까지도 우리나라는 물론이고 전 세계적으로 영향을 끼치고 있는 인물이다. 붓다의 죽음을 앞둔 모습을 담담하게 기록한 이 책은 붓다의 죽음을 통해 인생이란 무엇인지, 인간은 왜 죽을 수밖에 없는 존재인지를 밝히고 있으며, 인생의 모든 미망과 집착에서 벗어나 죽음을 어떻게 맞이할 것인지를 생각해 볼 수 있는 계기를 마련해 준다.

붓다의 마지막 모습을 다룬 책은 여러 언어로 전해진다. 이 책은 팔리어로 전해지는 경전을 일본의 저명한 종교철학자인 나카무라 하지메가 번역하고, 산스크리트본, 티베트본, 한역본, 유부본 등을 참고하여 풍부하고 상세한 주해를 덧붙였다. 뿐만 아니라 신화적인 윤색, 붓다를 신적 존재로 묘사한 부분, 붓다 이후의 역사적 사실, 정형화된 교리 등 후대에 삽입된 부분에 대한 상세한 설명을 덧붙여 이해를 도모하였다.

붓다는 고통과 번뇌로 가득한 삶을 살다가, 끊임없는 수행과 정진으로 깨달음을 얻어 해탈했다. 그러한 붓다의 모습을 통해 우리 또한 내면의 불성을 발견하고 깨닫는 한편, 마음을 다스리고 영원으로 가는 지혜를 쌓아나갈 수 있을 것이다.

붓다는 파바에서 대장장이의 아들 춘다의 망고 숲에 머물며 춘다의 음식 공양을 받았는데 그 음식을 먹은 다음 격렬한 고통이 생기고 붉은 피가 흘러나왔다고 경전은 전한다. 늙고 병든 붓다의 인간적인 모습과 붓다가 대장장이의 아들 춘다를 배려하는 마음 씀씀이 또한 엿볼 수 있다.

쿠시나가라에 도착한 붓다는 두 그루가 나란히 있는 사라 나무 사이에 침상을 준비하고 참선에 들어간다. 아난다를 비롯한 제자들은 깊은 슬픔에 잠기지만 삶과 죽음에 대한 붓다의 생각은 확고하다.

"그만두어라, 아난다야. 슬퍼하지 마라. 탄식하지 마라. 아난다야. 내가 이미 말하지 않았더냐? 모든 사랑하는 것, 좋아하는 것으로부터 헤어지고 떠나 다른 것이 된다는 것을."

또 변두리 마을이 아닌 대도시에서 임종해 달라고 간청하는 아난다에게 그런 것은 중요하지 않다고 말한다. 붓다의 마지막 직제자인 수바다가 붓다에게 귀의하는 과정도 설명되어 있다.

임종을 앞둔 붓다는 제자들에게 여러 가지 가르침과 계율 조항 등에 대한 당부와 함께 붓다 최후의 말씀을 남긴다. 붓다가 남긴 마지막 말은 간결하고 명확했다. "여러 가지 사상(事象)은 지나가는 것이다. 게으름을 피우지 말고 수행을 완성하라." 붓다의 죽음은 매우 조용하고 평화롭게 이루어진다. 제자들을 비롯해 사바세계의 주인인 범천, 신들의 주인인 제석천, 아누루다 존자, 아난다 등은 시를 통해 붓다의 죽음을 슬퍼하며 애도했다. 이어 붓다의 유체를 화장하고 유골을 여덟으로 분배하여 각기 다른 곳에서 숭배하고 있는 과정이 소개된다.

죽음을 앞둔 붓다의 모습을 담담하게 기록한 이 책은 인생이란 무엇인지, 인간은 왜 죽을 수밖에 없는 존재인지를 설파한다. 또 인생의 모든 미망과 집착에서 벗어나 죽음을 어떻게 맞이할 것인지를 생각해 볼 수 있는 계기를 마련해 준다.

4

이 시대, 그 남자의 문화 읽기

16

절집 숨은 얘기에 미소를 담다

《불교풍속고금기》

박부영 지음

행락철(?)이면 많은 이들이 절간을 찾는다. 아니 행락철이라야 절간을 찾는다. 불자라고 해도 법회가 있거나 재일(齋日)이거나 특별한 행사가 있다든가 하지 않으면 절간을 찾는 것이 그리 쉬워 보이지 않는다. 어느 사인가 그만큼 절간은 우리에게서 멀리 동떨어진 세계로 물러나 앉아 있는 것이다. 왜 그런가?

우선 역사상 그 어느 때보다 바쁘게 움직여야 겨우 먹고 살 수 있는 산업 사회의 풍토를 꼽지 않을 수 없다. 또 마구잡이 서구화에 내몰려 절집살림이 미신처럼 치부되고 오도되었던 최근세사의 질곡도 한 원인이 될 것이다. 물론 내적으로는 집안싸움에 치중해 있던 우리네 불교의 서글픈 현실도 한몫의 원인을 제공한 것이 사실이다.

여러 원인이 있겠지만, 요즈음 절간을 찾는 사람들에게 '절간'이란 문화의 박제품들을 전시한 박물관의 하나일 뿐이다. 오래 된 전통 사찰일수록 그 경향은 더욱 심하다. 등산객이 산을 오르면서 잠깐 들러 물 한 그릇 마시는 곳, 초·중·고교 학생들이 수학여행 코스로 들러 '이게 옛날 우리 조상들의 문화유산이다' 하고 설명을 듣는 곳. 그야말로 절간이란 색다른 문화의 전시공간일 뿐인 것이다.

혹여 열심히 법회에 참석하고 새벽예불에 꼭꼭 참석하는 불자라면 '나는 좀 다르다'고 말할지도 모르겠다. 하지만 그렇게 열심히 절에 다니는 불자님들에게 한 번 물어보라. '시다림'이 무엇인지, '통알(通謁)'이 무엇인지 말이다. 혹은 조석으로 올리는 예불이며 사시공양은 왜 하는지 등등…. 십중팔구 고개를 갸웃거리거나 가로젓고 말 것이다.

혹여 몇몇 분은 의문에 정확히 대답할지도 모른다. 하지만 알고 있는 사람보다는 모르고 있는 사람이 더 많을 것이다. 해서 여전히 '절간'이라고 하는 공간은 불자들에게도 일반 대중들에게도 아직은 친근하지 않은 공간이고, 때로는 은밀한 무엇인가 존재하는 신비의 공간일 뿐이다.

큰 절에서 일어나는 풍경 하나. 스님들은 한 달에 두 번 삭발을 한다. 처음 출가할 때만 머리를 깎는 것이 아니라, 매 달 두 번 그 파르라니 빛나는 두피를 유지하기 위해서 행사를 치른다. 그 단순히 머리를 깎는 일 하나에도 정해진 날과 정해진 방식, 삭발에 사용하는 칼 곧 삭도의 재료에조차 엄격한 규정이 적용되고 있다는 사실은 아는지? 그리고 이 삭발과 목욕의 전통이 오랫동안 망각되었다가 성철 스님과 자운 스님이 봉암사 결사 때 포살법회를 개설하면서 되살아난 것임을 아는 사람은 그리 흔치 않다.

이처럼 절간에서 일어나는 행위 하나하나가 그냥 이루어지지 않고 저마다의 의미와 유래를 담고서 행해진다.

어떤 것은 부처님 때부터, 어떤 것은 중국 선종에서부터, 또 어떤 것은 이 나라 최근세사를 배경에 담고서….

우리 삶 속에서 저만치 멀리 가 있는 절간. 박제된 문화재 관람장이 아니라 납의의 먹물이 파르라니 배어든 수행의 공간은 우리가 알고서 절간을 찾아갈 때서야 되살아날 수 있는 것이 아닐까? 박부영이 지은《불교풍속고금기-사찰의 생활과 풍속에 대한 50가지 이야기》는 우리에게 그것을 자상하게 일러준다.

- 불교에서는 머리카락을 번뇌의 표상으로 본다. 마음속의 번뇌가 머리카락으로 드러난다고 여기는 것이다. 머리를 깎으면 번뇌가 사라지는가? 그건 아니다. 이는 일종의 비유다. 깎아도 깎아도 자라나는 머리카락은 끊임없이 솟아나는 번뇌와 닮았다. 그래서 불교에서는 머리카락을 무명초(無明草)라고 부른다. (p. 15)

- 선방에는 좌선을 두고 '한 시간을 앉으면 한 시간 부처, 하루를 앉으면 하루 부처'라는 말이 있다. 용맹정진은 공부가 자신과의 싸움이라는 것을 가장 극적으로 보여준다. (p. 96)

- 탁발은 단순히 배를 채우는 수단이 아니라 그 자체가 하나의 수행이다. 걸식을 하며 수행자는 자신을 낮추는 법을 배운다. (p. 111)

- 사람의 발자취를 담은 기록을 이력이라고 하는데, '이(履)'는 신이라는 뜻이다. 이력이란 곧 신을 신고 걸어온 역사라는 뜻이다. 그렇다면 신발은 사람을 상징한다고 볼 수 있다.… 처음 출가할 때 가장 먼저 하는 의식이 그동안 신었던 신발을 벗고 새 고무신을 신는 일인 것을 볼 때 고무신은 수행자의 삶을 가장 단적으로 보여주는 상징이다. 이는 고무신 한 켤레에 만족하는 삶을 살아야 한다는 교훈이기도 하다. (p. 161)

《불교풍속고금기》는 불교에 전해지는 사찰의 풍속을 정리해 놓은 문화사이다. 스님들의 수행생활, 일상생활, 의식주, 대중생활, 세시풍속 등 50가지 풍속을 크게 7개 항목으로 나눠 담았다. 부처님 당시부터 지금까지 풍속의 변화 과정과 경전, 율장 등 문헌을 소개한 뒤 숨은 일화를 곁들이는 방식으로 구성되어 있다.

또 이러한 항목마다의 내용에는 각 풍속에 담긴 정신 또한 소개한다. 신발을 가지런히 벗는 것, 남에 대한 험담을 경계해야 하는 것은 스님들의 일만이 아니기 때문이다. 불교 사찰의 생활과 풍속을 알기 쉽게 정리하면서 불교입문서 역할도 겸하고 있는 셈이다.

불교에는 특유의 문화가 있고 풍속이 존재한다. 그러나 이렇게 지키고 있는 풍속들이 원래부터 그랬던 것은 아니다. 문화는 특정 시간과 공간을 거치면서 변화하기 마련이다. 처음 그대로 남아 있는 것은 하나도 없다. 불교 또한 그러하다. 대승불교 시대에 접어들며 교리 내용과 더불어 문화가 대폭 바뀌었다. 인도에서 중국으로 건너가서는 원래 불교가 맞는지 싶을 정도로 변했다.

삼국시대 불교와 고려·조선시대의 불교는 다르다. 지금의 불교는 앞선 시대의 불교와 또 다르다. 그러나 정신은 변하지 않는다. 저자는 그 정신 속에 깃들인 알맹이를 끄집어내고자 했다고 말한다.

스님들은 이른바 '아침형 인간'이다. 오후 9시에 잠자리에 들어 오전 3시에 일어난다. 이런 생활 패턴은 부처님 당시부터 내려온 것이라 한다. 부처님은 해질 무렵 1시간가량 재가 신자들을 위해 설법했고, 오후 6시부터 10시까지는 비구들을 위해 설법했다. 오후 10시부터 오전 2시까지는 눈에 보이지 않는 천상의 신들을 위해 법을 베풀었다고 한다. 즉, 잠자리에 들었다는 뜻이다.

부처님 당시의 풍습과 오늘날의 차이점을 조망하는 것 또한 재미있다. 여기에는 한국 불교에서 엄격하게 금하고 있는 고기와 술에 대한 이야기도 등장한다. 부처님 당시 식생활 원칙은 '신도들이 주는 대로 먹는 것'이었다. 수행자들은 탁발로 하루 한 끼를 해결했기 때문에 음식을 가릴 입장이 아니었다. 부처님은 밥, 국수, 생선, 고기, 국, 채소 등 갖가지 음식을 먹으라고 할 뿐이다. 중요한 것은 음식에 집착하지 않은 그 마음이지 내용물이 아니라는 말이다. 그런데 대승불교의 발달과 함께 오신채를 음식에 넣지 않는 등의 엄격주의로 흐르게 된다.

저자는 이러한 풍속의 변화를 통해 불교가 어떻게 달라져 왔는지를 설명하며, 최근 급격하게 변한 사찰의 풍토와 앞으로 나아갈 방향을 간단하게 평한다. 이 밖에도 걸식을 하며 수행자가 자신을 낮추는 법을 배우는 탁발, 음식이 상에 오르기까지 수고한 모든 사람들의 정성을 생각하는 발우공양, 스님들이 수행 도중 틈틈이 쉬는 휴게실 같은 지대방 등 사찰 내의 여러 풍속이나 행사 등 깊이 있는 내용을 재미있게 풀어 설명한다.

《불교풍속고금기》는 불교에 대해 잘 알지 못하는 사람들이 품을 만한 소박한 궁금증부터 사찰의 생활과 모습 속에 담긴 깊은 뜻에 이르기까지 명쾌한 답과 설명을 곁들였다. 불교 신자는 물론 일반인들도 흥미롭게 읽을 만한 책이다.

17

당 태종이 선덕여왕을 희롱했다?

《동양화 읽는 법》

조용진 지음

《삼국유사》에 의하면 선덕여왕이 미리 안 일이 세 가지가 있다고 한다. 그 중의 하나가 당나라 태종이 선물로 보낸 모란꽃 그림을 보고 모란꽃에는 향기가 없다는 것을 한 눈에 알았다는 것이다. 신하들이 어떻게 모란꽃에 향기가 없는 것을 알았는지 묻자 선덕여왕은 "꽃을 그렸는데 나비가 없으니 향기가 없는 것을 알 수 있다. 이것은 당나라 임금이 내가 남편이 없는 것을 희롱한 것이다."라고 말했다.

이 이야기를 두고 선덕여왕이 그림만 보고도 태종의 엉큼한 속셈을 알아차렸을 정도로 영민했던 인물이라고 찬양하고 있다. 사실 선덕여왕은 여자의 몸으로 그 험한 정치판을 헤쳐 나온 매우 탁월한 임금이었다.

그러나 이 경우는 넌센스라 하지 않을 수 없다.

동양화에서는 원래 모란과 나비를 함께 그리지 않는다. 모란은 꽃 모양이 훌륭해서 꽃 중의 왕(花中之王)이라고 일컬으며 부귀(富貴)를 상징한다. 그림에 모란을 그리면 부귀하라는 덕담이 되는 것이다. 꽃에 향기가 없어서 나비를 그리지 않는 게 아니다. 모란꽃도 향기가 있고 벌과 나비도 찾아온다. 다만 모란이 피는 계절이 5월 초이기 때문에 아직 벌과 나비가 많은 때가 아니라서 모란꽃에 나비가 앉는 것을 보기 쉽지 않을 뿐이다.

모란과 나비를 함께 그리지 않는 이유는 다른 데 있다. 나비 접(蝶) 자가 팔십 노인을 뜻하는 질(耋)과 중국어 음이 같기 때문에 나비는 80세를 상징한다. 모란 옆에 나비를 그리면 '80세까지 부귀를 누린다'는 뜻이 된다.

언뜻 보면 좋은 의미 같지만 그렇지 않다. 80세로 못을 박아버리면 누려야 할 부귀가 제한되어 버리기 때문이다. 이왕 부귀를 누릴 바에야 자손 대대로 누려야 하지 않겠는가. 크게 부귀를 누리고 싶으면 모란을 크게 그리면 된다. 거기다 장수를 기원하려면 바위를 그려 넣는다.

동양화는 이렇듯 단순히 그려진 사물만 보아서는 무엇을 의미하는지 제대로 알 수 없는 경우가 많다. 사물을 복사하듯이 그리는 것이 아니라 상징적인 의미를 부여하기 때문이다.

예를 들면 쏘가리를 두 마리 그리면 반역죄가 된다. 쏘가리 궐(鱖)과 대궐 궐(闕)이 음이 같기 때문에 쏘가리를 두 마리 그리면 대궐이 두 개이고, 임금도 두 명이 된다는 의미가 되기 때문이다. 그러나 쏘가리를 한 마리만 그리면 '과거에 급제하여 대궐에 들어가 벼슬을 한다'는 좋은 뜻이 된다. 또 쏘가리가 낚시에 꿰어 있으면 '꽉 잡아놓다'는 것이 되어 급제는 이미 맡아 놓았다는 말이 되며, 오리를 함께 그려 넣으면 장원급제를 뜻하게 된다. 오리 압(鴨)자에 으뜸을 뜻하는 갑(甲)이 들어가 있기 때문이다.

뛰어난 군왕이었던 선덕여왕, 그러나 그녀는 불행히도 동양화를 어떻게 보는지 알지 못했던 같다. 그게 아니라면 독신녀 콤플렉스에 빠져 있었든지. 왕의 영민함을 찬양하기 위한 기록이 1천 수백 년이 지난 지금에 와서는 왕의 무식 내지는 콤플렉스를 드러내고 있다. 역사의 기록은 이렇게 무서운 것이다.

동양화의 상징과 의미 등을 어떻게 읽어내야 하는지는 조용진의 《동양화 읽는 법》에 자세하게 나와 있다.

* 난초 그림 중에 잎이 좀 꾸불거리고 길며 꽃을 보라색으로 그린 것이 있다
  (〈그림 40〉). 이것은 손(蓀)이라는 난초 종류의 한 가지로서, 바로 독음 때문에
  자손을 뜻한다. 그래서 점괘가 '사란이수(四蘭二秀)'라면 자식 넷 중에 두 명
  이 빼어날 것이라는 것을 뜻한다. (p. 60)

* 심하게는 파자하여 글자의 반쪽에 있는 의미만을 취하는 일까지도 있다.
  〈그림 54〉에서처럼 오리가 장원급제를 뜻하는 것은 오리 압(鴨)자를 파자하
  면 첫째 갑(甲)자를 얻을 수 있기 때문이다.
  북송 휘종의 그림 중 〈일갑일명도(一甲一名圖)〉는 바로 오리를 '甲'으로 본 것
  으로 오리가 한 마리이므로 '一甲'이 되는 셈이다. 그러나 오리를 보통 두
  마리 넣은 것은 과거가 향시와 전시 두 번 있었기 때문에 이왕이면 두 번의
  과거에 모두 장원을 비는 뜻으로 그렇게 한 것이다. (p. 81)

* 그림에 모란꽃이 있으면 '부귀'로 읽으면 된다. 거기에 해당화와 목련(木蓮, 玉
  蘭花)이 곁들여 있다면, 모란꽃의 부귀, 목련의 옥, 해당화의 당이 함께 읽혀
  서 부귀옥당(富貴玉堂, 귀댁에 부귀가 깃들기를…)이 된다. 이 뜻을 위해서 목련은 4
  월, 모란은 5월, 해당화는 6월에 피는 생태적 사실은 무시되었다. 그러므로
  모란꽃만 그려놓고 부귀옥당이라고 쓴 그림은 잘못된 것임을 알 수 있다.
  (p. 92)

《동양화 읽는 법》은 동양화를 감상하기 위한 이론과 이를 도입한 실제 사례를 일목요연하게 정리해 둔 책이다. 예쁘지도 않은 메추리를 왜 그리는지, 왜 까치를 그릴 때는 반드시 두 마리를 그려야 하는지 등 동양화를 감상할 때 생기기 쉬운 의문점을 설명하고 있다. 동음이자 읽기, 사물의 뜻을 생각하며 읽기, 고전 명구를 상기해 가며 읽기 등과 같은 방법을 다양한 그림과 함께 보여준다.

동양화를 대하다 보면 이치에 맞지 않는 그림, 가상적인 그림, 동일한 형식의 그림을 자주 보게 된다. 가령 모란에는 목련꽃과 해당화를 곁들여 그린다. 그런데, 모란은 5월 초순에 피고, 목련은 4월 초, 해당화는 6월에 핀다. 닭이 등장하는 그림은 항상 주제가 장닭이고, 장닭이 혼자 병아리를 기르는 모습이 그려진다. 형태미가 아름답지 않은 메추리는 동양화의 주요한 소재로 대개 조밭에 그리는데 모두 암컷이다. 식물이나 동물만이 아니다. 서로 다른 시대에 다른 지역에서 살았던 신선들을 한 군데에 모아서 그리기도 한다.

이와 같은 사실들을 이해하기 위해서는, 과거 선조들의 지식을 통해 그림을 볼 필요가 있다. 즉 동양화는 읽는 그림이다. 이는 화조도, 기명절지도, 초충도 외에 산수화에도 그대로 적용된다.

그렇기 때문에 동양화를 읽기 위해서는 몇 가지 방법이 필요하다. 크게 세 가지가 있는데, 동음이자로 읽는 법, 우화적 의미를 읽는 법, 관련 고전 문구를 상기하여 읽는 법이다. 종종 몇 가지가 혼용되기도 한다.

게를 갈대로 묶어 놓은 그림에 '갈대를 전하다'라는 뜻의 '전로(傳蘆)'라고 쓴 이유는 전로가 중국에서 장원급제한 사람에게 임금이 음식을 내린다는 뜻의 전려(傳臚)와 독음이 같기 때문이다. 향나무(柏)로 목숨 '수(壽)'자를 그린 그림은 향나무 백(柏)과 독음이 같은 百에 壽가 결합된 백수도(百壽圖)가 된다. 백 마리 사슴이나 흰색 사슴은 '백록(百祿)'으로 읽어 온갖 복을 뜻한다. 이런 예들이 모두 동음이자로 읽는 방법에 속한다.

한편 우화적 의미를 읽는 법도 다양하다. 중국에서 원앙새는 비익조와 구분하여 자식(貴子)을 뜻한다. 금슬 좋은 부부에게서 영리한 자식이 나온다 하여 貴子라는 뜻을 갖게 되었다. 석류 그림이나 주머니 속에 예쁜 씨앗이 가득 들어 있는 그림은 그 모양처럼 자손이 많은 것을 나타낸다. 따라서 석류는 '多子'로 읽으면 된다. 호리병박이나 포도 또한 그 생태가 자손을 많이 보는 것을 뜻하기 때문에 반드시 덩굴째 그려야 한다. 화려하고 아름다운 모란꽃 그림은 부귀를 뜻한다.

이뿐 아니라 고전에서 얻을 수 있는 명구나 고사를 상기하며 읽는 법도 있다. 도사가 발을 닦는 모습을 그린 〈탁족도〉는 "네 스스로 처신하기 달렸다."는 공자의 말을 나타낸다.

《동양화 읽는 법》은 그저 그림을 읽는 방법을 알려주는 데에서 그치지 않는다. 책의 마지막 장은 지금 한국화가 앞둔 문제와 앞으로의 진로를 모색하는 데까지 나아간다. 한국 동양화가 지닌 여러 결함을 제거하고, 옛 재료와 기법을 발굴하여 정리하는 시도를 해야 한다. 조형적 관점과 더불어 창의성과 다양성을 중시하는 태도 또한 요구된다. 즉 문화적 독립을 보전하면서 새로운 발전의 방향을 모색해야만 하는 것이다.

18

우리 아이들은 바리데기를 알까

《살아 있는 우리 신화》

신동훈 지음

언제인가부터 우리는 '신화' 하면 그리스·로마 신화부터 떠올리게 되었다. 최근 몇 년간 많이 팔리는 책들 중 하나가 신화와 관련된 것들인데, 큰 서점에서는 이 분야의 책들만으로 제법 큰 코너를 따로 꾸밀 정도이다. 한마디로 신화 열풍과도 같은 것인데 찬찬히 들여다볼라치면 적지 않은 불만이 생기는 것도 사실이다.

왜냐하면 이 신화 코너를 채우고 있는 책들이 대부분 그리스·로마 신화와 관련한 것들이기 때문이다. 번역본과 그것을 읽기 위한 안내서, 그리고 전문적인 연구서들까지 다양한 관련서들이 서가를 꽉 채우고 있는 것을 보면 한켠에서 차오르는 안쓰러움을 어쩔 수 없다. 그 수많은 신화 관련 책들 중에 우리 신화를 제대로 알려주는 책은 거의 보이지 않는 까닭이다.

물론 그리스·로마 신화를 우리나라 사람들이 잘 알고 친근하게 생각한다는 것이 나쁘다는 것은 아니다. 문제는 전혀 다른 곳에 있다. 그리스·로마 신화를 비롯한 서양 신화의 열풍 속에서 우리 신화들이 자꾸만 잊혀져 가는 것처럼 보여서 속이 타는 것이다.

최근에 개봉되었던 영화 '트로이'가 우리에게 각인된 그리스·로마 신화에 대한 친숙함을 바탕으로 손쉽게 흥행에 성공하는 것을 보면서는 씁쓸하기까지 했다. 저 자리에 우리 신화를 바탕으로 만들어진 영화가 있었더라면 어땠을까 하는 생각이 들었기 때문이다.

신화는 그 진실 여부를 떠나서 한 민족의 삶의 역정과 정신, 그리고 세계관이 고스란히 녹아 있는 결정체에 다름 아니다. 그런데 서구화에 다름 아닌 근대화 몇 십 년 만에 우리의 삶 속에서 우리 신화의 주인공들은 더 이상 찾아볼 수 없다. 기껏해야 모 종교의 우상화니 무어니 하는 시비에 교과서에조차 떳떳하게 실리지 못하는 단군신화만이 전래동화라는 이름으로 읽혀지는 것이 지금의 현실 아닌가?

우리 삶 속에서 우리 신화를 발견할 수 없다면 이미 혼을 놓아버린 존재요, 적어도 한 민족이라는 공동체의 삶은 포기해 버린 것이나 다름없다.

한 번쯤은 되새겨 보았으면 좋겠다. 그리스·로마 신화만큼이나 바리데기 이야기를 잘 알고 있는지? 제우스나 아폴로 신은 알아도 대별왕이나 소별왕은 모르고 있지 않은지? 우리 민족의 탯줄을 하나하나 어루만졌던 삼신할미 이야기나 제대로 알고 있는지? 자랄 때 언제나 우리 주변에서 있는 듯 없는 듯 우리네 삶을 지켜주던 금줄이며 조왕신, 성주신, 그리고 고씨네 등등.

생각해볼 일이다. 삶의 방식이 바뀌었다고 해서 우리네 할머니·어머니에게서 전해 들었던 우리의 뿌리를 전해주는 데 소홀하지는 않았는지.

요즘 아이들은 버릇이 없다고 나무라지만 말고, 오늘은 집에 가서 아이에게 바리데기 공주의 이야기도 들려주고 삼신할미 이야기도 들려주자. 할머니가 손자 손녀를 무릎에 올려놓고 들려주던 그 이야기들이 이만큼 우리를 키워온 것이다. 망망대해에 버려진 바리데기가 부모를 위해 머나먼 저승여행을 거쳐서 마침내 세상의 구원자가 된 이야기를 듣고서 경이로움과 함께 따스한 가족애를 느끼지 않을 아이들은 없을 것이다.

오늘은 귀가하는 대로 우리 아이들에게 물어보자, 바리데기를 아는 지? 혹여 잘 모른다면 신동흔이 지은《살아 있는 우리 신화》2004, 한겨레신문사)가 길잡이가 되어줄 수 있을 것이다.

• 우리 신화가 제기하는 인간과 삶의 문제는 오늘날 우리의 문제와 질적으로 어긋나지 않는다. 오히려 나는 이 신화들이 마음의 고향을 잃은 채 흔들리는 현대인으로 하여금 욕망과 갈등의 회오리 속에서 한 걸음 물러서서 삶의 본질을 꿰뚫어보고 정신적 안정을 찾을 수 있게 해 주리라고 기대한다. (p. 8)

• 꼭 위대한 업적을 이루어야만 신의 자격을 얻는 것이 아니다. 당연히 이루어야 하는데 이루지 못하고 가슴에 품은 능력, 그 또한 위대한 신의 훌륭한 자격이 된다. 가슴속에 간직한 한(恨)의 힘으로 신성을 얻게 된다는 것, 그것은 우리 민간 신화의 신들이 나타내 보이는 두드러진 특성의 하나가 된다. 그 자신 가슴에 많은 한을 품고 있는 사람들한테 그 신들은 자기를 진정으로 이해하고 감싸줄 수 있는 수호신이 되는 것이다. (p. 196)

• 신화는 신(神)에 대한 이야기라고들 한다. 하지만 이는 정확한 말이 아니다. 신화는 신성(神聖)에 관한 이야기이다. 신성이 어디서 어떻게 발현되는가를 전하는 이야기이다. 그리하여 문득 신성을 깨닫게 하는 이야기가 신화다. 우리가 거듭 보아왔거니와, 그 신성은 능력보다는 사연에 있다. 사연으로부터 능력이 나온다. 주인공들의 몸짓 하나하나, 숨결 하나하나에서 배어나와 모르는 사이에 우리의 몸을 적시는, 그리하여 혹은 겨자씨만큼 혹은 태산만큼 우리를 바꾸어놓는 그 무엇이 신성이다. (p. 280)

그리스 로마 신화, 북유럽 신화나 이집트 신화와 같은 외국 신화들이 범람하는 시대다. 《살아 있는 우리 신화》는 이러한 세태 속에서도 꿋꿋하게 입에서 입으로 전해져 온 우리 신화를 전해 주는 책이다. 자신을 버린 부모를 구하러 저승세계로 떠나는 바리데기, 작은 가슴에 우주를 품어 안는 들판의 딸 오늘이, 사랑을 찾아 불구덩이라도 뛰어드는 자청비, 거친 바다든 광활한 대륙이든 거침없는 영웅 궤네깃또, 목이 잘린 채로 눈 부릅뜨고 불의에 항변하는 양이 목사까지, 어느 신화와도 다른 소박하고 서민적인 주인공들이다.

세상의 시작을 다룬 우리 창세 신화로는 함흥의 〈창세가〉, 화성의 〈시루말〉, 제주도의 〈초감제〉와 〈천지왕본풀이〉 등이 있다. 창세신화의 첫머리를 이루는 것은 천지의 개벽에 관한 사연으로, 하늘과 땅이 갈라져 열린다는 내용이다. 이미 서로 맞붙어 존재하던 혼돈의 땅과 하늘이 어느 순간 둘로 갈라지면서 세상 만물이 생겨났다는 신화도 있고, '미륵' 또는 '도수문장'이라는 거대한 신이 새로운 세상을 만들었다는 이야기도 있다. 〈창세가〉는 미륵이 하늘에 기원을 드려서 인간을 내려 받았다고 전하고 있다.

여러 신화의 내용으로 미루어보자면 신들이 사는 곳은 하늘과 땅, 산과 바다로 다양하다. 머나먼 낯선 세계에 살면서 긴 여행을 통해 이 땅으로 찾아오는 이들도 있다. 신들을 나란히 놓는 '병립신관'이 우리 신화의 특징이다.

흔히 영웅의 신화와 사랑의 신화를 일컬어 신화의 정수라 한다. 두 가지는 인간의 보편적 욕망을 집약적으로 보여주는 화두다. 신화의 사랑에서 두드러지는 것은 웅장함이나 화려함보다는 시련과 고통이다. 인생살이의 한에서 피어나는 비장한 숭고미는 우리 민간신화의 두드러진 특성이 된다.

한편 우리 민간신화의 주류를 이루는 것은 무속신화다. 백두산 지역에서 전해져 온 '백두산 설화'들은 대부분 전설의 성격을 띠며 신화의 자취를 갖고 있다. 악룡에 맞서 백두산 천지를 만든 영웅 백장군은 천지의 신이 되었는데 악룡에 맞서는 신화 형태는 아주 보편적이다. 태양을 삼킨 흑룡을 물리치고 태양을 찾아내 세상을 구한 삼태성 삼형제 이야기도 백두산에서 전해지는 영웅신화다.

남자와 여자의 사랑은 신화에 널리 반영되는 소재다. 우리 신화에서 남녀간 사랑 이야기의 기본 축을 이루는 것은 부부다. 이야기 출발점에 혼인이 놓이고 그 뒤에 우여곡절의 사연이 이어지는 것이 일반 구성이다.

부모와 자식 사이의 애착과 갈등은 여러 신화에서 서사의 줄기를 이룬다. '자식을 두고 떠나간 아버지' 또는 '홀어머니와 함께 남은 자식'이 그 원형이다.

신화는 신성이 어디서 어떻게 발현되는 가를 전하여 문득 신성을 깨닫게 하는 이야기다. 그리고 사람의 마음을 끌어당겨서 거울로 삼고 등불로 삼게 하는 힘을 가진 사연이 신화가 된다. 이처럼 신성은 선택받은 고귀한 존재가 아닌, 버림받고 박해받는 이들에게서 나온다. 그렇기에 우리 신화는 지배자의 것도 지식인의 것도 아니었다. 이 땅 민중들의 마음의 등불이었다. 《살아 있는 우리 신화》는 그 등불을 우리의 마음속에도 밝혀주는 책이다.

19

고전의 숲에서 현재를 읽는다

《강의-나의 동양고전 독법》

신영복 지음

추천 도서목록에 빠지지 않는 것이 이른바 고전이다. 누구나 꼭 읽어야 한다는 고전은 그러나 역설적으로 많이 읽히지 않는다. 청소년기 때부터 입시교육에 찌들어 책 읽기 자체가 익숙하지 않다. 더구나 고전은 그 주제가 대부분 묵직하다. 독서 훈련이 웬만큼 되어 있어도 기본 지식이 없으면 접근하기가 쉽지 않다.

동양고전의 경우는 그 정도가 더욱 심하다. 일제강점기와 한국전쟁을 거치면서 '우리 것' '동양의 문화'는 시대에 뒤떨어진 것, 극복되어야 할 것으로 낙인찍혔다. 극소수의 학자들에 의해 명맥이 겨우 유지되었을 뿐 심도 있는 연구나 대중화가 이루어지지 않았다. 번역서도 변변치 않다. 우리말로 번역된 것이라고 해도 대부분 암호책에 가깝다. 책읽기보다는 꼬리에 꼬리를 무는 한자어 찾다가 시간이 다 간다. 당연히 일반인이 동양고전을 접하기는 여간 어렵지 않다. 읽더라도 재미가 없다.

신영복 교수의 《강의-나의 동양고전 독법》은 일반인들이 쉽게 동양고전을 즐길 수 있게 해 주는 몇 안 되는 책이다. 물론 그렇다고 소설처럼 술술 읽힌다는 것은 아니다. 매우 진지한 책이다. 하지만 전혀 폼을 잡지 않는다. 무엇보다 지나치게 학술적·전문적으로 접근하지 않는다. 비전공자를 대상으로 한 대학 교양 강의를 풀어쓴 것이어서 마치 옆에서 이야기하듯이 서술하여 어렵다는 느낌이 들지 않는다.

저자는 경제학을 전공한 사회과학자이다. 그러나 이 책에서 비전공자라는 약점은 오히려 강점으로 작용한다. 사회과학도로서 현실 문제에 관심이 많은 저자는 고전을 매우 새로운 시각으로 독해한다. 역사가 새롭게 쓰는 현대사이어야 하듯이 고전 또한 새롭게 읽혀져야 한다는 것이다. 과거를 재조명하고 현재와 미래를 모색하는 것이 고전을 읽는 목적이며, 또 그럴 수 있는 책이라야 고전으로서 의미가 있다는 것이다.

요컨대 저자는 고전 자체를 강의하기보다는 현재의 당면 문제를 고전을 통해 재구성하고자 한다. 이러한 작업을 통해 동양사상은 봉건적이고 체제 유지적이라는 오해를 불식시킨다. 신교수가 읽어내는 동양사상은 놀라울 정도로 진보적이다.

신교수의 다른 책들과 마찬가지로 이 책 또한 20여 년의 감옥살이 기간 동안의 사색이 녹아 있다. 《논어》·《맹자》·《노자》·《장자》·《순자》·《한비자》 등 이 책에서 다루고 있는 고전의 예시문의 대부분은 그가 감옥에서 읽으며 공감했던 부분, 재조명이 필요하다고 생각되는 부분을 표시해 두었던 것들이다. 고독과 절망과 싸우며 기록한 것을 풀어낸 것인 만큼 건조한 지식의 나열이 아닌 자신의 고뇌와 육성이 담겨 있다.

저자의 문제의식을 엿볼 수 있는 맛보기로 이 책에 예시문으로 제시된 《한비자》의 한 대목을 소개한다. 뜻을 얻어내는 것은 각자의 몫.

정나라에 차치리라는 사람이 있었다. 자기의 발을 본뜨고 그것(度)을 그 자리에 두었다. 시장에 갈 때 탁(度)을 가지고 가는 것을 잊었다. 신발 가게에 와서는 '탁을 가지고 오는 것을 깜박 잊었구나' 하고 탁을 가지러 집으로 돌아갔다. 다시 시장에 왔을 때 장은 이미 파했고 신발은 살 수 없었다.

사람들이 말했다.

"어째서 발로 신어보지 않았소?"

차치리가 말했다.

"탁은 믿을 수 있지만 내 발은 믿을 수 없지요."

- 시적 관점의 특징이라고 할 수 있는 이러한 자유로운 관점은 사물과 사물의 연관성을 깨닫게 해줍니다. 한마디로 시적 관점은 사물이 맺고 있는 광범한 관계망을 드러냅니다. 우리의 시야를 열어주는 것이지요. 이것이 바로 우리가 시를 읽고 시적 관점을 가지려고 노력해야 하는 이유라고 생각합니다. (p. 64)

- '군자불기'가 이처럼 비록 군자학(君子學)으로 거론된 것이라 하더라도 중요한 것은 이러한 담론을 통하여 오늘날의 전문성 담론을 비판적으로 드러낼 수 있다는 것이지요. 우리 사회의 여러 분야에서 강조되고 있는 전문성 담론이 바로 2천 년 전의 노예 계급의 그것으로 회귀하는 것임을 반증하고 있다는 사실이 중요합니다. 따라서 《논어》의 이 구절을 신자유주의적 자본 논리의 비인간적 성격을 드러내는 구절로 읽는 것이 바로 오늘의 독법이라고 생각하는 것이지요. (p. 152)

- 노자 정치학의 압권이 바로 '생선 굽는' 이야기입니다. "큰 나라를 다스리는 일은 작은 생선 굽듯이 해야 한다(治大國若烹小鮮: 제60장)."는 것이지요. 생선을 구울 때 생선이 익을 때까지 기다리지 못하고 이리저리 뒤집다가 부스러뜨리는 것이 우리들의 고질입니다. 생선의 비유는 일상생활의 비근한 예를 들어서 친근하면서도 정곡을 찌르는 표현이 아닐 수 없습니다. 오늘날 우리가 사는 모습이나 소위 국가와 사회를 경영하는 방식을 반성할 수 있는 정문일침(頂門一鍼)의 화두가 아닐 수 없습니다. (p. 283)

《강의-나의 동양고전 독법》은 저자가 성공회대학교에서 고전 강독이라는 이름으로 진행한 강의를 정리한 것이다. 저자가 고전을 읽는 방법은 일반적인 고전 연구서를 읽는 것과 다르다. 그래서 '나의 동양고전 독법'이라는 부제를 달았다. 과거는 현재와 미래의 디딤돌이면서 짐이기도 하다. 그것을 지혜로 만드는 방법이 대화다. 고전 독법은 과거와 현재의 대화이면서 동시에 미래와의 대화를 선취하는 것이어야만 한다. 이 책은 비전공자를 대상으로 하며 시경, 서경, 초사, 주역 등 가장 기본적인 고전에서 문안을 선정했다. 사회 변혁기의 사상과 관계론적 사고가 드러나는 것들이 강독 대상이며 과거를 통해 현재와 미래를 모색코자 한다.

저자가 본격적으로 동양 고전에 관심을 갖게 된 것은 감옥 독방에서 모든 문제를 근본적인 지점에서 다시 생각하면서부터였다. '근대 기획'이 사회의 목표이고 유일한 탈출구를 미국과 유럽 문화에서 찾으려 하던 60년대에는 우리 것이 소중하게 다뤄지지 않았다. 60년대에 학생 운동으로 감옥에 들어가게 된 그는 식민지 의식을 반성하고 근본적인 성찰을 하면서 고전을 가까이 하게 되었다.

우리가 《시경》에 주목하는 이유는 시가 품는 진정성과 사실성에 있다. 이 사실성과 진정성의 문제는 상품미학이 지배하는 오늘날의 문화적 환경에서 매우 중요한 의미를 갖는다. 《시경》은 사회적 성격을 지니고 있다. 〈큰 쥐〉, 〈박달나무 베며〉와 같은 시는 직설적·저항적으로 위정자를 풍자한다. 이렇게 삶과 정서의 공감, 진정성을 기초로 하는 《시경》의 세계와 달리 상품미학, 가상 세계, 교환가치 등 현대 사회가 우리들에게 강요하는 것은 허위의식이며, 이런 허위의식에 매몰되면 우리의 정서와 의식은 정직한 삶에서 멀어질 수밖에 없다.

저자는 군자의 도리로서 안일에 빠지지 말 것을 깨우치는 글이 담긴 《서경》

의 무일편에서는 효율성과 소비문화, 편안한 것을 선호하는 가치관을 반성하고 노인을 존중하라는 교훈으로 읽히기를 바라고 있다.

동양적 사고의 보편적 형식이라 할 수 있는 《주역》에서는 경험의 누적에서 법칙을 이끌어내고, 이 법칙에서 다시 사안을 판단하는 판단 형식에 주목한다. 《주역》의 판단 형식은 우리의 단순한 인식 구조에 비해 객관적 세계의 연관성을 훨씬 더 풍부하게 담아낸다는 것이다.

무위 무욕을 주장하여 동양적 사상의 근저를 이루고 있는 노자의 사상은 욕망을 양산하는 자본주의 경제에 상반된다고 하였다. 한편 도를 모든 유의 근원적 존재로 상정하고 이 도로 돌아갈 것을 주장했던 노자와 달리 장자는 도를 무구한 생성 변화 그 자체로 파악하고 그 도와 함께 소요할 것을 주장했다. 한편 기층 민중의 고통에 주목하여 겸애라는 보편적 박애주의와 교리라는 상생 이론을 선언했으며, 이러한 이론을 지침으로 하여 연대라는 실천적 방식을 통해 사회 문제를 해결하고자 한 묵자에 대해 자세히 다뤘다.

불교 사상의 핵심은 연기론과 깨달음으로 보고, 불교의 깨달음이란 작은 것들도 무한 시간과 무변 공간으로 연결된 드넓은 것이라는 연기의 진리를 깨닫는 것이다. 그런 점에서 불교 사상은 관계론의 보고임을 강조한 것도 눈에 띈다.

20

누가 '오랑캐'인가

《나는 이제 오랑캐의 옷을 입었소》

도미야 이타루 지음 · 이재성 옮김

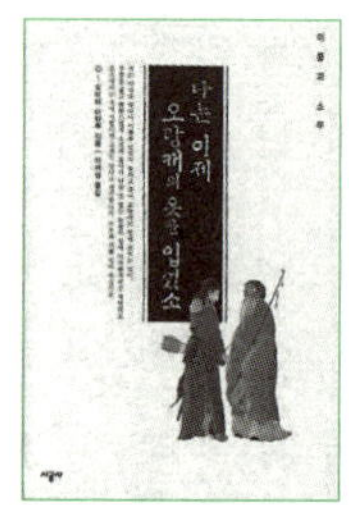

최근 책 한 권을 읽었다. 《나는 이제 오랑캐의 옷을 입었소》이다. 한 무제 시대 뛰어난 장군 이릉과 외교관 소무의 이야기를 다루고 있다.

책명은 이릉의 편지에 나오는 한 대목이다. 이릉은 자신이 처한 가장 치욕적인 상황을 이렇게 표현한 것이다.

책을 보면 충직하고 유능한 한 개인이 국가와 민족이라는 이름으로, 권력이라는 괴물 앞에서 어떻게 처참하게 희생될 수 있는지, 역사의 격랑이 얼마나 무서운 것인지 느낄 수 있다. 그러나 그 내용을 떠나 '오랑캐'라는 말이 갖는 문화의 종속성 · 식민성을 우리 사회의 맥락에서 살펴보면 전율이 일지 않을 수 없다. 하여 이번에는 이를 고민해 보기로 한다.

옛 어른들이 하시는 말씀이 있었다.

"우리나라는 동방예의지국(東方禮儀之國)이다."

젊은이들이 마음에 들지 않을 때 하시는 말씀이었다. 우리의 선조들에게 이 말은 대단한 자긍심의 표현이었다. 우리는 이 말을 들을 때면 '아, 내가 잘못을 했구나.' 하며 옷깃을 여미어야 했다.

그러나 '오랑캐'라는 말은 중국이 만들어낸 말이다. 중국이라는 말 자체가 오만불손한 말이다. 가운데(中), 세계의 중심에 있는 나라(國)가 중국이고, 문화국가이다. 나머지는 동서남북 할 것 없이 야만 국가이다. 즉 오랑캐라는 말이다.

우리나라는 동쪽에 있는 오랑캐인데 그 가운데 조금 깨인 나라라는 뜻이 '동방예의지국'이라는 말의 본래 뜻이다. 그런데도 우리는 동방예의지국을 금과옥조로 여긴다. 우리 스스로 중국의 속국이 되는 것이다. 우리가 우러러마지 않는 선조들의 발언을 보자. 조선시대 가장 탁월한 정치가이자 철학자로 꼽히는 율곡 이이는 이렇게 말한다.

"단군이 조선의 시조라고 하나 문헌상 근거가 없다. 삼가 생각하면 기자께서 조선에 오시어서 우리 오랑캐를 천하게 보지 아니 하시고 후히 기르시고 부지런히 가르치심으로 상투를 트는 습속을 바꾸어 중국의 제나라와 노나라와 같은 나라를 만들었다. 기자의 망극한 은혜를 입은 사실을 집집마다 외우고 사람마다 잘 알아야 할 것이다.”

“소신(小臣)은 명나라를 모시는 하복입니다. 조선이 대대로 명나라의 큰 은혜를 받았습니다. 그래서 명나라에는 옛날 황제(黃帝)가 용을 타고 승천할 때 용의 수염에 붙었다가 떨어진 자처럼 지성을 다하려고 합니다. 명나라의 은혜는 하늘같이 끝이 없고 크옵니다.”

율곡의 이러한 발언은 문화적으로 지배당하는 것이 얼마나 무서운 것인지 알 수 있게 해 준다. 문제는 이러한 현상이 지금까지도 계속되고 있다는 사실이다. 이른바 한국의 지도층이라는 주류 종교 보수주의자들이 서울시청 앞 광장에서 미국의 성조기를 휘날리며, 그것도 영어로 미국이 우리나라를 구해주었는데 지금 젊은이들이 너무 모른다며 성토를 한 적이 있다.

이러한 상황이니 미국 내 보수주의 종교지도자들이 대놓고 한국은 우리가 키운 나라로서 우리에게 협조하도록 요구할 권리가 있다며 우리 땅에서 전쟁도 불사해야 한다고 주장하고 있는 것이다.

- 제가 죽지 않은 것은 해야 할 일이 남아 있었기 때문입니다. 일전의 편지에서도 말씀드렸다시피 저는 천자의 은혜에 보답하고자 했기 때문입니다. 허무하게 개죽음을 당하기보다 충절을 세우는 것이 낫고 이름을 더럽히는 것보다 은덕에 보답하는 것이 더 낫다는 것을 저는 잘 알고 있었습니다. (p. 16)

- 흉노인이 포로가 된 한인에게 전향을 권하는 것보다 한인인 동포가 권하는 편이 훨씬 효과적이며 설득력도 강하리라는 것은 두말할 필요도 없었다. 그러나 한편으로 설득하는 쪽 즉 이미 투항한 한인의 마음은 어떠했을까? 새로이 투항하여 수를 늘리는 것은 경쟁 상대를 늘리는 것이며 또 신참자는 더 새로운 정보를 가지고 있으므로 선우에게 중용될 것이 틀림없었다. 결국 설득에 성공하는 것은 자신의 가치가 무의미해진다는 의미가 될 수도 있었다. (p. 140)

- 먼 세계는 상상의 세계일 수밖에 없었다. 시간이 흐르면 흐를수록, 멀리 떨어져 있으면 있을수록 대상에 대한 이미지는 현실의 모습과는 괴리가 있었고 이미지가 다시 이미지를 만들어 갔다. (중략) 남조의 송 무렵에 만들어졌다고 생각되는 이릉 설화. 결국 이 이야기는 하서의 이씨에 대한 남조 한인의 집착과 하서와 서역이라는 지역을 향한 동경 즉 배우와 무대라는 상상의 소산이 서로 공명하여 만들어 낸 '문학 작품'이었다. (p. 242)

사마천, 중국 역사에 관심이 없는 사람이라도 한 번쯤 들었음직한 이름이다. 동양 역사서의 근간이자 세계의 고전으로 손꼽히는 《사기》의 저자다. 그와 떼려야 뗄 수 없는 관계에 있는 한 인물 이릉, 또 머나먼 흉노의 땅에서 그와 만나게 된 소무. 《나는 이제 오랑캐의 옷을 입었소》는 이 이릉과 소무에 관한 이야기다. 이릉과 소무에 대해 이야기하기에 앞서 당대 흉노와 한(漢)나라 상황을 이해할 필요가 있다.

기원전 141년 제위한 한 무제는 결단력과 재능을 겸비한 영웅으로 불린다. 그는 기원전 129년 흉노와의 전면전을 벌였다. 이 전쟁으로 흉노는 고비 사막의 북쪽까지 쫓겨났다. 기원전 99년, 또다시 흉노 전쟁이 시작됐다. 이 원정에서 제1부대의 물자 운송을 담당한 인물이 바로 이릉이다. 그는 전장에서 전사하고자 했으나 흉노의 포로가 되었다. 이릉이 흉노에 투항했다는 소식이 날아들자 한 무제는 이릉의 일가를 죽이고, 그를 변호한 사마천에게 궁형을 내렸다. 이 모든 소식을 들은 이릉은 자신의 처지를 한탄하면서 흉노 왕의 권유를 받아들여 오랑캐의 옷을 입게 된다.

한편 소무는 이릉보다 먼저 포로 교환을 위한 사절로서 흉노 땅에 도착했다. 무사히 임무를 마치고 돌아가려던 때, 포로로 잡힌다. 흉노왕은 소무를 회유하려 하지만 그는 굴하지 않았다. 결국 바이칼 호에 유배를 당한다. 이릉과 소무는 바이칼 호에서 해후한다. 이릉은 소무에게 전향을 권하지만 거절당하고, 소무의 뒤를 돌본다. 몇 년 후, 소무는 본국으로 송환된다. 본국에 도착한 소무에게 영웅이라는 칭호는 허울 좋은 이름일 뿐, 노모의 상은 지키지 못했으며 아내는 개가했고, 하나뿐인 아들마저 정변에 휘말려 목숨을 잃는다.

이 책은 한 통의 편지로 시작된다. 억울한 누명을 쓰고 적국에 투항할 수밖에 없었던 한의 장군 이릉이, 끝내 전향하지 않고 포로로 잡혀 있다가 고국으로 송환된 소무에게 보내는 편지이다. 이릉의 편지에는 돌아갈 수 없는 고국에 대한 절절한 향수와, 충성을 바친 황제에게 버림받은 고통이 흘러넘치고 있다.

바로 여기서 저자는 몇 가지 의문을 제기한다. 왜 한의 조정은 일개 소대의 장군인 이릉을 매국노로 몰았을까? 왜 무제는 이릉의 공적을 제대로 평가하지 못하고 이릉의 가족을 참수했을까? 사마천은 과연 이릉을 변호했다는 이유만으로 참혹한 극형을 선고받은 것일까? 마지막으로 고비 사막을 가운데 두고 수천 킬로미터를 오고 간 서한은 대체 누구에 의해서 어떻게 전달될 수 있었던 것일까?

저자는 이릉과 소무가 주고받은 한 통의 편지를 단서로 사건을 역추적하면서 꼼꼼한 자료 조사와 고증, 논리적인 추론을 통해 하나하나 의문을 풀어나간다. 오늘날의 고대 사학과 한대 제도사를 철저히 파헤침으로써 그 속에 숨겨져 있던 진실. 이릉과 소무, 무제와 사마천의 기나긴 애증의 역사를 해독하기 시작한다. 결국 이릉의 진실이 당시의 정치적인 필요에 의해서, 또한 후대의 낭만적인 정서의 응집에 의해서 곡해되고 조작되었음을 밝혀낸다.

이 책은 역사가 어떻게 설화로 포장되며, 인물과 역사가 맺은 비극적인 운명은 어떠한 놀라운 결과를 초래했는지에 대한 드라마틱한 논픽션이다. 사막을 건너온 한 통의 편지에서 역추적해 나가며 펼쳐 놓은 흥미진진한 스토리를 읽는 재미도 크다.

21

바다의 역사 왜 사라졌나?

《바다에 새겨진 한국사》

강봉룡 지음

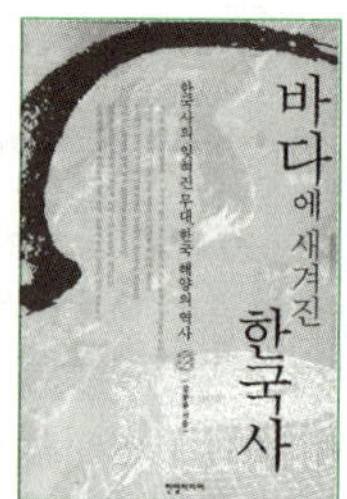

우리 역사책을 한번 들여다보자. 아니 중·고등학교 시절 배웠던 국사책을 한번 기억해 보자. 고조선부터 시작해서 지금까지의 역사를 일괄 기술한 그 책들 속에서 바다 이야기를 얼마나 발견할 수 있는가. 장보고가 등장하는 부분이나 임진왜란 때 충무공이 해전에서 승리하는 부분 외에는 특별히 바다에 대한 기술을 본 적이 없는 것 같다. 과거 우리 역사의 무대가 바다였다는 얘기는 그래서 생경한 이야기일 수밖에 없다.

하지만 실제의 우리 역사에서 바다는 매우 중요한 비중을 차지하고 있었다. 우리의 역사가 바다를 통하지 않고 전개되었던 적은 조선 중기 이후의 약 삼백 년, 아주 짧은 동안뿐이었다. 그 외의 모든 시기에 사실 바다는 우리 역사의 중심이었다. 그런데도 불구하고 왜 우리의 역사에서 바다가 사라진 것일까?

어렸을 때부터 숱하게 들어온 말 중의 하나가 '농자천하지대본(農者天下之大本)'이다. 우리나라 사람이라면 누구나 이렇게 안다. 최근 산업이 발전하면서 의미가 많이 퇴색되긴 했지만, 아직도 여전히 인구에 회자되니 그 생명력이 작지 않다. 하지만 진실을 말하자면 농업은 천하를 이루는 근본이 아니다. 조선시대 이후 근대에 이르기까지 우리를 세뇌했던 금과옥조에 불과하다.

좀 더 정확히 말하면 농민 출신의 주원장이 중국 땅에 세운 명(明)이라는 나라에서 농업 위주의 정책을 강행하면서 바닷길을 막을 때 채용한 표어에 불과한 것이 농업이 천하의 큰 근본이라는 말이다.

고려 말 끝까지 몽고에 저항했던 삼별초 세력이 몰락하면서, 명의 농본정책을 본받은 조선의 사대부가 농업 위주의 쇄국 정책을 실시하면서 우리는 점차 바다를 역사의 기억 속에서 지워나간 것이다.

서해와 동해를 내해 삼아서 중계 무역을 통해서 축적한 힘으로 동아시아를 호령했던 것이 고구려이며, 육로가 고구려에 막힌 백제는 바닷길을 통해 산동 반도를 장악했었다. 해상왕이라 불리는 장보고가 그랬으며, 통일신라에 이어 등장한 고려 또한 농업 위주의 국가가 아니라 바닷길을 통해 국력을 유지했던 상업 국가였다.

좀 과장해서 말하면 우리 역사에서 바다를 무대로 하지 않고 농업 위주의 소극적인 정책으로 일관했던 나라는 조선뿐이었다. 농업 위주의 해금(海禁) 정책을 실시한 결과는 뼈아픈 것이었다. 임진왜란과 일제에 의한 국권 침탈이라는 통한의 역사로 되돌아왔기 때문이다. 바다를 잃은 것이 나라를 잃는 결과를 낳은 것이다.

그런데도 우리 역사책에는 아직도 바다가 없다. 역사책은 과거를 반성하는 거울이 될 때 의미를 가진다. 바다를 배제한 채 기술되고 가르치고 배웠던 우리의 역사책들은 한쪽으로 편향된 것이기에 진정한 반성의 기회를 제공하기에는 무리가 있다.

강봉룡이 쓴《바다에 새겨진 한국사》는 그 잊혀진 반쪽의 역사를 마저 채워준다. 해상왕 장보고가 왜 우리 역사의 위대한 인물인지, 왜 충무공의 해전(海戰)이 임진왜란에 그렇게 큰 영향을 미치는 요소가 되었는지를 이 책은 우리에게 알려준다. 바다의 역사를 복원함으로써.

- 장보고는 많은 해양사적 유산을 남겼다. 그 중 가장 중요한 것은 역시 청자 제작기술을 도입한 점이다. (중략) 고려시대에 강진 대구면 일대가 고려청자 생산의 메카가 될 수 있었던 것, 그리고 서남해 지역이 국제 해상교류의 요지가 될 수 있었던 것은 장보고가 남긴 중요한 해양사적 유산이 아닐 수 없다. (pp. 125~130)

- 왕건과 그의 후계자들은 5대 10국으로 분열되어 있던 중국의 여러 왕조들과 적극적인 해양외교를 펼쳤으며, 이어서 10세기 말기에 송 왕조가 중원을 통일한 이후에는 송 왕조를 해양외교의 유력한 파트너로 응대하면서 해양강국으로 발돋움했다. (중략) 고려가 송과 요의 어디에도 치우치지 않는 등거리 외교를 통해서 나라의 안보를 추구했던 것도, 이런 자신감과 자부심에서 나온 것이었다고 할 것이다. (p. 189)

- 조선시대 이래 해양을 장애물로 여기고 육지를 중심으로 생각해 온 폐쇄적 역사의식은 오늘날에도 부지불식간에 우리의 의식세계를 지배하고 있다. 이는 그간 우리의 역사학계가 해양사에 관심을 거의 가지지 못했던 배경이기도 하다. (중략) 국민적 차원에서 친 해양사상을 고취시켜야 한다. 그 과정에서 적극적이고 과감한 해양 개방정책을 추진해갈 역동적인 역사 에너지를 재충전할 수 있을 것이다. 이 역사 에너지는 '21세기 신 장보고 프로젝트'를 작동시키는 엔진이자, 정부가 추진하는 '동북아 물류중심국가'의 꿈을 실현할 동력이 될 것이다. (pp. 374~375)

《바다에 새겨진 한국사》는 한국사의 잊혀진 무대, 한국 해양의 역사를 살펴보는 책이다. 풍부한 사료를 바탕으로, 바다와 함께 발전한 우리 역사 이야기를 전해 준다.

이미 기원전 3세기경부터 동북아 연안 항로를 통한 교류가 활발히 이루어지고 있었다. 기원전 108년 고조선 멸망 후 한 왕조는 그 옛 땅에 4개의 군을 설치하여 연안항로를 통한 동북아시아 해상교역에 활기를 불어넣는다. 3세기에는 연안항로가 활성화되면서 동북아시아 여러 나라들은 단순한 교류를 넘어 조직적인 교역관계를 맺으며 발전한다.

한반도 서남해 지역에는 지석묘, 옹관고분 등 해양문화와 해양세력의 흔적들이 오늘날까지 뚜렷이 남아 있다. 가야건국신화에는 가야의 해양국가적 성격이 나타나고 있으며, 이러한 가야문화는 신라를 개방사회로 이끈다.

4세기 중반 이후 백제는 연안항로의 주도권을 장악하며 새로운 해양강국으로 떠오른다. 501년 즉위한 무령왕에 의해 백제는 해양강국을 재건하고 남방의 연안항로를 정상화시키지만, 6세기에 접어들면서 비약적인 발전을 거듭한 신라에게 한성을 빼앗기며 또 다시 좌절을 맛본다(554년).

신라는 당과의 연결을 통해 외교적 고립상태에서 벗어나 새로운 활로를 모색하기에 이른다. 그 대안으로 떠오른 것이 황해 횡단항로의 개척이다. 당군이 신라군과 연합하여 백제를 공격하기 위해 660년 황해를 횡단하는 대규모 군사 이동작전을 감행, 신라는 백제를 지원한 왜를 격파하고 당과의 전쟁에서 승리를 바탕으로 통일을 달성한다.

8세기 말~9세기 초는 장보고라는 한 개인이 운영하는 사설 선단이 동북아의 무역활동을 장악, 주도하는 극히 특이한 현상이 일어난 시기다.

9세기 말~10세기 초 왕건과 견훤은 서남해 지역 쟁탈전을 벌이고, 결국 왕건이 승리를 차지하여 고려는 해상국가로 번영을 구가하다가 몽골의 침입으로 해상세력이 약화되어 결국 망하게 된다.

조선은 처음부터 해상세력이 설 자리가 없었고, 이는 곧 왜구의 침탈과 16세기 후반의 임진왜란 발발로 이어진다. 조선은 임진왜란이라는 해양 침략전쟁을 겪은 이후에도 해금정책과 쇄국정책을 고수했다.

18세기에 이르면서 서양 문물에 대한 관심이 확산되며 해양통상론이 대두되었다. 하지만 정조 사후 시파와 벽파 사이의 정쟁이 폭발, 신진세력은 도태되고 조선은 다시금 강력한 해금·쇄국정책으로 되돌아간다. 조선은 최초의 근대 불평등조약인 강화도조약을 강제로 체결해야 했고, 20세기 초에 들어서서 국권을 상실하는 최악의 상황에까지 이르고 말았다.

이 책은 한국 해양사를 크게 태동기, 융성기, 침체기, 부흥기로 나누어 살핀다. 선조들이 개척해온 바닷길과 해상교역을 통해 발전한 고대 사회, 바다를 무대로 펼쳐지는 권력투쟁과 전쟁, 그리고 바다에서 세력을 떨친 해양 영웅들의 역동적인 면모를 생생하게 보여주고 있다. 저자는 이를 통해 그동안 대륙사에 파묻혀 있던 역사의 풍토를 반성하고, 대륙사와 해양사를 정당하게 평가하고 결합하여 새로운 해륙사관을 정립하고자 한다.

22

중국 그리고 동아시아 문화의 코드, 장안

《장안의 봄》

이시다 미키노스케 지음 · 이동철 · 박은희 옮김

장안은 본래 지명을 일컫는 고유명사였다. 오늘날 중국 산시성의 성도인 시안(西安)이 바로 그곳이다. '장안(長安)'은 당나라 시대 도읍지일 때의 명칭이었다. 물론 장안이라는 이름 자체는 현대에 이르도록 여전히 흔적이 남아 있는데, 시안시에 소속되어 있는 현(우리나라의 '구'에 해당하는)의 명칭으로 사용되고 있다.

우리말 사전에서는 '장안(長安)'을 '명사, 서울의 중심지, 도성 안' 등으로 풀이한다. 우리말에서 장안은 보통 도회지 그것도 사대문 안의 시내 중심지를 일컫는 보통명사로 쓰여지고 있는 셈이다. '서울장안'

‘장안의 화제’ ‘장안의 지가(紙價)’ 같은 말들은 대부분 이 같은 의미에서 사용된다.

하지만 ‘장안’이라고 하는 말을 단순히 고유지명이나 도회지를 가리키는 보통명사로만 이해한다면 큰 오류가 생긴다. ‘장안’은 중국의 천 년 고도이면서, 수나라와 당나라를 거치면서 세계의 중심이 되었던 중국문화의 한 시대를 대변하는 문화의 코드이기도 하기 때문이다.

이시다 미키노스케의 《장안의 봄》은 그러한 장안의 문화를 풍속과 역사를 따라서 이야기하듯 풀어나간 책이다. 이 책의 백미는 장안으로 대표되는 문화가 어떤 것이었는지 잘 설명하였다는 것에 있지 않다. 아니 설명은 없다. 설명하는 것이 아니라 마치 당나라 시대의 장안으로 타임머신을 타고 되돌아간 듯한 정경의 묘사가 감탄사를 절로 토하게 한다.

다음과 같은 이야기. 당나라 때 장안에 책방 곧 서점이 있었을까 하는 의문이 든다면 이 책을 보면 된다. 백낙천의 동생 백행간(白行簡)이 지었다고 알려진 《이와전(李娃傳)》에는 소설의 주인공인 이와가 자신의 정인인 정생에게 과거 시험 준비를 위해 ‘분전(墳典, 3황5제의 전적)’을 파는 시중 점포에 가서 필요한 서적을 사주는 장면이 등장한다.

저자는 이런 소설 속의 이야기 혹은 당시의 시(詩)에 등장하는 “명류의 옛 문집, 옷을 전당잡혀 샀다(名流古集典衣買).” 같은 구절에서 서점의 존재를 증명한다. 서양의 경우는 이보다 몇 세기는 늦게 책방이 생겼다고 한다. 책방이 있다는 것이 별것 아닌 것으로 보일 수도 있지만 문화사적으로는 대단히 중요한 의미를 갖는다. 지식 곧 정보가 대중화된다는 의미를 가지기 때문이다.

또 다른 장면. 청나라 때 섭천사(葉天士)라는 명의가 소주(蘇州)에 살았다. 어느 날 회진을 나섰는데 아무런 병도 없으면서 길을 막고 치료를 요청하는 자가 있었다. 아무 데도 나쁘지 않다고 하자, 환자가 "가난이란 병입니다." 하고 대답한다. 이때 섭천사는 '감람' 열매를 주워 모아서 건네주면서 심으라고 한다. 몇 년 지나지 않아 감람의 가격이 폭등하면서 치료를 청했던 사내는 부자가 되었다고 한다.《우창소의록》이라고 하는 책에 나오는 이 대목을 근거로 저자는 추적에 나선다. 감람은 무엇일까? 흔히 쉽게 올리브 열매라고 생각하는 이것. 저자는 차근차근한 추적 끝에 이것은 올리브가 아님을 증명한다.

책의 대부분은 당대 장안이라는 도시에서 인도를 비롯한 서역과 중국을 포함한 동아시아의 문화와 사람들이 어떻게 어우러졌는지를 보여준다. 그것도 황궁이 아니라 술집에서 춤추는 서역 출신 무희(胡姬)의 춤사위를 통해서, 정월 보름에 펼쳐지는 관등(觀火登) 놀이와 야간 통행 금지 해제의 연관성, 연회 광경 등.

당대 일상의 광경을 통해 국제 도시 장안이라는 문화코드 속으로 산책을 떠나보자.

- 중국의 당대는 이국취미가 넘쳐나던 시대였다. 개원(開元)·천보(天寶) 이후에 이런 경향은 더 심해졌다. 그 중에서도 장안은 도도한 호풍·호속의 중심이었다.《구당서》〈여복지(輿服志)〉에는 개원·천보 이래 호복(胡服)·호모(胡帽)·호극(胡劇)·호식(胡食)·호악(胡樂)이 유행했다고 기록하면서 (중략) 이런 풍조가 꼭 장안에만 한정된 것은 아니었겠지만, 이상의 기록에서 보듯이 유행의 중심이 천자가 계신 곳이었음은 의심의 여지가 없다. (p.60)

- 상원을 전후한 며칠 밤 동안 장등 및 관등 행사를 중심으로 대단히 흥청거리는 모습을 연출한 데는 여러 가지 이유가 있을 것이다. 하지만 뭐니뭐니해도 주요한 이유 중 하나로 꼽지 않을 수 없는 것은, 평상시에는 엄격하게 시행되던 야간 통행 금지가 이 며칠만큼은 공식적으로 해제되었기 때문에 기쁨에 들뜬 세상 사람들이 밝은 달 아래에서 등 그림자를 감상하고, 환호하며 돌아다니고 노래하며 춤추면서 미주(美酒)에 취하고 가효(佳肴)로 배를 채우는 일이 가능했다는 것이다. (p.66)

- 소설 속에서 이와가 자신의 정인(情人) 정생(鄭生)에게 재기를 위해 과거에 응시할 것을 권하며 그의 수험 준비를 위해 그와 함께 '분전(墳典)을 파는' 시중 점포에 가서 필요한 서적을 사주었다고 하는 것을 보면, 당시 장안의 방항(坊巷) 안에 서점이 있었음은 확실하다. (p.201)

《장안의 봄》의 저자인 이시다 미키노스케는 일본 동양학 연구의 선구자다. 그는 1891년에 태어나 도쿄대학교 사학과를 졸업했으며 세계적인 동양학 전문도서관인 동양문고를 설립하고 육성하는 데 큰 공헌을 했다. 문장가로서도 명성이 높았는데, 이 책은 저자의 유려한 필치와 해박한 중국 고전문학 지식이 어우러져 있다. 당나라 수도였던 장안의 풍속과 역사 이야기에 초점을 두었고, 당시를 비롯한 당대의 문학작품을 최대한 활용하여 장안의 정경과 당나라 사람들의 일상을 생생하게 묘사한다.

당은 중국 역사상 네 번째 통일제국이다. 정치적으로나 문화적으로나 유례없는 안정과 번영을 이룩하며 중국 고대사의 대미를 장식한 마지막 불꽃과도 같은 제국이었다. 특히 문화적으로 문학·미술·음악·종교 등 각 분야에서 다채롭고 수준 높은 성과를 이룩했다. 한족과 호족, 귀족과 서민, 중화와 외래의 것이 뒤섞이며 만들어낸 이 시기의 문화는 한마디로 고대 중국문화의 절정이었다. 그 정점에 수도 장안(長安)이 있다. 당나라에 있어 장안의 존재는 가장 아름다운 계절 봄에 가장 화려한 자태를 뽐내는 '화왕(花王)' 모란에 비견될 수 있을 것이다.

책 제목이기도 한 '장안의 봄'. 이 봄을 노래한 시도 많이 전해진다. 장안 사람들은 봄이 오면 너나할 것 없이 밖으로 나와 꽃과 나무가 있는 곳에서 행락을 즐겼다. 장안 사람들은 특히 모란꽃에 각별한 애착을 가지고 있기도 했다. 당대의 풍속으로는 원소관등, 발하(줄다리기), 승기(줄타기), 자무(字舞), 장안의 가기(歌妓)가 있었다. 원소관등은 정월 15일 밤을 전후로 1~2일, 또는 3~5일 밤 동안 집집마다 화려한 등롱을 매달고 밤새 노래하고 춤추던 호화로운 축제다. '밤놀이'라 이름한 최액의 시는 이 축제의 화려함을 그대로 보여준다.

야간 통행 금지가 풀린 장안의 봄풍경 / 누구 집인들 달을 보고 한가로이 앉아 있을 수 있으리? / 어디선들 등 이야기 듣고 보러 오지 않으리?〔최액(崔液), 〈밤놀이〉(夜遊)〕

직설적으로 말하고 있지는 않지만 이 책은 한 나라의 문화가 발전하고 융성하기 위해서는 자기와는 다른 이질적인 문화에 대한 개방성이 무엇보다도 중요하다는 것을 가르쳐 준다. 개방성은 외부의 문물을 적극적으로 받아들여 스스로를 자극하고 새로운 문화를 창조하는 밑거름이 된다. 당대 문화의 저변에는 다양성을 인정하는 시대정신이 흐르고 있었다. 남녀의 차별이나 이민족에 대한 차별이 별로 없었던 것이다.

어떤 면에서 당대 문화는 오늘날 문화비평가들이 말하는 잡종적인(hybrid) 문화였다고도 할 수 있다. 그러므로 혼성화의 시대를 살고 있는 우리에게 개방성과 다양성은 궁극적으로 가치관과 정체성의 혼란을 초래하기보다는 창조의 원동력이 된다.《장안의 봄》은 이 점을 역사적으로 예증하고 있다고 할 것이다.

5

이 시대, 그 남자가 바라본 세상 이야기

23

여성 전성시대 오다

《우마드(Womad)》

김종래 지음

여인은

사막의 오아시스요

전쟁터의 말(馬)이요

추운 겨울날의 화롯불이다.

위의 여성 찬가는 수백 년 전부터 전해오는 몽골의 민요다. 중원

대륙을 내준 중국 한족이나, 한때 그들의 말발굽에 국토를 유린당한

바 있는 우리나라는 '어리석고 고루하다'는 뜻의 한자 표기 몽고(蒙古)

에서 알 수 있듯이 몽골을 야만적이라 멸시한다. 그러나 과연 그럴까. '아니다'라고 주장하는 책이 있다. 《우마드(Womad)》다.

이 책에 의하면 몽골인은 그 당시 가장 '열린 사고'를 갖고 있었다. 그 대표적인 것이 남녀평등이다. 몽골이 아시아에서 유럽에 이르는 세계 최대의 제국을 건설할 수 있었던 요인 중의 하나도 다름 아닌 남녀평등에 기초한 합리적 역할 분담이었다고 저자는 주장한다.

그리고 우리가 현재 직면하고 있는 정보화 사회, 디지털 유목 사회에서 생존하기 위해서는 남녀평등이 반드시 필요하다고 본다. 아니 여성이야말로 디지털 유목 사회에서 가장 강력한 힘을 가진 존재라고 역설한다. 특히 한국 여성이 갖고 있는 특징, 더구나 한국 남성들이 부정적으로 보는 것을 매우 긍정적으로 이해한다. 몇 가지만 그 예를 살펴보자.

첫째, 모임이다. 한국 여성들은 유난히 모임을 좋아한다. 그러나 이를 긍정적으로 보면 여성들이 모임을 좋아하는 것은 타인과 더불어 살아가려는 공동체 정신과 맞닿아 있으며, 정보화 마인드가 강하기 때문이다. 모임을 통해 내 것을 먼저 내 주고 베풀며, 정보를 교환하고 교양을 쌓는다. 이것을 실생활에 활용하여 삶을 윤택하게 한다. 부동산 정보부터 시작하여 과외 선생의 선택까지 모임을 통해 정보를 얻는다.

둘째, 수다이다. "계집 웃음소리가 담장을 넘으면 집안이 망한다."

라는 속담이 있다. 여성들의 수다를 비웃는 말이다. 하지만 수다는 많은 장점이 있다. 첫째, 말이 말 같아야 들어준다. 논리적이어야 한다. 둘째, 이익 되는 것이 있어야 들어준다. 필요 없는 말을 들어줄 사람은 없다. 셋째 재미가 있어야 수다가 된다. 한마디로 수다는 논리적인 유식함과 유익성(정보), 오락성의 종합이다. 수다야말로 정보화 시대에 필요한 전문가로 만들어준다.

셋째, 허영심과 질투이다. 여자의 허영심은 좀 더 윤택한 삶을 위한 도전 정신과 맞닿아 있다. 허영심과 질투는 신분 상승을 부채질하고, 그것을 달성하기 위해 역동적인 노력을 가져와서 삶을 개척할 수 있다는 것이다.

사실 이러한 주장은 다소 억지로 꿰어 맞춘 듯한 느낌이 없지 않다. 그러나 우리 주변을 둘러보면 시대가 변하고 있는 것은 분명하다. 얼마 전 호주제가 폐지되었다. 남성이 차지했던 가장(家長)도 이제는 옛말이다. 남성이 독차지하던 사회 각 분야의 최고 전문가 자리에 여성들이 부지기수로 앉아 있다. 이제 남성들이 살기 위해 여성과 공존하는 길을 모색하지 않으면 안 되는 시대가 된 것은 분명하다.

- 직장에서 성공하는 우마드는 장기판에서 말 움직이듯 내키는 대로 아랫사람을 부리는 위압적인 사람이 아니다. 아랫사람이나 동료들에게 일을 해야 할 동기를 주고 의욕을 북돋운다. 교향악단 지휘자처럼 조직원들과 호흡한다. 우마드의 덕목에서 '열린 사고'는 카리스마보다 훨씬 더 중요하다. (p.19)

- 여성들이 본능적으로 지니는 모성애는 남성이 가진 근육의 힘이나 그 어떤 제도보다 값 비싼 자산이다. 정보화 사회, 디지털 사회에서는 더욱 더 중요한 가치다. 강압적이거나 카리스마 넘치는 리더보다 더 뛰어난 지도자가 사랑으로 포용하는 리더이듯, 모성애는 현대 사회에서 성공을 일궈내는 최고 조건이다. (pp.54~55)

- 아날로그 사회가 디지털과 인터넷 사회로 바뀌고 있고, 돈보다 중요한 정보가 떠다닌다. 정착민 사회는 도시유목민 사회로 탈바꿈해 누구든 떠돌아 다녀야 하는 세상이 됐다. 그만큼 세상은 유동적이고 변화가 가능해졌다. 그리고 남성 중심 사회는 여성 중심 사회, 신 모계 사회로 바뀌었다. 이 변화의 중심에 여성이 있다. 행복과 즐거움을 추구하는 하이퍼클래스 인간, 한(恨)도 없고 군림 사고도 없는, 가슴이 넉넉한 여성이 있다. 신이 내린 본능, 모성애로 충만한 여성들이 있다. (p.107)

유목민들은 남녀 역할 분담이 잘 되어 있고, 남녀 관계도 평등하다. 세상의 중심에서 등불처럼 살아가는 여성들을 우마드(Womad)라 부르자. 여성(Woman)과 유목민(Nomad)을 합성한 말이다. 우마드는 한쪽 발은 가정이라는 전통적 가치를 중시하는 세상을 딛고, 다른 쪽 발은 자신의 성공을 추구하는 자아의 영토를 딛고 있다. 우마드는 직장이나 가정에서 보조자에 머물기를 거부한다. 조화와 열린 사고를 지니되 현실을 디자인 할 줄 아는 사람이 진정한 우마드다.

지식정보화 사회, 디지털 세상은 아날로그 세상보다 수천, 수만 배의 가능성을 열어준다. 디지털이 몰고 온 새 세상은 사람들을 유목민이라는 이름의 떠돌이로 만든다. 남성 중심일 수밖에 없던 농업사회, 산업사회와는 달리 디지털 세상이 되면서 여성의 입지가 넓어졌다. 이렇게 달라진 세상에서 우마드가 성공하려면 남성 중심 사회에서의 소극적 생각에서 벗어나야 한다. 적극적 생각이 성공을 부른다. 또 지금껏 여성을 억누르고 비하한 농경 정착 마인드를 버리고, 유목 마인드로 중무장해야 할 필요성이 있다.

여성들은 남성들과는 달리 자생적인 네트워크를 수도 없이 만들어 관리한다. 여성들이 삼삼오오 결성한 잡다한 모임이야말로 진정한 의미의 네트워크다. 여성들은 정보화 마인드가 유별나고 또 실천적이고 실제적이다. 모임은 자기 소외를 해소하는 공간이기도 하다. 풍부한 정보를 바탕으로 논리적이고 재미있게 말을 하는 수다는 여성을 전문가로 만들어주는 지름길이다. 우아한 수다는 여성 스스로를 빛나게 한다. 질투와 허영심은 사람을 발전시키는 원동력이다. 그런 자기 발전의 동기가 있어야 노블레스(Noblesse, 고귀한 신분)에 오를 수 있다.

저자는 "자신감을 갖고 자신에게 잠재된 능력을 찾아 나서자. 서양 여성의 성공담을 본뜰 필요도 없다. 그저 참모습으로 돌아가면 된다. 잡일, 수다, 질투, 허영심……남성들이 붙인 오명은 성공하는 우마드의 가장 큰 힘”이라고 주장한다.

몽골 역사에서 최고 미인으로 칭송받는 콜란이라는 여인이 있다. 칭기스칸의 여러 아내 가운데 가장 총애 받았던 여인이다. 그녀의 성공은 미모 덕분이 아니었다. 콜란은 남편의 뜻을 잘 이해하고 감싸주는 능력이 있었기에 스스로 빛날 수 있었다. 한편 고려로 온 몽골 공주들 중 누구도 행복한 삶을 살거나 성공을 이룰 수 없었다. 남편의 바람기 때문에 가슴만 앓다 세상을 떠나거나, 미움 받는 왕후로 평생을 살았다. 남편의 폭력에 시달리다 맞아 죽는 경우도, 이유도 모르게 죽어나가는 이도 있었다.

저자는 몽골의 옛 영화(榮華)와 우리 현실을 오버랩시켜 가며 지금까지 자신을 옭아맸던 농경 정착 마인드의 낡고 찌든 옷을 훌훌 벗어야 한다고 주장한다. 정보·속도를 중시했던 마음과 세상을 향해 질주했던 진취적인 유목 마인드를 복원하는 것이 진정한 우마드가 되는 길이라는 것이다.

지금 한국 사회는 원(元) 제국처럼 개방적인 사회, 역동성 넘치는 사회로 일대 변신을 하고 있다. 이 변화의 중심에 여성이 있다. 참모습으로 돌아가 자신감을 갖고 자신에게 잠재된 능력을 찾아나서는 여성이라면 누구나 성공할 수 있다. 우마드가 될 수 있다.

24

최고의 다이어트는 '공양'

《그까짓 살 좀 있으면 어때》

학림 지음

얼짱·몸짱 신드롬, 다이어트 열풍이 몇 년째 식지 않고 있다. 각종 살빼기 비법과 다이어트 식품 광고가 넘쳐난다. 급기야는 다이어트 관련 강좌가 대학의 정식 교과목으로 채택되어 선풍적인 인기를 끌고 있다고 한다.

비만이 당뇨, 고혈압, 고콜레스테롤혈증, 심장 질환 등 가장 골치 아픈 현대병을 유발하고, 20~30대의 청년층은 물론이고 소아 비만까지 급속히 확산되고 있다는 사실을 감안하면 살빼기에 관심을 갖는 것은 나쁜 것이 아니다. 오히려 주의를 환기시켜야 마땅하다. 문제는 그릇된 인식과 방법으로 인한 부작용이다.

우리 사회의 다이어트 열풍의 문제는 외모지상주의다. 오죽하면 머리 나쁜 것은 용서해도 못 생긴 것, 뚱뚱한 것은 용서할 수 없다는 농담 아닌 농담까지 있겠는가. 사정이 이러하다 보니 무조건 살만 빼면 된다는 식의 막가파식 다이어트가 판을 친다. 전혀 비만이 아닌데도 굶기를 다반사로 한다. 그 결과 빈혈, 변비, 불면증 등으로 시달린다. 다이어트 전보다 피부는 더 거칠어진다. 예쁜 몸매는커녕 건강을 망치는 예가 허다하다. 일시적으로 살을 빼는 데 성공했더라도 요요 현상으로 금방 체중이 불어난다.

이러한 부작용과 악순환을 피하면서 성공적으로 다이어트를 할 수 있는 비결을 알려 주는 책이 있다. 학림 스님의 《그까짓 살 좀 있으면 어때》이다. 스님은 이 책에서 스님들의 일상과 간소하고 담백한 사찰 음식을 소개한다. 스님의 경험에 비추어 볼 때 스님들의 생활방식, 식생활이야말로 부작용이 전혀 없는 가장 탁월한 다이어트 방법이기 때문이다. 책은 '승가의 생활' '음식물로 다이어트를' '쾌변으로 다이어트를' '쾌면으로 다이어트를' '호흡으로 다이어트를' '식욕을 끊어 다이어트를' '물을 관찰하여 다이어트를' '요가로 다이어트를' '마음을 관찰하여 다이어트를' 등 총 9장으로 구성되어 있다.

이 책은 '호흡으로 다이어트를' '마음을 관찰하여 다이어트를' 등의 장 제목에서 알 수 있듯이 여느 다이어트 책과는 성격부터 다르다. 살 빠지는 음식이나 살 빼는 기법에만 치중하지 않는다. 먼저 일상생활 자체를 건강하게 살도록 유도하며 구체적으로 그 방법을 알려 준다. 아침에 일어날 때와 잠자기 전에 하는 기본적인 운동, 세수하는 법, 마음을 안정시키면서 쾌변을 보게 하여 변비를 고치고 체중도 줄 이는 호흡법 등 사소해 보이지만 중요한 것들을 빠뜨리지 않고 소개 한다.

스님은 조급하게 살을 빼려다 스트레스를 받아 역효과를 보지 말 고 '그까짓 살 좀 있으면 어때' 하는 편안한 마음으로 다이어트를 하 되, 몸의 살만 뺄 것이 아니라 마음의 기름때도 씻어내기를 권한다. 다 이어트를 하면서 "음식은 다른 생명을 죽여서 얻은 것임을 알고 생명 의 소중함을 깨닫는 계기가 되길 바란다."고 당부한다.

스님의 당부처럼 불자들의 다이어트는 보통 사람들의 그것과는 달 라야 한다. 식사를 할 때 이 음식이 어디서 어떻게 왔는지 그 고마움을 생각하고, 기아에 허덕이는 사람들을 생각해야 한다. 한 숟가락을 덜 어내어 굶주린 이웃에 회향해야 한다. 그러면 저절로 음식의 양도 조 절되어 살도 빠지고 공덕도 쌓게 될 것이다.

이 책은 단순한 다이어트 서적이 아니다. 수행서다. 일독을 권한다.

- 부처님께서는 "아침에 일어나면 세수를 하고, 식사 전에는 손을 닦아야 한다."고 가르치셨다. 유치원생도 다 하고 있는 일을 왜 이르셨을까. 이 물음에는 그리 긴 대답이 필요치 않을 것이다. 게으름이나 무절제와 같은 내부의 적들에게 빈틈을 보이지 않게 하기 위함이다. 둑을 무너뜨리는 것은 커다란 힘이 아니라 주먹보다도 작은 구멍이다. (p.23)

- 자신을 가꾸는 사람은 삶을 사랑하는 사람이며, 삶을 사랑하는 사람은 행복한 사람이다. 행복한 사람은 자비롭다. 자비로운 사람은 나와 남이 없다. 나와 남이라는 경계를 넘어 서로 돕고 사는 세상이 불국토이며 정토가 아니겠는가? (p.41)

- 오래도록 건강하게 살고 싶은 것은 인간의 욕망인데, 그것은 늙고 병듦이 있기 때문이다. 한순간도 쉬지 않고 변하는 몸을 바로 하는 것이 다이어트의 성공을 위한 인식 전환의 대전제이다. (p.165)

- 건강과 장수의 핵심은 무엇이든 '적당하게' 하는 것이다. 심신을 알맞게 쓰면 절대로 병에 걸리지 않는다. 계절에 따라서 제철의 음식을 적당하게 섭취하고, 마음을 늘 화평하게 가지며, 생명의 근원을 잘 지킨다면 외부에서 병인이 들어오지 못한다. (p.218)

다이어트의 시대다. 어디를 봐도 몸짱·얼짱 열풍이 넘쳐난다. 그렇게 엄청난 의지를 가지고 감량을 시작하지만, 몇 달이 지나면 다시 예전보다 더 뚱뚱해진 자신을 발견하게 된다. 왜 그럴까? 생활 자세와 가치관이 바뀌지 않으면, 즉 내가 이전의 나와 근본적으로 변한 게 없다면 몇 kg 몸무게를 빼는 다이어트는 무의미하기 때문이다. 이처럼 살을 빼는 방법론보다는 기존의 다이어트 지침서에서 다루지 않았던 틈새를 메우고, 심리적 측면을 살피고자 하는 책이《그까짓 살 좀 있으면 어때》다.

경북 예천포교당의 학림 스님은 다이어트 전문가가 아니다. 하지만 '불교식 다이어트'를 제안한다. 주로 앉아서 일하며, 머리를 많이 쓰고, 운동이 부족한 현대인의 생활 형태는 좌선을 위주로 하는 승가의 생활과 외형상 닮아 있기에 불교식 다이어트를 제안한 것이다. 스님들은 부처님의 계율을 따라서 생활할 뿐, 특별한 방법으로 몸을 돌보지 않는다. 승가의 생활 그 자체가 건강의 비법인 까닭이다.

이 책에서 가장 많은 분량을 차지하는 것은 음식물로 다이어트를 하는 방법이다. 다이어트 식품으로 가장 적합한 것은 배부르게 먹어도 살이 찌지 않는 것이다. 사찰의 음식이 바로 그렇다. 사찰 음식은 뇌를 맑게 하고 몸을 가볍게 하며, 혼침을 없애는 작용을 한다.

스님들은 하루 12시간 이상 좌선을 하지만 건강에는 아무런 문제가 없다. 바로 사찰 음식에 비결이 있다. 제2장에는 사찰의 전통 음식에 대한 설명과 조리법, 스님들이 즐겨 마시는 차에 대한 자세한 이야기가 곁들여져 있다.

한편 스님은 체중 조절을 하려면 우선 음식을 대하는 자세부터 바꿔야 한다고 강조한다. 스님들은 음식을 맛으로 먹지 않는다. 이 음식이 어디서 왔는지, 얼마나 많은 정성이 담겨 있는지를 생각하며 밥과 몇 가지 반찬을 소중히 여긴다.

스님들의 일상생활로부터 얻을 수 있는 가르침도 선명하다. 모든 생명을 공경하고 작은 일도 소중히 여기며, 나보다는 남을 위해 살라는 것이다. 그렇게 하면 저절로 자신에게도 이롭게 된다. 새털 같은 가벼움과 겨울나무처럼 단순한 승가의 일상에서 집착하지 않는 삶, 군더더기 없는 삶을 배워야 한다. 그렇게 하면 살을 빼야 하는 일은 애당초 생겨나지 않는다는 것이 학림 스님의 생각이다.

저울의 눈금을 기준으로 하는 다이어트는 실패 아니면 부작용이 따른다. 살을 빼야지 하는 마음이 스트레스가 된다. 담담한 마음으로 심신의 조화를 이루게 하는 '불교식 다이어트'는 딱히 다이어트가 아니라도 심신 수양을 위해 실천해 볼 만한 것이다. 중요한 것은 마음의 여유와 실천 의지다.

그렇기에 이 책은 '읽고 아는 데' 목적이 있지 않다. '읽고 행하는 데' 있다. 자신에게 잘 맞는 어느 한 방법을 택해 꾸준히 실천하기만 하면 된다. 지금 스스로에게 주어진 일 중 가장 중요한 것이 다이어트라고 하더라도 애태우지 말고, "그까짓 살 좀 많으면 어때" 하는 자세가 필요하다.

25

매력 있는 남자를 위하여

《남자들에게》

시오노 나나미 · 이현진 옮김

"남자의 매력이란 목덜미에 있다. 성적 매력을 느끼게 하는 목덜미는 당연히 가늘어서는 곤란하다. 뒤룩뒤룩 살이 쪄서도 안 된다. 적당한 굵기와 늠름함이 필요하다."

그 흔한 맑은 눈도 아니고, 넓은 가슴팍도, 단단하고 매끈한 다리도 아닌 목덜미에서 성적 매력을 느낀다는, 조금은 특이한 이 여자는 《로마인 이야기》로 우리에게도 낯익은 시오노 나나미다.

그녀는 《남자들에게》에서 그녀만의 독특한 감식안을 발휘하여 남자를 탐구한다. 양복, 와이셔츠 등 사소한 것들을 소재로 하기도 하고, 제법 묵직한 내용을 다루기도 한다. 베테랑 저술가답게 차 한 잔 마시며 나누는 대화처럼 스스럼없이 유쾌하게 이야기를 전개한다. 물론 잡담 수준을 훌쩍 뛰어넘어 에세이로서의 품격을 유지한다.

그녀가 이 책에서 주로 다루는 이야기는 매력 있는, 멋있는 남자의 조건이다. 몇 가지 예를 들어보자.

성공하는 남자는 어떤 사람인가. 무엇보다 몸 전체에서 밝은 빛을 발한다. 해바라기가 태양 쪽으로 얼굴을 돌리는 것과 같이 사람들도 밝게 빛나는 사람에게 반하게 마련이다.

두 번째, 자기의 일에 90% 정도 만족하고 10%쯤 불만을 가진다. 기본적으로 낙관적이지 않으면 성공할 수 없다. 그러나 100% 만족한다는 것은 바보가 아닌 다음에야 불가능하고, 10% 정도의 불만은 적당한 긴장과 자극을 주어 노력을 부추긴다.

세 번째, 보통 상식을 존중해야 한다. 인간은 누구나 존재 이유를 가질 권리가 있고, 보통 사람은 상식 속에서 자신의 존재 이유를 발견하기 때문이다. 물론 스스로 보통 상식의 소유자여서는 안 된다.

매력남은 무엇보다 스타일이 있어야 한다. '그 아가씨 스타일 좋다'식의 육체적 표현이나 외모를 말하는 것이 아니다. '그 누구도 모르지만, 누가 보아도 그런 줄 아는 것', '그 사람만이 갖고 있는 자질이랄까 특징'이 스타일이다. 시오노 나나미가 꼽는 스타일 있는 멋진 남자는 먼저 연령·성별·사회적 지위·상식 등에서 자유로울 수 있는 사람 즉 신념이 있는 사람이다.

다음은 궁상스럽지 않은 사람, 마음 속 깊은 곳에서 인간성에 부드러운 눈길을 돌릴 수 있는 사람. 마지막으로 멋있는 남자. 말할 것도 없이 멋있는 사람은 스타일이 있는 사람이고 스타일이 있는 사람이 멋있는 사람이다.

반면 매력 없는 남자의 1순위는 전철에서 별 볼일 없는 책을 읽는 남자. '으악! 퍽! 꽥!' 정도의 감탄사만 즐비한 하찮은 것을 힘들여 들고 다니는 게 한심하다. 두 번째는 불안을 모르는 남자. 무엇인가 두려워하는 마음이 없으면 아무리 자신 있는 남자라도 정교한 컴퓨터로 움직이는 로봇에 불과하다. 세 번째는 설명이 필요 없는 구차한 남자.

유럽 물에 흠씬 젖은 잘 나가는 인텔리 여성의 남성론이어서 그런지 보통의 남자들과는 거리가 먼 듯한 느낌이 있다. 그리고 여성들이 착각하지 말아야 할 것, 시오노 나나미는 결코 페미니스트가 아니다. 그녀가 이 책을 쓴 것은 남자를 너무 사랑해서다. 그녀는 고백한다.

"우리들 여자는 남자들을 존경하고 싶어 근질근질해 있다. 남자들이여, 그 기대를 저버리지 말라."

- 귀찮아서 멋 부리지 않는다는 것은 감수성이나 호기심이 부족하다는 것을 위장하기 위한 변명에 지나지 않는다. (p.21)

- 성공할 남자란 우선 몸 전체에서부터 발산되는 어떠한 밝은 빛을 발하는 남자다. 밝다 해서 '우하하하' 하고 웃어대는 사람이 아니다. 또 먹자, 마시자 하며 떠들썩해서 밝아지는 것도 아니다. 조용한 동작 하나하나에서도 어떠한 밝은 분위기를 띠는 그러한 밝음이다. (p.76)

- 만약 인생의 성공자가 되고 싶다면, 어떤 평범한 사람에게도 제 나름의 영혼이 있다는 것을 잊어서는 안 된다. 이것은 인간성이란 것을 따뜻한 눈으로 본다는 뜻이기도 하다. 참으로 인간적인 사람들 주위에는 불을 밝힌 듯이 사람들이 자연스럽게 모여들게 되어 있다. (p.81)

- '머리 좋은 남자'란 무엇이든 제 스스로 생각하고, 그것에 의해 판단하고, 그 때문에 편견을 갖지 않고, 무슨 무슨 주의 주장에 파묻힌 사람에 비해 유연성이 있고, 더욱이 예리하고 깊은 통찰력을 가진 남자다. 또한 자기 자신의 '철학'을 가진 사람이다. 철학이라고 해서 무슨 어려운 학문을 말하는 것이 아니라 매사에 대처하는 '자세(스타일)'를 가지고 있느냐 없느냐 하는 말이다. (p.270)

남자를 평가하는 기준은 무수히 많다. 외모, 학벌, 재력에서 말투나 목소리에 이르기까지, 그야말로 열 사람에게는 열 개의 평가 기준이 있다고 해도 과언이 아니다. 그러니 누구나 공감할 만한 매력 있는 '멋진 남자'를 찾는 것은 어려운 일이다. 이 책은 일흔을 넘긴 한 일본 여성의 이야기다. 이 여성은 그저 평범한 여성이 아니다. 1969년《르네상스 여자들》을 시작으로 40여 년 동안 왕성한 필력을 자랑하고 있는 소설가다.

《남자들에게》는 시오노 나나미가 생각하는 '멋진 남자'에 대한 이야기가 담겨 있다. 일견 페미니스트나 보수주의자, 소위 '서양물'을 먹은 작가의 잘난 척이라는 오해가 있을 수도 있다. 그러나 그는 페미니스트도 보수주의자도 아니다. 남자들을 줄 세워 놓고 순위 매기기를 하려는 것도 아니다.

그저 정말 '멋진 남자'가 무엇인지, 어떤 남자가 매력 있는 남자이며 무엇이 남자를 매력 없게 하는지를 큰 줄기로 하여 옷가지, 식기, 선물 등 자잘하고 사소해 보이는 것들로부터 이야기를 풀어내고자 할 뿐이다. 스타일, 자질, 멋쟁이 등의 말로 표현되는 이 매력 있는 남자에 대한 작가의 생각을 따라가다 보면, 우리가 살아가고 있는 시대를 향한 날카로운 시선을 발견할 수 있다.

작가가 말하는 매력 있는 남자, 성공하는 남자는 흔히 생각하는 기준과는 조금 다르다. 이탈리아어에 '세레노(sereno)'라는 단어가 있다. 사전적 의미로는 "조용하게 갠, 평온한, 청명한, 침착하게"이다. 조용하게 갠 하늘, 후련해 보이는 얼굴, 침착하거나 객관적인 태도에 다 세레노를 쓸 수 있다. 평온 무사한 생활도 세레노한 생활이고, 객관적인 판단도 세레노한 판단이 된다. 시오노 나나미에게 성공할 남자의 첫 조건은 '세레노'한 남자다. 몸 전체에서부터 밝은 빛을 발하는 남자다. 해바라기가 태양 쪽으로 얼굴을 돌리는 것처럼 우리는 이런 사람에게 반하기 마련이다.

얼핏 지나치게 추상적인 기준이 아닌가 싶다. 그저 그럴싸한 말로 적당히 수식하는 '남성상'을 만들어내는 것은 아닌지 의심이 들 법도 하다. 그러나 그녀의 취향은 확고하다. 패션, 그릇, 가구 하나까지도 온 신경을 기울인다. 하물며 이상적 남성상은 오죽할까.

저자의 눈에 비친 남자들의 모습은, 한 인간으로서 당연히 가지고 있을 법한 부분들을 갖추지 못하기도 하고, 역시 당연히 가지고 있을 법한 인간적인 약점을 의외로 훌륭하게 극복하고 있기도 하다. 그 두 부류를 변별하는 것은 무엇일까?

이에 대한 결론을 이끌어내기 위해 목소리를 높이지는 않는다. 나름의 단상을 가볍고 담백한 필치로 지면에 옮겨 놓을 뿐이다. 그는 남자에 대해 이야기하고 있지만 그 시선은 실상 여자 쪽을 바라보고 있다. 같은 여성이라는 동질감을 바탕에 깔고서, 일본 사회와 서구 사회를 비교해가며 여성의 삶에 대해 생각하고 이야기한다.

《남자들에게》에서 느낄 수 있는 매력이란 이런 것이다. 멋지다는 설명을 굳이 하지 않아도 누구나 금방 알아볼 수 있는 것, 시오노 나나미는 바로 그것을 세련된 감각과 명석한 두뇌로 가르쳐 주고 있다. 인간의 본질, 본연의 모습, 인간이란 이렇다는 것을 우선 이해한 후에 오감과 자신의 판단에 의한 진짜 삶을 살아가 달라고 부탁하고 있는 것이다.

26

자랑스러운, 그러나 우울한 스테디셀러

《난장이가 쏘아올린 작은 공》

조세희 지음

　　며칠 전 우연히 묵은 신문철을 뒤적이다가 눈이 번쩍 뜨였다. 작년 말 《난장이가 쏘아올린 작은 공》이 200쇄를 돌파했다는 기사다. 1978년 초판(연작의 첫 작품, 《칼날》은 1975년 작)이 나온 후 근 30년 가까운 지금까지도 독자들의 꾸준한 사랑을 받고 있다니 이 정도면 가히 현대의 고전이라 할 만하다.

　　한 작품이 이렇게 오랫동안 생명력을 유지한다는 것은 작가의 내공이 절정 고수의 수준임을 말해 준다. 번역소설이 출판계를 평정하고 있는 현실에서 이런 작가가 존재한다는 것만으로도 우리의 자랑이다. 그러나 고백하건대 필자는 전혀 즐겁지 않다.

'난쏘공'이라는 약칭으로 더 잘 알려진 이 소설은 70년대 산업화 시대의 어두운 면, 노동자·철거민 등 도시 빈민의 삶을 그리고 있다. 소설의 한 대목을 보자.

"엄마 몰래 또 고기 냄새 맡으러 갔었대. 나는 안 갔어."

난장이 가족의 큰아들 영수는 고기가 먹고 싶으면 엄마 몰래 개천 건너편 주택가(여기에는 부자들이 산다.) 골목길에 가서 고기 굽는 냄새를 맡는다.

"천국에 사는 사람은 지옥을 생각할 필요가 없다. 그러나 우리 다섯 식구는 지옥에 살면서 천국을 생각했다. 단 하루도 천국을 생각해 보지 않은 날이 없다. 하루하루의 생활이 지겨웠기 때문이다. 우리의 생활은 전쟁과 같았다. 우리는 그 전쟁에서 지기만 했다."

다섯 가족의 가장인 아버지 난장이는 삶의 무게를 견디다 못해 벽돌 공장 굴뚝에서 떨어져 자살한다. "그들이 살아가는 사람이 갖는 기쁨·평화·공평·행복에 대한 욕망들을 갖기를 바랐"던 큰아들 영수는 회사에서 서클을 결성하는 등 노동운동에 뛰어들지만 결국은 사용자를 살해하고 사형을 당한다. 그들은 이렇게 전쟁에서 진다.

《난쏘공》200쇄 돌파 소식을 전하는 기사에는 작가의 다음 말이 소개되어 있다.

"얼마 전 중2 학생이 '난쏘공'을 읽고 이랬답니다. '이 책은 옛날이 야기가 아니다.'라고."

이 어두운 소설이 근 30여 년이 지난 지금도 여전히 현실을 반영하고 있다는 것은 무엇을 의미하는가. 우리 사회가 아직도 건강하지 않다는 반증이 아닌가. 200쇄 달성이라는 성과를 결코 기뻐할 수 없는 것도 이러한 의심 때문이다.

최근 신문 보도에 의하면 이 문제의 소설 《난장이가 쏘아올린 작은 공》이 영화로 만들어진다고 한다. 작품의 완성도를 높이기 위해 순제작비만 최소 20억~25억이라는 거액이 투입될 예정이란다. 삼겹살 한 근 먹을 수 없었던 빈민들의 이야기가 자본가의 손에 의해 영화로 만들어진다는 이 사실을 어떻게 보아야 할까. 그 흔한 말로 따뜻한 가슴을 가진 자본인가, 아니면 돈이 된다면 뭐든지 하는 자본의 속성을 그야말로 여지없이 보여주는 것인가.

이 신문은 또 다른 면에서 '초등학교 졸업 학력의 빈민층 산모는 저체중아를 낳을 확률이 대졸자의 1.8배'라는 기사를 특집으로 다루고 있었다. 가난한 집 자식은 태어날 때부터 건강하지 않을 확률이 그만큼 높다는 소식이다.

- 사람들은 아버지를 난장이라고 불렀다. 사람들은 옳게 보았다. 아버지는 난장이였다. 불행하게도 사람들은 아버지를 보는 것 하나만 옳았다. 그 밖의 것들은 하나도 옳지 않았다. 나는 아버지, 어머니, 영호, 영희, 그리고 나를 포함한 다섯 식구의 모든 것을 걸고 그들이 옳지 않다는 것을 언제나 말할 수 있다. 나의 '모든 것'이라는 표현에는 '다섯 식구의 목숨'이 포함되어 있다. 천국에 사는 사람들은 지옥을 생각할 필요가 없다. 그러나 우리 다섯 식구는 지옥에 살면서 천국을 생각했다. (p.80)

- 햄릿을 읽고 모차르트의 음악을 들으면서 눈물을 흘리는(교육받은) 사람들이 이웃집에서 받고 있는 인간적 절망에 대해 눈물짓는 능력은 마비당하고, 또 상실당한 것은 아닐까? 세대와 세기가 우리에게는 쓸모도 없이 지나갔다. (중략) 지배한다는 것은 사람들에게 무엇인가 할 일을 준다는 것, 그들로 하여금 그들의 문명을 받아들이게 할 수 있는 일, 그들이 목적 없이 공허하고 황량한 삶의 주위를 방황하지 않게 할 어떤 일을 준다는 것이다. (p.110)

- 아버지가 꿈꾼 세상은 모두에게 할 일을 주고, 일한 대가로 먹고 입고, 누구나 다 자식을 공부시키며 이웃을 사랑하는 세계였다. 그 세계의 지배계층은 호화로운 생활을 하지 않을 것이라고 아버지는 말했었다. 인간이 갖는 고통에 대해 그들도 알 권리가 있기 때문이라는 것이었다. (p.36)

조세희, 이 이름 석 자는 한국현대문학사의 한 자리를 굳게 지키고 있다. 그 이름은 우리의 1970년대와 그 시대를 수놓았던 비애와 모순들을 한꺼번에 우리에게 쏟아낸다. 조세희가 그린 세계의 모습은 잿빛 공장으로 대변된다. 이 잿빛 공단 지대 속에서 그래도 대지의 양분을 품고 고개를 드는 민들레 같은 민중의 끈덕진 삶, 그 비애와 그 처연한 아름다움이 그의 작품 곳곳에 스며들어 있다.

'난쏘공'은 《난장이가 쏘아올린 작은 공》이라는 단행본으로 묶인 연작소설 전체를 가리키기도 하고, 그 속에 포함된 동명의 단편소설을 가리키기도 한다. 두 아이가 굴뚝 청소를 했는데 한 아이의 얼굴은 까매졌고 다른 아이의 얼굴은 깨끗하다면 누가 얼굴을 씻을 것인가라는 유명한 질문으로 시작되는 〈뫼비우스의 띠〉에서 〈에필로그〉까지 1975~1978년에 발표된 총 12편의 연작 단편으로 이뤄져있다. 그 속에는 하루 먹고 하루 사는 일용 노동자의 삶, 그 삶 속에서 깨달은 점이 있어 노동 운동의 편에 서는 중산층 청년의 내면이 부조되어 있다.

연작이기 때문에 한 주인공이 일관되게 겪는 사건을 배열했다기보다 '은강시'라는 도시에 살고 있는 난쟁이 김불이와 그 일가들, 중산층 가정의 윤호, 그의 가정교사 지섭 등이 서로서로 자신의 삶을 직조해 나가며 교차해 가는 지점이 파편처럼 흩어져 있다. 이는 도시 빈민이 살고 있던 지옥과 그들이 천국이라 생각했던 저 중산층의 삶이 교차하는 지점이 될 것이다. 이 지옥과 천국의 만남에서 고뇌하고 실천하는 젊은 청년들의 눈물이 이 소설의 큰 축이다. 엄밀한 의미에서 1970년대의 천국은 상실되어 있었다.

먼저 천국의 이야기, 윤호와 그의 가정교사 지섭, 입시에 실패한 윤호는 지섭과 헤어지고 족집게 과외 그룹에서 공부한다. 그곳에서 은희를 만난다. 윤호는 경멸하던 인규에게 답안지를 보여주면 은희에게 관심을 갖지 않겠다고 제안한다. 스스로에게 환멸을 느낀 윤호는 자살 소동을 벌인다.

지옥의 이야기, 아버지 김불이는 난쟁이이다. 그들의 허름한 집에 느닷없이 철거 계고장이 날아든다. 더 이상 일을 할 수 없는 아버지를 대신해 자식들은 공장으로 일을 나가야 한다. 그 와중에 부자 사내에게 입주권이 팔리고, 영희가 실종된다. 그녀는 입주권을 산 사내에게 고용되어 동거를 시작했던 것이다. 영희는 그의 금고에서 입주권을 꺼내 집으로 돌아오지만 이미 집은 풍비박산이 난 뒤였다. 아버지는 달나라로 이미 먼저 떠났던 것이다.

윤호는 삼수 생활을 하면서 자신이 가보았던 난쟁이 가족의 동네를 잊지 못한다. 난쟁이의 큰 아들 영수는 윤호에게 은강 그룹에서 일하는 노동자들을 해방시키기 위해 경영주를 죽이겠다고 말한다. 신조차 잘못을 저지르는 은강시에서 영수의 결단은 큰 무게를 갖는다. 영수는 은강 그룹의 회장으로 착각하여 경훈(은강그룹 경영주 아들)의 숙부를 죽이고 사형선고를 받았다.

폭력이 폭력을 낳고 그 폭력의 재생산이 버젓이 용인되는 무한의 굴레. 뫼비우스의 띠와 같이 천국과 지옥은 서로 겹치며 하나가 된다. 이것이 신의 잘못인지 인간의 잘못인지 알 수 없으나 인간을 벌레로 만드는 저 영겁의 순환, 그 고리를 끊어내는 일은 여기 우리에게 주어진 소임으로 보인다.

27

밑으로 기어서 우뚝 솟은 인물

《좁쌀 한 알》

최성현 지음

한 사람이 있었다. 그는 높은 벼슬을 하지도 않았고, 명예가 드높지도 않았으며, 돈을 벌지도 못했다. 세속의 눈으로 본다면 결코 성공한 사람이 아니다. 그런데도 당대의 내로라하는 명망가들이 단 한 번 그를 보고 스승으로, 맏형님으로 모셨던 사람이다. 무위당 장일순이다. 그는 어떤 사람인가.

장일순은 20대 초반에 아인슈타인과 편지를 주고받으며 세계를 하나의 연립 정부로 만드는 것이 목적이었던 '원 월드 운동'에 참여했고, 20대 중반에는 학교를 세웠다. 30대 초반에는 국회의원에 출마했다 낙선했으며, 30대 중반에는 '중립화 평화통일론'을 주장하여 3년간 옥살이를 했다. 출옥한 뒤에는 사회안전법과 정치정화법에 묶여 운신이 자유롭지 못했다.

60년대에는 신용협동조합의 설립과 정착을 도왔고, 70년대에는 원주에서 민주화 운동의 횃불을 들었다. 80년대에는 생활 운동을 통한 사회 운동을 이끌고, 80년대 말부터 90년대에 걸쳐서는 천지만물을 한 생명으로 보는 한살림 세계관을 펼쳤다. 1994년 67세로 영면했다.

연대기 상으로 보면 그는 정치 지망생, 민주 투사, 사회 운동가이다. 사실 우리는 이런 사람들을 별로 존경하지 않는다. 한때 민주화 운동이나 사회 운동을 했다는 사람들이 자신의 이익을 위해 어떻게 변했는지 잘 알기 때문이다. 장일순은 여기에서 예외적이다. 그의 장례식에는 3천명이 넘는 조문객이 운집했을 정도로 한결같이 존경을 받았다. 사람들은 왜 그토록 장일순을 사랑하고 존경하고 못 잊는 것일까.

《좁쌀 한 알》은 이 궁금증을 풀어준다. 장일순에게 가르침과 위로를 받았던 사람들을 만나 그와의 일화를 채취하여 인간 장일순의 면모를 보여준다. 이 책에 등장하는 사람들의 한결같은 증언은 그가 순수하고 겸손했다는 것이다. 세상에서 대접받지 못하는 소외된 사람에게는 그들이 바로 가장 소중하고 아름다운 사람임을 일깨워주고, 잘난 사람들에게는 '밑으로 기어라'라고 말했다. 자신 스스로 민초들의 가랑이 밑으로 기었다.

다음의 일화는 그가 이를 어떻게 실천했는지를 잘 보여준다.

어느 날 한 시골 아낙네가 그를 찾아왔다. 딸 혼수 비용을 기차 안에서 소매치기 당했다며 그에게 돈을 찾아달라고 매달렸다. 장일순은 원주역으로 가서 노점상들과 며칠 동안 소주를 마시며 얘기를 나눈 끝에 소매치기를 알아냈다. 그는 소매치기를 달래서 남아 있는 돈을 받아낸 다음 자기 돈을 얹어서 돌려줬다.

장일순은 그 뒤 가끔 원주역을 찾아 소매치기에게 밥과 술을 사주며 이렇게 말했다. "미안하네. 내가 자네 영업을 방해했어. 이것은 내가 그 일에 대해 사과를 하는 밥과 술이라네. 한 잔 받으시고, 용서하시라고."

그는 소매치기에게 앞으로 그런 짓을 하지 말라거나 훈계 따위를 일체 하지 않았다. 천하고 천한, 비난받아야 마땅한 소매치기의 가랑이 밑으로 긴 것이다.

장일순, 그는 이렇게 겸손 그 자체가 된 사람이었다. 스스로를 가장 보잘것없는 조 한 알(一粟子)이라고 했던 장일순, 그는 밑으로 밑으로 기고, 버리고 또 버리고, 그리하여 모든 이들을 떠받들어 공경했다. 그 많은 사람이 그를 스승으로, 형님으로 모시는 이유가 바로 여기에 있다. 책 속에 실린 고졸한 그의 그림과 글씨를 보는 것도 책 읽는 재미를 더한다.

- 어느 잡지사 기자가 물었다. "선생님은 어째서 '조 한 알'이라는 그런 가벼운 호를 쓰십니까?" 장일순이 그 말을 듣고 너털웃음을 터트렸다. "나도 인간이라 누가 뭐라 추어주면 어깨가 으쓱할 때가 있어. 그럴 때 내 마음 지그시 눌러주는 화두 같은 거야. 세상에서 제일 하잘것없는 게 좁쌀 아닌가. '내가 조 한 알이다.' 하면서 내 마음을 추스르는 거지." (p.101)

- 외국의 한 기자가 장일순을 찾아와 물었다. "혁명을 어떻게 생각하십니까?" 장일순이 되물었다. "일반적으로 얘기하는 혁명을 묻는 거요, 아니면 내가 생각하는 걸 묻는 거요?" "당신 생각을 듣고 싶습니다." "혁명이란 따뜻하게 보듬어 안는 것이라오." (p.156)

- "해월 선생님의 말씀 중에 밥 한 그릇이 만들어지려면 거기에 우주 일체가 참여해야 한다는 말씀이 있어. 우주 만물 가운데 어느 것 하나가 빠져도 밥 한 그릇이 만들어질 수 없다 이거야. 밥 한 그릇이 곧 우주라는 얘기도 되지." 건강한 사람은 무엇을 먹든 다 달다. 맛있고 고맙다. 밥맛이 없다면, 밥상 앞에서 고마운 마음이 일지 않는다면 자신의 삶을 돌아봐야 한다. 뭔가 크게 잘못 살고 있는 게 분명하기 때문이다. (p.215)

장일순은 1970년대 강원도 원주에서 지학순 주교와 더불어 반독재 투쟁을 이끈 민주화 운동의 정신적 기둥이자 1980년대에 태동한 국내 생명 운동의 대부다. 1948년 서울대학교 미학과에 입학했으나, 6·25전쟁으로 학업을 중단한 뒤에는 고향인 원주로 내려가 이후 원주를 떠나지 않았다.

그는 20대 초반에 아인슈타인과 편지를 주고받으며 '원 월드 운동(세계를 하나의 연립 정부로 만들고자 하는 운동)'에 참여했다. 원주에 대성중고등학교를 세웠고 교육 운동에 힘쓰기도 했다. 1960년 4·19혁명 직후 정치활동을 시작, 5·16군사정변 직후 구속되어 3년간 수감생활을 하게 된다. 옥살이를 하면서 '파워 게임과 야합이 판을 치는 정치판'보다 '밑바탕에서 돕는 일이 더 필요하다'는 생각을 하게 되었고, 그 후 '숨은 지도자'의 길을 걷게 된다.

1980년대에 '한살림운동'을 주도하면서 호를 '한 알의 작은 좁쌀'이라는 뜻의 일속자로 바꾸고, 생명 사상 운동을 펼쳤다.

큰 산처럼 우뚝했으면서도 '좁쌀 한 알'이라는 호처럼 겸손하고 부드러웠으며, 모든 이들을 하느님처럼 모시는 공경의 마음으로 일관한 그에게 많은 이들이 영향을 받았다. 시인 김지하의 스승이자 〈녹색평론〉 발행인인 김종철이 단 한 번 보고 홀딱 반했고, 이현주 목사는 '부모 없는 집안의 만형 같은 사람'이라 하였다. 소설가 김성동과 '아침이슬'의 김민기가 아버지로 여겼으며, 판화가 이철수가 '이 시대 단 한 분의 선생님'이라고 꼽는 사람이다.

이 책《좁쌀 한 알》은 장일순의 사람됨을 보여주는 숱한 일화를 그가 남긴 그림, 글씨와 함께 싣고 있다. 어떤 이가 골동품을 취급하다 잘못돼서 감옥살이를 하게 된 일이 있다. 장일순은 그 소식을 듣고 난초 한 장을 치고는 거기에 편지를 한 장 써서 보냈다. "자네는 지금 수행하기 아주 좋은 기회를 얻었네. 부디 그 좋은 기회를 헛되이 보내지 않기를 바라네." 동시에 그가 빨리 옥살이에서 풀려나도록 힘을 썼다. 알아보니 잘못이 없었기 때문이다.

어려움에 처했을 때는 '아, 수행하라는가 보다' 생각하고 자신의 삶을 돌아보는 게 좋다. 그것을 장일순은 '바닥을 기어서 천 리를 갈 수 있어야 한다'는 그만의 언어로 표현한다. 납작 엎드려서 겨울을 나는 보리나 밀처럼 한 세월 자신의 허물을 닦고 가다보면 언젠가는 봄날이 온다는 것이다.

장일순의 인품과 사회적 실천은 이렇게 엎드리고 기는 데에서 시작한다. 자신이 한 일을 크게 드러내는 법이 없으며, 유창한 논리를 펴거나 세상을 경륜하는 지혜를 내세우지도 않았다. 오직 자연의 순리, 일의 흐름을 거스르지 않는 자세로 사물과 일을 대했고 인간 관계를 유지했다.

그의 글과 그림 또한 그러하다. 장일순 자신의 말을 빌리자면 "나는 요즈음 길거리에서 군고구마 장수 아저씨가 서툰 솜씨이지만 삶의 필요에 의해 나무판자 위에 정성스레 쓴 '군고구마'라는 글씨 속에서 이 시대 글씨의 한 이상을 만난다"는 것이다. 무심과 무위의 철리(哲理). '뛰어난 기교란 어수룩해 보이는 법'이라는 대교약졸(大巧若拙)의 서체, 그것이 장일순 글씨의 본질이고 특성이다.

책의 첫머리를 펼치면 일견 소박해 보이지만 강인한 서체가 반긴다. "조석 끼니마다 상머리에 앉아 한울님의 큰 은혜에 감사하자. 하늘과 땅과 일하는 만민과 부모에게 감사하자. 이 모두가 살아가는 한 틀이요, 한 뿌리요, 한 몸이요, 한울이니라." 그의 글에는 장일순이 살아왔던 삶과 가치관이 그대로 묻어나는 듯하다.

삶 자체가 미덕이다

《그러나 나는 살아가리라》

유용주 지음

산에 올랐다. 몸뚱이는 정직했다. 다리는 무거웠고 숨은 가빴다. 그 동안 게을렀던 것이 여지없이 드러났다. 주저앉고 싶을 때 바람결에 진한 향기가 풍겨왔다. 양지 바른 곳에 야생화가 피어 있었다. 자리를 펴고 허기진 배를 채우며 꽃을 바라보았다. 꽃은 그리 예쁘지 않았다. 사람으로 치면 박색을 겨우 면할 만했다. 그런데도 눈길이 자주 갔다. 꺾을까 말까, 캐갈까 말까 고민하다 그냥 내려왔다.

산을 내려와 친구에게 이 이야기를 하니 물끄러미 나를 바라보며 배낭에서 책을 한 권 꺼내 준다. 유용주 시인의 산문집이었다. 유시인의 지금까지의 삶의 자취를 기록한 책이었다. 몇 대목을 옮겨 적는다.

"엉망진창인 삶이었다. 뒤늦게 시작한 공부를 중학교 과정을 일곱 달 만에, 고등학교 과정을 아홉 달 만에 번갯불에 콩 구워 먹듯 컨닝으로 끝낸 다음, 그 결과가 내 뛰어나고 명석한 머리에서 나온 것으로 착각한 나머지 곧바로 대학에 도전했으나 여봐란 듯이 실패해 친구들 자취방을 전전하는 가여운 존재였다."

시인은 그 뒤 군대에 가고, '천하의 개잡범'이 되었다가 영창에 간다. '국군의 날' 특사로 풀려나 세상에 나온 그는 "망가진 삶을 복원하기 위해 식당 주방과 과자 공장, 세일즈맨, 독서실 청소부, 막노동판의 시다를 전전"한다.

그러다 '치명적인 케이오 펀치'를 맞는다. 어머니였다. "식도협착증으로 밥알 하나 삼키는 데도 수십 번 사래가 들어 풀이나 뜯어먹고 살아야 할 양반"이었던 어머니는 "시골 작은집에 맡긴 막둥이 용돈이라도 벌자고 취직한 분식집 주방에서 급하게 먹은 냉면이 식도를 막아 뇌출혈로 쓰러진 거였다." 경기도 광주에서 노가다를 하던 시인이 소식을 듣고 어머니에게 달려갔을 때는 이미 상황 종료였다. 곁에 있던 이종사촌누님은 "병원비가 무섭기도 했고, 잠시 쉬었다가 일어날 줄 알고 병원으로 옮기지도 못했다."고 한다.

시인은 "어떤 사법기관에서도 체포하지 않았지만 명백한 존속살인이었고 … 죄 값은 평생 삶이라는 아수라 지옥을 맨몸으로 옮기는 무기징역에 처해졌다."고 회고한다. 이후 그의 삶은 야차의 모습이었다.

"죽기가 살기보다 힘들었다. 마지막이구나, 더 이상 어쩔 수 없구나. 이렇게 끝장이 나고 마는구나. 궁리 끝에 술을 인사불성으로 먹고 고속도로를 건너다니고 종로 한복판 중앙로에 누워 내 한 몸 희생하면 남은 가족들 생활비는 되겠지, 보험이라도 타내려고 했지만 자동차들은 잘도 피해 다녔다."

여기까지 읽고 책을 덮었다. 시인은 물론 살아남았고 이제는 문명도 떨치고 있다. 이렇게 힘들게 사는 사람도 있는데 힘내자는 것이 아니다. 힘들다고 투정부리지 말자는 것이 아니다. 나는 시인에게 예쁘지 않지만 향기를 내뿜는 야생화를 보았다. 내 안에 있는 불성(佛性), 꽃을 보았다. 그 꽃을 꺾지 말아야 한다는 것을 느꼈다.

옛날 한 선사가 제자에게 화로에 불씨가 있는지 물었다. 제자는 몇 번 화로를 뒤적이다 불기운이 없다고 말했다. 그러자 스승은 손수 화로를 뒤져 불씨를 찾아냈다.

"자, 봐라. 불이다."

가슴속에 남아 있는 불씨, 꽃을 꺾지 말라. 캐내지도 말라. 그 자리에서 꽃을 피우라. 삶은 원래 팍팍하다. 그러나 살아 있다는 것 자체가 아름답다. 삶이 곧 미덕이다.

- 햇볕이 더디게 닿아도 푸르름에는 빠르고 늦음만 있을 뿐, 푸르름이 덜하지 않는다. 오히려 숲은 가늘고 어린 나무들부터 티눈이 부어올라 생살을 앓느니, 숲은 나무들이 몸살 앓아 이루어진 마을이다. 푸르름의 공평한 살림살이다. (p.26)

- 거미는 허공에다 집을 짓는다. 내장을 꺼내 집을 짓는다. 거꾸로 매달려 집을 짓는다. 짐이 무거우면 벗어 던지면 그만이다. 그러나 벗어 던지면 삶이 없다. 누가 당신에게 짐을 짊어 주었는가. 스스로 짊어진 짐이다. 자기가 감당할 만큼 지면 된다. 자기 몸에 알맞은 지게를 선택해서 알맞은 짐을 져야 한다. 오래 걸으려면 멜빵을, 굳건한 어깨와 강인한 장딴지가 필요하다. 당신이 짊어진 짐은 가벼운가, 무거운가. 거미는 까마득한 허공에 거꾸로 매달려 집을 짓는다. (p.42)

- 가끔 노인성 치매를 보이지만 삼시 세 끼 고봉밥, 뚝딱 해치우고 경로당 출근하고 저녁 때 돌아오면 텔레비전보다 콧소리 요란하게 잠든 아버지 옆에서 풀의 역사이자 땅의 역사인, 음식, 길쌈, 바느질 솜씨 좋았던, 박꽃 같았던, 이제는 온갖 풍상에 시달려 한줌 새털 같은 어머니 구부린 등 옆에서, 움벼처럼 싱싱한 아이들 꿈속에서, 어느덧 어머니 닮아 쇠비름 노란 꽃으로 시든 아내 옆에서 밤새워 시를 쓸 것입니다. 농사철에 흘린 땀방울을 한 땀 한 땀 찍어 연비를 새길 것입니다. (p.98)

이 책을 쓴 유용주는 시인이다. 1960년 전라북도 장수에서 태어났다. 중학교 1학년 때 중퇴하고 중국집 배달원, 구두닦이, 벽돌공, 출판사 직원, 술집 지배인 등 수십 개의 직업을 전전했으며 1979년부터 정동 제일교회 배움의 집에서 공부했다. 1991년 〈창작과비평〉 가을호에 '목수' 외 두 편의 시를 발표하면서 작품 활동을 시작한다. 시집으로는 《가장 가벼운 짐》(1993), 《크나큰 침묵》(1996), 《은근살짝》(2006)이 있고, 산문집 《쏘주 한 잔 합시다》(2005)와 자전적 성장소설 《마린을 찾아서》(2001)를 냈다.

《그러나 나는 살아가리라》는 산문집이지만 시라고 봐도 무방할 정도이다. 책에는 다양한 표현 방법과 우리말, 방언 등을 사용한 시인의 문체가 한껏 드러난다. 시골에서 농사를 지으며 시를 쓰는 시인의 일상이 담겨 있다. 십수 킬로그램의 물을 끌어올리는 식물의 물관. 그 같은 상상력으로 퍼 올린 이야기가 흥미롭다.

이 산문집에는 그의 인생에 대한 이야기를 두서없이 풀어나가고 있다. 어릴 적 이야기를 하다가 가족 이야기를 하기도 하고 자연과 세상에 대한 이야기를 하기도 한다. 보통 작가들의 정갈한 산문집과는 달리 유용주 시인만의 거칠고 투박한 느낌이 잘 드러난다.

그 동안 발표했던 작가의 글과는 형식을 달리하는데, 특히 78개의 단상으로 이루어진 〈그 숲길에 관한 짧은 기억〉은 주목할 만하다. 낱낱의 단상들은 독립적이면서도 하나의 일관된 흐름으로 수렴된다. 거기에는 작가 자신의 처절한 자기 반성과 깊은 깨달음이 속속들이 녹아 있다. 그들은 '시적 산문', 사색과 절절한 밑바닥 삶에서 우러나오는 경험을 명징한 언어와 간결하면서도 서사성 짙은 문체로 담아낸 것이라 할 수 있다.

　책은 총 4장으로 구성되어 있다. 1장은 작가 자신의 의식의 흐름을 다룬 것과 같이 열 줄에서 스무 줄 내외의 짧은 글들로 구성되어 있다. "내 문학은 내 삶뿐이다"라는 한 줄로 시작되는 이 글들의 모음은 주로 문학에 대한 태도, 자연 속에서 삶과 문학을 접하는 자세들에 대한 내용으로 엮어져 있다.

　2장은 자신의 유년기와 가족, 살아온 삶에 대한 이야기이다. 특히 어릴 적 누님과의 추억이 많은데, 무심한 듯하면서도 가까운 끈끈한 정 같은 것이 잘 드러나 있다. 3장은 주변사람들과의 관계에 대한 이야기이다. 스님에게 쓴 편지도 있고 다른 시인들을 만난 이야기도 실려 있다. 마지막 장은 자신의 삶에 대한 각오이다. 모든 글들이 통일되어 있지 않고 남에게 들려주듯이 이야기를 하기도 하며 중간 중간 몇 편의 시가 실려 있는 형식으로 되어 있다.

　《그러나 나는 살아가리라》에는 작가의 절실한 생활 체험이 올올이 담겨 있다. 그가 꿈꿔온 문학과 세계가 가감 없이 새겨져 있다. 기성의 산문들에 비해 예외적이고 별종이라고까지 할 수 있을 것이다. 이 책은 이문구의 유장한 가락과 넉넉한 낙관, 그리고 박상륭의 사색의 깊이를 빼닮았으면서도 한편으로는 거기에서 벗어나 있다.

29

쓸쓸한, 그러나 가장 아름다운 뒷모습

《아버지의 뒷모습》

주자청 지음 · 허세욱 옮김

잠꾸러기 아들을 깨우다 포기한다. 또 지각이다. 눈에 넣어도 아프지 않다는 말은 틀렸다. 눈에 넣지 않아도 아픈 게 자식이다. 저 어린 것이 언제 커서 자기 앞가림을 할 수 있을까. 거울을 보니 흰머리가 더 많다. 살아갈 날보다 살아온 날이 더 많은 것이다.

새삼 돌아가신 아버지가 그리워진다. 돌이켜보면 아버지에게 기쁨을 주는 자식이 못 되었다. 가난한데다 일자무식이었고 나이마저 많은 늙은 아버지가 부끄러웠다. 살갑게 재롱 한 번 피워 드리지도 못했다. 자업자득이다. 이제 내가 내 자식에게 그런 아비가 될 것이다. 나같은 불효자들이 읽어야 할 책이《아버지의 뒷모습》이다.

이 책에 실린 35편의 산문들이 모두 인간적인 체취를 실감나게 묘사하고 있는데, 특히 표제작 〈아버지의 뒷모습〉은 부자간의 애틋한 정이 심금을 울린다.

"지난 2년여 동안 아버지를 뵙지 못했다. 그때 아버지의 뒷모습을 아직도 잊을 수 없다. … 검은색 중절모를 쓰고 검은색 마고자에 남색 두루마기를 입으신 아버지의 모습이 눈에 들어왔다. 아버지는 철로변을 약간 휘청거리면서도 천천히 살펴가고 계셨다. 이때의 아버지는 그다지 힘들어 보이지 않았다.

이제 철로를 다 건너서 저쪽 플랫폼에 오르려고 할 때는 그리 쉽지 않았다. 아버지는 먼저 양손을 플랫폼 위 바닥에 댄 채 두 다리를 모으고는 위로 오르려고 한껏 뛰셨다. 순간 뚱뚱한 몸이 중심을 잃으며 왼쪽으로 기우뚱하였다. 몹시 힘겨워하시는 모습이 역력했다.

아버지의 뒷모습을 지켜보고 있던 나는 가슴이 뭉클해졌다. 나도 모르게 눈가에 눈물이 글썽거렸다. 얼른 고개를 떨구며 눈물을 훔쳤다. 남의 시선을 의식해서였지만 무엇보다도 아버지한테 눈물 자국을 보이고 싶지 않았다."

스무 살이 넘은 다 큰 아들을 배웅하러 역까지 나온 아버지, 연신 자식 걱정을 하다, 뚱뚱한 몸을 뒤뚱거리며 아들을 위해 귤을 사주려고 철길을 가로질러 가는 아버지의 뒷모습이다.

이처럼 아름다운 모습이 있을까. 아버지는 애써 겉으로 드러내지 않게 부정(父情)을 표현하고, 아들은 아버지의 뒷모습에서 자식 사랑을 읽어내고 눈물을 훔친다.

2년 후 아들은 아버지의 편지를 받는다.

"내 몸은 그런 대로 괜찮다. 단지 어깨가 자꾸 결리면서 통증이 점점 심해지는구나. 젓가락을 들거나 붓을 쥐기가 여간 불편한 게 아니다. 아마 갈 날도 멀지 않은 모습이다."

아들은 늙어가는 아버지의 모습을 떠올린다. 현재 처지를 한탄하고 상심하고, 당신의 마음속에 응어리진 울분을 터뜨리기도 하고 사소한 일에도 분노하는 아버지, 아무리 자식이어도 싫을 법도 한데 아들은 "눈가에 맺힌 눈물방울 사이로" 2년 전 아버지의 뒷모습을 떠올리며 그리워한다.

산소에 가서 백 번 눈물바람 하는 것보다 살아생전에 부모님 한 번 더 찾아 뵙는 게 낫다. 자식이 효도하려 하나 그때는 부모님이 안 계시다는 말은 예나 지금이나 진리다.

아침저녁으로 찬바람이 부는 이 계절, 싸구려 내복이나마 사들고 부모님을 찾아뵙자. 뒤늦게 후회하지 않으려면.

- 아버지는 철로변을 약간 휘청거리면서도 천천히 살펴가고 계셨다. 이때의 아버지는 그다지 힘들어 보이지 않았다. 이제 철로를 다 건너서 저쪽 플랫폼에 오르려고 할 때는 그리 쉽지 않을 것이다. 아버지는 먼저 양손을 플랫폼 위 바닥에 댄 채 두 다리를 모으고는 위로 오르려고 한껏 뛰셨다. 순간 뚱뚱한 몸이 중심을 잃으며 왼쪽으로 기우뚱하였다. 몹시 힘겨워하시는 모습이 역력했다. (p.85)

- 나는 그들이 내게 얼마나 많은 날을 주었는지 모릅니다. 그러나 내 손은 점점 비어만 갑니다. 가만히 헤아려보니 팔천여 낮밤이 내 손에서 빠져 나갔더군요. 마치 바늘 끝에 대롱거리는 물 한 방울이 드넓은 바다에 떨어지듯이 나의 세월은 시간의 흐름 속으로 떨어졌습니다. 소리도 없이, 그림자도 없이. 나는 땀이 고여 오고, 눈물이 글썽임을 어쩔 수 없습니다. (p.23)

- 십년 전에 시를 쓴 적이 있다. 그 뒤 시를 쓰지 않고 산문을 줄곧 써왔다. 중년에 접어든 이후 산문도 별로 써지질 않는다. 지금은 산문보다도 더욱 '불어터진' 할 말이 없음의 단계이다. 많은 사람들은 할 말이 있어도 말이 나오지 않아서 고통스러워한다. 혹은 할 말은 있는데 할 곳이 없어서 고통스러워한다. 그들의 고통은 그래도 말 속에 있겠지만, 그러나 나의 '할 말이 없음'은 그 고통이 말 밖에 있다. 스스로 생각하기에 나는 마른 나뭇잎이요, 썩은 종이 같다, 이 위대한 시대에. (p.177)

패현 주자청, 그는 1898년 11월 22일 중국 강소성 동해현에서 났고 위병으로 51세가 되던 1937년 타계했다. 서구문명에 개방적이었던 부모의 영향으로 계몽 교육을 받고 자랐다. 시대 환경의 변화로 신식 학교에 입학을 했고 양주 양희 중학을 거쳐 19세에 북경대학 예과에 입학하였다. 다시 철학과에 들어가 3년 만에 졸업하게 된다. 1931~1932년까지 유럽으로 가서 공부한 바 있다.

간단한 그의 이력만을 살펴보아도, 또 그 시대가 문맹률이 8할에 육박하는 20세기의 새벽녘이었다는 사실을 상기해보기만 하여도 그가 얼마나 엘리트 코스를 착실하게 밟은 사람이었는지 알 수 있다. 그러나 그의 문학을 논함에 있어 그 사상적 배경으로 종종 중국의 5·4운동이 언급된다. 1919년 봄, 패현이 북경대학에서 수학할 때 일어난 이 역사적 사건에 그는 청년으로서 또 한 사람의 지식인으로서 적극적으로 참여했다.

그러므로 그의 미문은 엘리트적 유약함과 자조에서 비롯된 것이라기보다 대상에 대한 밀착과 애정 어린 관찰, 고전문학의 유산과 신문학의 배경을 모두 지닐 수 있게 해 준 근대초기의 과도기적 배경 등이 복합적으로 작용한 결과라 할 수 있다. 실제로 그는 《표준과 척도》라는 저술을 통해 고전문학과 신문학의 통일적인 연구법을 제안하기도 한 바 있다.

《아버지의 뒷모습》은 주자청의 전집에 수록된 서정 산문과 서사 산문, 유기(遊記) 및 평론 가운데 35편을 가려 뽑아 엮은 책이다. 주자청의 미문의 특징이 짙게 드리워진 글들로 엄선된 것이다. 그는 산문의 숲에서 여인의 허리와 아버지의 뒷모습, 은은한 노래 소리, 겨울, 죽은 아내를 찾아내어 보여준다. 그들은 하나같이 그의 깊은 눈이 훑고 간, 애정이 배인 대상들이다. 이 대상들은 주로 이야기 되지 않고 묘사된다.

그러나 그의 묘사를 읽어 나가면 이내 그 묘사 속에서 떠오른 대상에 담긴 그의 심상의 애잔함에 가슴이 먹먹해진다. 이것이 주자청의 미문이 지닌 힘이요, 이 힘은 앞서 언급한 대로 전근대와 근대라는 두 가지 샘에서 비롯된다. 절제된 언어로 정경을 묘사하는 것으로 화자의 내면을 펼쳐 보이는 한시의 작법과 근대적 감성으로 직조해낸 소설적 묘사의 기법이 잘 조화를 이루고 있다.

패현의 인간적인 체취는 여러 작품에 골고루 녹아 있다. 추운 겨울밤, 북풍한파 속에 아버지와 삼 형제가 난로가에 둘러 앉아 조그마한 양은 냄비에 두부를 맛있게 끓여 먹는 장면이 등장하는 〈겨울〉을 보라. 그리고 21세기, 넘치는 정보와 멘토와 우리의 구매를 기다리는 상품과 사람들에 둘러싸여 표류를 면치 못하는 우리의 급박한 일상을 생각해보라. 안온하고 따스한 일상에서 얻는 소소한 미소의 무게가 그 얼마나 우리에게 절실한지 잘 느낄 수 있을 것이다.

이렇듯 자타가 공인하는 엘리트 코스를 밟은 그이지만 그려내려는 세계는 범박했고, 그려내려는 마음도 숨김과 꾸밈이 없다. 현학적이지도 않고 욕망을 가리는 법도 없다. 이것이 주자청의 산문이 독자를 매혹하는 또 다른 힘이다.

6
이 시대, 그 남자가 바랐던 세상살이

30

불교가 가난을 추구한다?

《한국의 부자들》

한상복 지음

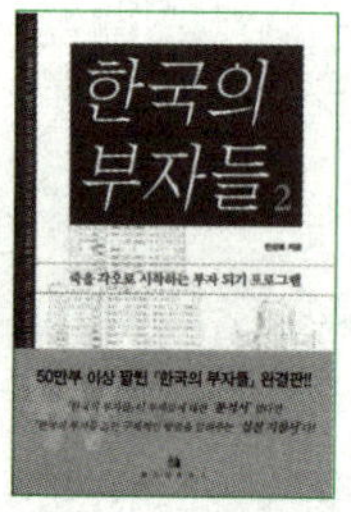

불교에 대한 가장 큰 오해 가운데 소유의 문제가 있다. 이른바 불교는 무소유, 가난을 추구한다는 것이다. 물론 출가 수행자에게 무소유를 요구한 것은 사실이다. 그러나 그것은 부(富)를 부정하고 가난 자체를 긍정한 것은 아니다.

출가자들이 의식주를 걱정하지 않고 수행에만 전념하기 위해서다. 재가자들은 재산을 축적하여 부자가 되기를 권장했다.

정당하게 부를 축적하여 출가 수행자의 의식주를 해결해 주고 다른 이들에게도 널리 보시하는 것이 재가 불교신자들의 의무이다. 부처님이 물질적 부를 어떻게 보셨는지 알려 주는 경전들이 많이 있다. 그 중에 하나를 보자.

부처님이 어느 날 제자와 함께 걸식을 나가시다 마을 뒷골목 쓰레기를 태우는 곳에 쭈그리고 앉아 불을 쬐고 있는 늙은 부부를 보고 말씀하셨다.

"저 늙은 부부가 젊고 건강했을 때 부지런히 일하여 재물을 모았더라면 큰 부자가 되었을 것이며, 출가하여 수행을 했다면 아라한이 되었을 것이다. 그러나 그들은 젊었을 때 재물도 모으지 않고 수행도 하지 않아 지금 활처럼 굽은 몸으로 쭈그리고 앉아 지난 옛일만 생각하고 있구나."―《잡아함경》

부처님께서는 아무것도 가진 것이 없는 늙은 부부의 모습을 보고 저렇게 무소유를 실천해야 된다고 말씀하시지 않았다. 오히려 젊었을 때 부지런히 재산을 모으지 못한 것을 안타깝게 여기셨다.

부처님은 적극적으로 부자가 되기를 권하셨다.

부자가 되기 위해서는 먼저 부자가 되겠다는 마음을 내야 한다.

그리고 나서 어떻게 하면 돈을 잘 벌 수 있는지 궁리해야 한다. 부자 되는 것을 도와주는 책이 있다.《한국의 부자들》이다.

저자는 부모로부터 재산을 물려받지 않고 순수하게 자수성가한 한국의 알부자 143명을 취재하여 그들이 돈을 어떻게 벌었는지 그 노하우와, 그들의 생활 방식, 특성들을 정리하고 있다. 부자 마인드, 부자 노하우, 부자의 재산 운용, 부자의 가정 관리 등 네 부분 중 그 일부만 간추려 보자.

먼저 부자 소질 테스트에 나오는 내용을 몇 가지 살펴보자.

부자의 마인드: TV 홈쇼핑을 이용해 물건을 구입하지 않는다, 물건을 살 때 3번 이상 생각하고 반드시 깎으려 한다, 좋은 차로 바꾼 친구를 부러워하지 않는다 등.

부자의 노하우: 거꾸로 생각한다, 실패한 원인을 안다, 외지고 험한 곳에서 기회를 노린다.

부자의 재산운용: 부자에게 과소비는 없다, 쩨쩨함을 생활화한다, 세금을 알아야 한다 등.

부자의 가정관리: 좋은 배우자를 만난다, 자식들은 반드시 샐러리맨을 거치게 하고 돈 쓰는 습관을 교육한다 등.

이 책이 제시하는 대로 한다고 하여 모두 부자가 될 수는 없을 것이다. 그러나 가난을 비관하지 않고 새롭게 출발할 수 있는 용기는 줄 것이다.

불교는 결코 가난을 추구하지 않는다. 자기와 다른 사람에게 이로운 업을 통해 부자가 되어 잘 베풀라고 가르친다.

- 세상에는 공평한 구석도 없지 않다. '시간'은 누구에게나 일정하게 주어져 있기 때문이다. 부자들에게도 시간은 유한하다. 단지 이들은 남보다 시간을 효율적으로 사용했으며, 이를 습관으로 삼았기 때문에 부자 인생을 만들어 나갈 수 있었다. 이제는 새로운 속설이 하나 생길 때가 되지 않았나 싶다. "자수성가한 부자치고 늦게 출근하는 사람은 없다." (p.97)

- 성공은 환한 대낮에 다가오지 않는다. "꾸준한 노력과 관리가 쌓이게 되면 어느 누구도 모르는 사이 슬그머니 곁에 와 미소 짓는 것이 성공이다"라고 부자들은 말한다. (p.144)

- "돈을 벌어서 부자가 된다는 것은 그냥 열심히 해서 모은다는 것만은 아닌 것 같습니다. 실패도 하고 배우기도 하면서 거기서 이력을 쌓아야지요. 갑자기 큰돈을 만질 수는 있어도 경험이 없으면 금방 잃는 게 세상 이치일 겁니다." (p.176)

- 무리를 해서 부동산을 사고 나면 저축의 목표가 또 한 차례 상향 조정된다. 이런 과정이 끊임없는 상승 효과를 일으켜 부자의 길로 인도해 준다. 저질러놓고 그것을 막는 과정은 고통스럽다. 부자가 되는 과정에 고통은 필수다. (p.192)

이 책은 저자가 1년간 100명이 넘는 부자들을 만나 설문조사를 벌이고, 그들의 생생한 경험을 담아내는 한편, 부자들의 공통 요인을 추려낸 것이다. 각종 통계가 이를 뒷받침한다. 특히 대개의 재테크 지침서들이 간과하고 있는 부자들의 속내까지 가감 없이 그대로 전달하고 있다. 부자들에 대한 일방적인 찬양을 지양하고, 객관적인 시각에서 묘사한 것이 이 책의 특징이기도 하다. 그들의 집안 생활까지 치밀하게 파고들어 포착해 낼 정도로 다양한 면모를 담고 있다.

많은 사람들이 부자들은 어떻게 돈을 벌었는지, 비법은 무엇인지 궁금해 한다. 주변의 부자들에게 비법을 청하기도 하고, 재테크 지침서를 구입해 보기도 하지만 별 도움이 되지 않는다. 많은 재테크 지침서들이 "생각만 바꾸면 부자가 될 수 있다."고 주장한다.

그러나 100명의 부자들은 "생각만으로는 돈을 벌 수 없다."고 단언한다. 부자가 되는 과정 역시 고통의 연속이라고 회상한다. 중요한 것은 생각이 아니라 '습관'이며, 숱한 적들과의 투쟁을 거쳐 살아남아야만 부를 축적할 수 있다고 강조한다. 그들은 자녀들에게 투정을 들을 정도로 지출을 엄격히 통제하는 사람들이 많다. "어렵게 돈을 벌었고, 그것을 지키는 법을 훈련했기에 아직까지는 부자"라는 것이 그들의 한결같은 답변이다.

《한국의 부자들》은 부자들에 대한 '분석서'다. 이른바 '자수성가한 알부자들'을 대상으로 했다. 거주 중인 집을 뺀 자산 총액이 10억~1,000억 원에 이르는 다양한 부자들을 만나 그들의 성공 비결을 추려냈다. 그들은 보통 사람들과 그리 멀리 떨어져 있지 않았다. 대기업의 총수들도 아니고 일류 대학을 졸업한 사람들로 구성되어 있지도 않다. 우리 주변에서 흔히 볼 수 있는 그런 사람들이다.

성공이든 실패든 갑작스러운 것은 없었다. 이들에게 삶은 만만치 않은 고난이었고 지금도 각박하다. 부자라고 해서 삶이 안온하며 행복하지만은 않다는 드라마의 주장은 이런 측면에서는 옳다.

이 책의 핵심은 '부자들의 습관'이다. 부자들은 부를 이루기 전에도 뭔가 남과 다른 생활을 했으며, 현재도 그렇다는 메시지를 전하고 있다. 대개의 사람들이 갖고 있는 부자들에 대한 선입견과는 다른 삶을 살고 있다고 이야기한다.

사람들은 부자들의 돈 버는 기술에는 깊은 관심을 갖는다. 그러면서도 정작 부자들이 중요한 충고를 할 때는 한 귀로 흘려듣는 경향이 있다. 거의가 뻔한 주문이기 때문이다. "아껴 쓰고 저축하라."

저자는 자수성가한 부자들의 출발점 역시, 우리와 다를 바 없다고 강조하면서 부자를 이해할 수 있어야 비로소 부자의 길로 접어든다고 주장한다. 그들이 겪었던 인내와 고통, 돈 버는 재미에 공감하지 못하는 한, 부자에 대한 피상적인 사고에서 벗어날 수 없다는 얘기다. 부자들의 목돈 만들기 과정부터 이를 거액의 재산으로 불려나가는 과정을 실제 사례로 생동감 있게 그려냈다. 더불어 설문을 통한 다양한 통계를 제시하며 부자들에 대한 이해를 돕고, 부동산과 주식 투자에 대한 부자들의 철학과 노하우를 전해준다.

31

마음 편히 성공하는 법칙

《풍요로운 삶을 위한 일곱 가지 지혜》

디팩 초프라 지음 · 박윤정 옮김

누구나 원하는 성공, 그러나 그 이미지는 결코 편하지 않다. 치열한 경쟁, 남보다 한 발자국이라도 앞서야 한다는 강박감, 비지땀 등이 떠오른다. 성공이 아무리 좋다 하더라도 이렇게 사람을 힘들게 하고 지치게 한다면 그것이 무슨 의미가 있을까 싶다. 그래도 사람들은 성공을 꿈꾸며 달린다.

여기 그렇게 성공할 필요가 없다, 아주 편안하고 느긋하게 성공할 수 있다고 말하는 사람이 있다. '디팩 초프라'라는 사람이다. 그는 《풍요로운 삶을 위한 일곱 가지 지혜》에서 성공을 부르는 마음의 법칙으로 일곱 가지를 제시한다. 그 가운데 몇 가지만 간추려 본다.

첫째, 순수 잠재력의 법칙이다. 인간은 누구나 무한한 힘을 가지고 있다. 이 힘에 자신을 턱 맡기고 꺼내 쓰기만 하면 된다. 그 구체적인 방법의 하나가 명상이다. 아침과 저녁, 적어도 하루에 두 번씩 약 30분간 홀로 앉아 명상을 한다. 이를 통해 무의식 속의 무한한 잠재력과 접촉한다.

두 번째는 베풂의 법칙이다. 어디를 가든 누구를 만나든 선물을 준다. 칭찬 한 마디도 선물이고, 작은 꽃 한 송이도 선물이며, 상대방이 잘 되도록 기원해 주는 것도 선물이다. 흔히 한번 들어온 것은 나가지 않게 하고 꽉 움켜쥐는 것이 부를 쌓는 지름길이라고 한다. 그러나 이 것은 우주의 법칙에 어긋난다. 준 만큼 받고 받은 만큼 주게 되어 있다는 것이다.

셋째, 인과의 법칙이다. 뿌린 대로 거두게 되어 있다. 행복한 삶을 원하면 먼저 행복의 씨앗을 심어야 한다. 어떠한 행위를 할 때 반드시 인과를 의식해야 한다. 즉 매순간 선택을 할 때 '이 선택이 나는 물론 이 선택에 영향을 받을 다른 사람에게 행복을 줄까' 자문하고 그럴 때에만 행동으로 옮긴다.

넷째, 의지와 소망의 법칙이다. 아주 미약하더라도 마음에 하나의 생각이 있으면 자연스럽게 그 생각이 현실로 드러나게 되어 있다. 인간의 신경계는 의식적으로 의도함으로써 무한한 힘을 갖춘 우주라는 컴퓨터를 작동시킬 수 있다. 무의식에 뿌려진 인간의 의지는 엄청난 힘을 발휘한다.

이를 구체적으로 실천하는 방법 중 하나는 소망의 리스트를 작성하여 늘 그것을 읽는 것이다. 특히 아침에 일어날 때, 잠을 자기 직전 고요한 침묵 속에서 읽고 명상한다. 단 소망과 의지는 모든 이의 이익을 위한 것이어야 한다.

다음으로 다르마의 법칙이다. 다르마란 '삶의 목적'을 뜻한다. 인간이란 목적을 달성하기 위해 이 세상에 태어난 것이다. 그러므로 삶의 목적을 세워야 한다. 다르마의 법칙을 현실 속에서 실천하는 요소는 크게 세 가지가 있다. 먼저 자신 속에 깃들어 있는 무한한 힘의 원천인 신적인 존재, 즉 불성(佛性)을 보살핀다. 다음, 자신만의 재능을 발견하여 최대한 발휘한다. 마지막으로 이 모든 것은 모든 이를 위해서이므로 항상 '어떻게 하면 타인에게 도움이 될 수 있는가'를 생각한다.

저자의 이상의 주장을 살펴보면 성공의 지름길은 곧 올바른 불교 수행임을 알 수 있다. 우리는 곧잘 수행을 저 멀리 있는 그 어떤 것으로 생각하는 경향이 있다.

그러나 수행은 우리의 일상생활을 바르게 하는 것 그 자체이다. 성공이라는 것도 생활을 바르게 하면 저절로 이루어지게 되어 있다는 것이다. 자기 자신이야말로 불성을 가진, 무한한 힘을 가진 존재임을 자각하여 자기 스스로를 믿고 사랑하는 것, 자신이 성공을 하기에 앞서 남의 성공을 위해 내가 무엇을 해 주었는지 생각하는 것이 성공으로 가는 첫걸음이 아닐까.

- 참 자아의 힘에는 몇 가지 분명한 특성이 있습니다. 먼저, 사람은 물론 원하는 상황이나 일들을 당신에게로 유도합니다. 당신의 소망을 이루는 데 도움이 될 사람들과 상황, 환경을 불러들입니다. (p.19)

- 주면서 무언가 잃는 느낌을 가진다면, 이는 진정한 베풂이 아니므로 더 많은 받음과 베풂을 낳지 못할 것입니다. 마지못해 주는 행위 이면에서는 어떤 에너지도 흐르지 않기 때문입니다. (p.35)

- 내면의 기준점이 당신의 영혼일 때 어떤 비판도 담담하게 받아들이고, 어떤 종류의 난관도 두려워하지 않게 될 때 당신은 사랑의 힘을 이용하고 풍요와 진화의 경험을 위해 에너지를 창조적으로 활용하게 됩니다. (p.62)

- 미지의 영역, 모든 가능성의 장에 기꺼이 발을 들여 놓음으로써 우리는 우주의 춤을 지휘하는 창조적인 마음에 우리 자신을 내맡긴다. (p.87)

- 너희들에겐 다른 누구에게도 없는 고유한 재능이 있고, 또 그 재능을 표현할 특별한 방법이 있단다. (p.102)

‘내 안에 잠든 힘을 깨워라’라는 표지의 작은 제목으로 시작하는 이 책은 영혼의 법칙에 관한 책이며 풍요로운 삶을 위한 일곱 가지의 지혜를 제시한다.

그 첫째는 순수잠재력의 법칙이다. 내면의 잠든 힘을 깨우라는 것인데, 이는 인간이 본질적으로 순수하다는 것을 바탕으로 한다. 우리는 본성으로 순수한 잠재력을 가지고 있기 때문에 이를 깨닫고 일상에 적용해야 한다는 것이다. 이를 위해 아침과 저녁 하루 두 번씩 약 20분간 명상을 하는데 시간을 써서 순수세력과 접하도록 하고 매일 자연과 대화하며 묵도하도록 제시한다.

두 번째는 베풂의 법칙으로 아낌없이 주라는 것이다. 세상에 정지하는 것은 아무것도 없다. 당신의 마음은 우주의 마음과 역동적으로 교류하고 있고, 우리의 몸속에 에너지 또한 서로 상호 작용하며 항상 움직인다. 사람의 관계에서도 마찬가지다. 모든 관계는 주고받는 관계이다. 때문에 주면 주는 만큼 더 많이 받을 것이다.

셋째는 업 혹은 인과의 법칙으로 뿌린 대로 거두리라는 것이다. 행복한 삶을 원한다면 행복의 씨앗을 뿌려야 한다. 싫든 좋든 지금 일어나는 일들은 모두 과거의 선택의 결과다. 우리는 조건화된 반응으로 무의식적인 선택을 내린다. 하지만 그 무의식적인 반응을 의식적인 것으로 만들고 한 번 더 생각하여야 한다. 선택은 내 마음의 메시지가 주는 편안함과 불편함 가운데 편안함을 따르면 된다.

넷째는 최소 노력의 법칙이다. 때가 오면 모든 것은 무르익는다. 이는 자연이 자연스럽게 초연하며 태평스럽게 작용한다는 사실을 토대로 한다. 풀은 그냥 자라고 물고기는 그냥 헤엄친다. 이는 모두 스스로의 본성을 따르기 때문이다. 사람의 내면도 마찬가지다.

다섯째는 의지와 소망의 법칙으로 마음의 씨앗을 뿌리는 것이다. 자연은 어디에나 에너지와 정보를 담고 있다. 집중의 대상에 대한 의지의 성격은 시공간 속에서 발생하는 무수한 사건들을 조율해서 의도하던 결과를 만들어 낸다. 의지는 소망 이면의 실제적인 힘이다. 하지만 소망은 집착을 동반한다. 그래서 필요한 것이 초연함이다. 현재를 있는 그대로 받아들이되 미래에 대한 기대와 의지가 있어야 한다.

여섯째는 초연의 법칙이다. 집착을 버리라는 것인데 다섯 번째 법칙과 이어진다. 무엇인가를 얻으려면 먼저 그에 대한 집착을 버려야 한다는 것이다. 의지와 소망을 버릴 필요는 없다. 다만 그 결과에 대한 집착을 버려야 당신이 원하는 것을 얻을 수 있다고 본다. 여기서는 불확실성의 지혜를 깨우쳐야 한다고 제시한다. 안정을 추구하는 것은 하나의 환영이어서 여기에서 결핍이 발생하고 집착으로 이어진다. 하지만 불확실성을 깨달으면 우리는 미지의 영역에 발을 디디고 가능성의 장으로 나아갈 수 있다.

일곱째는 다르마의 법칙이다. 다르마는 인생의 목적을 뜻하는 산스크리트어이다. 즉, 인생의 목표를 세우라는 것이다. 사람은 누구나 하나의 재능과 표현할 방식을 가지고 있다. 다르마의 법칙에는 세 가지 요소가 있다. 첫째는 우리 모두 자신의 참자아를 발견하는 것이다. 둘째는 그 고유한 재능을 표현하는 것이다. 마지막은 인류에 대한 봉사이다. 이를 실현하였을 때 우리는 진정한 풍요에 다가갈 수 있다.

32

성공하려면 눈앞 유혹 물리쳐라

《마시멜로 이야기》

호아킴 데 포사다 · 엘런 싱어 지음 · 공경희 옮김

여기 맛있는 과자가 하나 있다. 15분 동안 먹지 않고 참으면 상으로 과자를 하나 더 먹을 수 있다. 당신이라면 어떨까. 15분을 참고 견딜 수 있을까.

실제로 미국 스탠퍼드 대학에서 4~5세의 어린이를 대상으로 이런 실험을 한 적이 있다. 그리고 10년 후 15분을 참고 상으로 과자(마시멜로)를 하나 더 먹은 아이와 15분을 참지 못하고 당장 먹어치운 아이의 성장 과정을 비교해 보니 놀라운 결과가 나왔다.

15분을 참았던 아이들이 그렇지 못한 아이들보다 학업 성적이 뛰어났다. 친구들과의 관계가 훨씬 원만했다. 눈앞의 마시멜로라는 한순간의 유혹을 참고 기다렸던 아이들이 스트레스를 효과적으로 관리하며, 성공적으로 성장하고 있었던 것이다.

우리 주변에는 성공하는 사람도 있고, 실패만 거듭하는 사람도 있다. 경우에 따라서는 운이 좋아서 또는 운이 나빠서 그렇다고도 할 수 있을 것이다. 또 타고난 재능과 능력 때문이라고 할 수도 있다. 그러나 30여 년 이상 자기 계발, 동기 부여 전문가로 활동해 온 호아킴 데 포사다는 반드시 그렇지는 않다고 한다. NBA^(미국 프로 농구협회), 올림픽 대표 선수들을 관찰해 본 결과, 천부적인 재능을 가졌지만 슬럼프를 극복하지 못한 채 나락으로 떨어지는 선수들도 많으며 부족한 능력을 딛고 크게 성공한 선수들도 있다는 것이다.

그가 보기에 성공과 실패의 결정적 갈림길은 바로 마시멜로의 법칙 때문이라는 것이다. 간디의 손자 아룬 간디, 미국 프로 농구구단 보스턴 셀틱스에서 활약한 전설 같은 스타 래비 버드, 뉴욕 양키스의 강타자 호르헤 포사다 등의 예를 들어 실감나게 증명한다. 그는 성공적인 삶을 위해 눈앞의 유혹을 물리치는 5단계 계획을 이렇게 제시한다.

1. 내가 변화하기 위해서 무엇이 필요한가? 눈앞의 마시멜로를 먹어 치우지 않으려면 무엇을 어떻게 바꾸어야 하는지 생각해 보라.

2. 나의 장점과 단점은 무엇인가? 내가 잘하는 것은 무엇이고 개선해야 할 점은 무엇인지 객관적으로 판단하라.

3. 궁극적으로 이루려는 목표는 무엇인가? 적어도 다섯 가지를 순차
   적으로 정하라. 그리고 목표에 도달하기 위해서 해야 할 일을 적
   어라.

4. 목표를 달성하기 위한 계획이 있는가? 목표를 위한 계획을 세워
   라. 계획이 없으면 목표를 달성할 수 없다.

5. 계획을 행동으로 옮기기 위해서는 어떻게 해야 하는가? 사소한
   것이라도 구체적으로 정리하라.

사실 우리는 이러한 내용을 이미 알고 있다. 그럼에도 삶이 변하지 않는 것은 무엇 때문인가? 그 이유는 바로 이것.

햇살이 뜨거운 어느 여름날 오후, 개구리 세 마리가 나뭇잎에 앉아 강물에 떠내려가고 있었다. 나뭇잎이 강의 중간쯤 이르렀을 때 그 중 한 마리가 벌떡 일어나 결심했다는 듯 단호하게 외쳤다.

"너무 더워. 난 물 속으로 뛰어들 테야."

다른 개구리들은 묵묵히 고개를 끄덕였다. 이제 나뭇잎에는 몇 마리의 개구리가 남아 있을까? 두 마리? 아니다. 나뭇잎에는 여전히 개구리 세 마리가 남아 있다. 왜 그럴까? 뛰어들겠다는 '결심'과 실제로 뛰어드는 '실천'은 전혀 다르기 때문이다.

아는 것이 힘이 아니라 아는 것을 실천하는 것이 힘이다.

- "저는 그저 평범한 사람에 지나지 않습니다. 따라서 저와 같은 노력을 기울이고, 저와 똑같은 희망과 믿음을 가꾼다면 누구나 제가 이룩한 만큼의 성취는 거둘 수 있을 것입니다."
  그는 '노력'과 '믿음'이 성공의 지름길임을 강조했다. 어찌 보면 이는 매우 먼 길일 수도 있지만 그 여정의 끝은 그에 대한 보상으로 가득 채워져 있음이 분명했다. (p. 59)

- 찰리는 아무리 어려운 공식이더라도 머릿속에 꼭 외워야 한다는 표정으로 룸미러에 비친 조나단을 응시했다.
  '목적+열정=마음의 평화'
  "마음에 드네요, 사장님, 그리고 어렵지 않네요. 목표를 가지고 그 목표를 이루기 위해 열정을 쏟으면 평온함을 얻는다는 뜻이군요. 몇 주 전만 해도 저는 성공할 수 있을지 의문에 휩싸여 무척 고민했어요.
  공식을 목적+열정+실천=마음의 평화라고 수정하면 더 좋겠어요."
  찰리는 절로 신바람이 났다. (p. 150)

- 마시멜로 이야기를 잊지 않는다면 여러분은 진정 소망하는 꿈을 이룰 것이다. 그것이 한 켤레의 구두이든, 연인간의 사랑이든, 사업상의 성공이든, 아주 어려운 시험이든, 회사에서의 승진이든 어떠한 경우에도 말이다. 무엇보다 현재 내 수중에 몇 개의 마시멜로가 있는지는 전혀 중요치 않다는 사실을 잊지 말기 바란다. (p. 168)

한동안 베스트셀러 코너를 휩쓸었던《마시멜로 이야기》. 세계적인 대중연설가이자 자기계발전문가인 호아킴 데 포사다와 엘런 싱어가 쓴 자기계발서이다. 동화의 형식을 빌어 우리가 세상을 성공적으로 살아가는 데 필요한 방법론을 말하고 있다. 아기자기한 삽화가 그려져 있어 마음에 여유를 준다. 책은 전체적으로 성공한 사업가 조나단과 그의 운전기사 찰리와의 대화로 이루어져 있다.

조나단이 네 살이 되던 무렵 스탠퍼드 대학에서 진행하는 실험에 참여하게 된다. 이는 아이들의 욕망과 자제심에 관한 실험으로, 15분의 시간을 두고 그 동안 마시멜로를 먹지 않는다면 하나를 더 준다고 약속하였다. 10년 후, 15분을 참은 아이는 그렇지 않은 아이에 비해 학업 성적과 친구 관계, 스트레스 관리가 훨씬 뛰어났다. 눈앞의 마시멜로에 만족한 아이보다 한 순간의 유혹을 참고 기다렸던 아이들이 성공적으로 성장하고 있었던 것이다.

조나단은 이때의 경험을 바탕으로 인간의 자유 의지를 어떻게 활용할 것인지에 대해 깨우치게 된다. 눈앞의 마시멜로를 먹는 것도, 보상을 기다리며 유혹을 물리친 것도 인간의 자유 의지에 따른 결과다. 그 중 더 큰 만족과 보상을 위하여 당장의 욕구 충족을 미룰 줄 아는 의지가 바로 성공을 견인하는 강력한 지표가 된다는 것이다.

그렇다면 마시멜로를 이미 먹어치운 사람들은 성공할 수 없는가? 그렇지 않다. 조나단은 성공의 가능성은 누구에게나 있고 성공하는 준비에 대한 의지를 가진 자가 성공할 수 있다고 말한다. 미래의 성공이 과거가 아니라 내가 지금 무엇을 할 것인가에 달려 있다는 것이다.

조나단의 이야기들은 찰리의 실천으로 이어진다. 찰리는 가계부를 쓰고 식사와 술, 포커 게임 등 자신이 일상적으로 보내던 시간과 돈에 대해 다시 생각하고 이를 조절하게 된다. 하지만 항상 마시멜로를 먹지 않고 참는 것은 어려운 일이다. 조나단은 자신의 아버지께서 물려준 정신을 항상 생각한다. 조나단은 찰리에게 아버지 윌리엄이 준 낡은 쪽지를 보여준다. 거기엔 이런 이야기가 적혀 있다.

아프리카에서는 매일 아침 가젤이 일어난다. 그 가젤은 가장 빠른 사자보다 더 빨리 달리지 않으면 죽는다는 사실을 알고 있어 매일 온 힘을 다해 달린다. 사자도 마찬가지다. 사자는 가젤을 앞지르지 못한다면 굶어 죽는다는 것을 알고 있어 매일 온 힘을 다해 달린다. 당신이 사자이든, 가젤이든 마찬가지다. 아침이 되면 온 힘을 다해 달려야 한다.

조나단에게는 30초 규칙이 있다. 어떤 일에 선택을 내리기 전에 30초 더 생각하는 것이다. 마시멜로를 먹어치우기 전에 30초를 더 생각해본다면 먹지 않을 수도 있다. 30초라는 짧은 시간이지만 자신의 결정이 인생에 내릴 선택에 대해 한 번 더 생각하는 일이다.

《마시멜로 이야기》의 저자는 강조해서 말한다. "우리는 모두 이 원칙을 배워야 한다. 나는 부유한 것과 가난한 것의 차이를 말해줄 것이다." 이 책은 안일한 만족과 나태함으로 살아가고 있는 우리에게 삶의 행복과 성공의 진정한 의미를 전한다. 성공을 향한 꿈과 용기와 열정, 그리고 실천에 대해 깊이 생각해볼 수 있는 기회가 될 것이다.

33

절망에서 벗어나는 일곱 가지 지혜

《폰더 씨의 위대한 하루》

앤디 앤드루스 지음 · 이종인 옮김

데이비드 폰더, 그는 40대 후반의 가장이다. 20년이 넘게 회사에서 장기근속을 했다. 그는 회사 일만 열심히 하면 가족의 미래는 저절로 열린다는 믿음 아래 정말 성실히 일했다. 그러나 그는 회사가 인수 합병 되자 해직되고 만다. 새로운 직장을 얻기 위해 이력서를 내지만 모두 퇴짜를 맞는다. 실직 후 7개월이 지나자 그의 손에는 아무 것도 남지 않는다. 건강보험 기간은 만료되었고, 집은 저당 잡혔다. 자동차 할부금마저 밀렸다. 그는 어렵게 임시 일용직에 취직하지만 근무 시간에 딸이 아프다는 아내의 전화를 받았다는 이유로 해고된다.

폰더는 자동차에 올라탄다. 그는 생각한다. '아내는 아직도 젊다. 내 이름으로 들어놓은 생명보험이 있다. 내가 사라져 준다면 아내는 새롭게 출발할 수 있다.'

그는 가속페달을 밟는다. 그는 비명을 지른다.

"왜, 하필 나에게 이런 일이, 왜 하필이면 나야."

그가 탄 차는 거대한 참나무를 들이받는다.

시간이 얼마나 지났을까. 한 목소리가 들린다.

"거기 서 있지 말고 여기 의자에 와서 앉으시오."

그가 눈을 떴을 때 약간 낯익어 보이는 늙은 신사가 보인다. 미국 대통령 트루먼이었다. 그는 차례로 솔로몬 왕, 체임벌린, 콜럼버스, 안네 프랑크, 링컨, 천사 가브리엘 등을 만난다. 이 만남을 통해 그는 인생을 살아가는 지혜를 한 가지씩 배운다. 다시 현실로 돌아온 그는 그가르침을 실천하여 성공적인 삶을 누린다.

7명이 데이비드 폰더에게 일러준 지혜는 다음과 같다.

1. 공은 여기서 멈춘다. 나는 나의 과거와 미래에 대해 총체적인 책임을 진다.

2. 나는 지혜의 길을 찾아 나선다. 나는 봉사하는 사람이 된다.

3. 나는 행동을 선택한다. 나는 이 순간을 잡는다. 지금을 선택한다.

4. 내 운명은 내가 개척한다. 나에게는 단호한 의지가 있다.

5. 오늘 나는 행복한 사람이 될 것을 선택한다. 나는 감사하는 마음

을 가진 사람이다.

6. 나는 매일 용서하는 마음으로 오늘 하루를 맞이하겠다. 나는 나 자신을 용서하겠다.

7. 나는 어떠한 경우에도 물러서지 않겠다. 나에겐 믿음, 신념이 있다.

이 책은 절망에 빠진 인간이 어떻게 거기에서 벗어나 더 위대한 존재가 될 수 있는가를 주제로 하는 소설 형식을 빌린 지혜의 서이다. 과거로의 시간 여행이라는 환상적 기법을 사용하기 때문에 조금 황당할 수 있고, 현실을 기만하는 마취제 같기도 할 것이다.

그러나 솔로몬 왕과 가브리엘을 빼고는 그들의 삶 자체가 절체절명의 위기 상황을 겪은 인물이다. 트루먼은 제2차 세계대전 당시 원자폭탄 투하를 결정해야 했던 인물이고, 안네 프랑크는 나치에게 죽임을 당한 소녀이다. 체임벌린은 미국의 남북 전쟁 당시 절대적인 열세인 상황에서 목숨을 걸고 싸워 북군의 승리를 견인했다. 링컨 또한 미국 최초의 서민 출신 대통령으로서 숱한 어려움을 겪으며 남북 전쟁을 치르고 결국 암살당하고 만다. 콜럼버스 또한 신대륙의 발견 직전 엄청난 어려움을 겪었다.

이들의 가르침은 결코 환상이 아니다. 엄연한 현실적인 지혜이다.

우리는 살면서 수많은 상황을 만난다. 좋은 때보다는 나쁜 때가 더 많다. 절망적인 상황에 이르렀을 때 어떤 태도를 취하느냐에 따라 인생이 갈린다.

- 우리는 모두 우리가 선택한 상황 속에 있는 걸세. 우리의 생각이 성공과 실패의 길을 결정하는 거야. 우리는 현재에 대한 책임을 회피함으로써 엄청나게 멋진 미래의 전망을 없애버리고 있는 거야. (p.46)

- 성공을 거두려면 결연한 마음에서 나오는 정서적 안정감이 있어야 합니다. 어려운 문제에 부딪히면 결연한 마음은 해결 방안을 찾아 나서지만 망설이는 마음은 도망갈 구멍을 찾아 나섭니다. (p.121)

- 상황은 허약한 사람들을 지배하는 힘이지요. 하지만 현명한 사람은 그 상황을 자신의 무기로 삼습니다. (p.206)

- 가장 강한 쇠는 가장 뜨거운 불에서 만들어집니다. 가장 밝은 별은 가장 깊은 어둠에서 빛을 내뿜는 것입니다. (p.212)

- 여러분이 남들을 성공으로 이끌어주고 또 그들의 꿈을 실현시켜 줄 때, 여러분이 추구하고 보상받기 원하는 삶이 여러분에게 드러나는 것입니다. (p.243)

"왜 하필이면 나야?" 마흔 여섯 폰더 씨는 하루아침에 직장과 돈, 인생의 목표마저 잃어버렸다. 그는 20년이 넘는 시간 동안 자신의 일에 온 신명을 다 바쳤다. 회사 일만 열심히 하면 가족의 미래가 저절로 열릴 거라 믿고 있었다. 엘렌과 결혼하여 딸 제니를 낳고, 남부럽지 않은 생활 수준을 유지하려고 애썼다. 그러나 이런 필사적인 노력에도 불구하고 회사는 다른 회사로 넘어가 버렸고, 그는 자신의 의지와는 무관하게 실직했다.

실직 후 7개월이 지났다. 폰더 씨의 인생은 바닥을 쳤다. 건강보험 기간은 만료되었고, 집세가 밀리고, 제니는 수술을 받아야 하지만 수술비가 없었다. 설상가상으로 파트타임 일자리에서도 해고를 당했다. 자신이 사라지면 아내와 딸은 다른 사람을 만나 행복해질 수 있으리라. 목숨을 버릴 생각으로 차를 가속하는 순간의 한 마디. "왜 하필이면 나야?"

《폰더 씨의 위대한 하루》는 이렇게 인생의 바닥에서 모든 것을 놓아버리려는 한 남자로부터 시작한다. 그는 어디로 이어져 있는지 모를 어둠 속을 지나 맨처음 트루먼 미국 대통령을 만나고, 솔로몬왕, 체임벌린, 콜럼버스, 안네프랑크, 에이브리함 링컨, 가브리엘 대천사에 이르기까지.

그가 여행 속에서 만나는 사람들은 대부분 잘 알려진 역사적인 인물이다. 하지만 조슈아 체임벌린만은 유독 평범하다. 어느 사전에도 실리지 않은 보통사람이다. 작가가 이런 평범한 인물을 세계적 인물들과 같은 반열에 올린 까닭은 무엇일까. "평범한 사람도 이 세상의 흐름을 바꾸어 놓는 일을 할 수 있다"는 믿음을 설득하기 위해서다.

여러 인물들과 만나며 폰더 씨는 이들의 삶에서 한 가지 공통된 메시지를 발견한다. "내 인생은 내가 선택한다." "나는 결단한다, 절망하고 포기하기보다는 희망과 용기를 갖기로." 아무리 위대한 사람들도 나름의 고통을 이기고 살아왔다는 것이다.

세상에서 가장 위대한 여행을 마치고 돌아온 폰더 씨. 모든 것이 꿈이라는 것에 순간 망연해진다. 그러나 손에 들고 있는 체임벌린의 담배쌈지를 본 순간, 그 여행은 얼마든지 의미 있는 현실이 될 수 있음을 깨닫는다.

그의 상황은 아무것도 달라지지 않았다. 빈 지갑, 낡은 승용차, 슬퍼하는 아내, 아픈 딸. 그러나 폰더 씨의 인생은 이미 위대해지기 시작했다. 바로 그 자신이 달라졌기 때문이다. 여행을 떠난 것은 낡은 폰더 씨였으나, 그 위대한 여행을 마치고 돌아온 것은 새로운 폰더 씨였던 것이다.

이 책의 플롯은 단순하다. 40대 중반의 가장이 인생의 막다른 상황에서 갑자기 역사 속으로 환상 여행을 떠난다. 이런 단순한 플롯에도 불구하고 소시민 폰더라는 인물의 전형성, 역사적 인물들의 사실적인 재현, 감동적인 장치들의 적절한 배치, 긴박하고 빠른 줄거리 진행으로 큰 감동과 설득력을 자아낸다. 사람들이 이 책에 열광하는 이유는, 폰더 씨가 보통 사람들의 표상이기 때문이다. 우연한 사고로 과거로 가는 블랙홀에 빠지게 된 한 중년 가장이 역경과 고난, 시련의 시간을 극복해 낸 일곱 명의 위인과의 만남을 통해 발견한 새로운 삶의 빛. 소설의 형식을 빌렸지만 감명 깊은 인생의 조언들이 구절마다 가득하다. 《폰더 씨의 위대한 하루》는 이러한 조언들을 통해 힘겨운 오늘을 사는 우리에게 새로운 희망을 전하고 있다.

34

육바라밀로 멋진 인생을 이루다

《소호카의 꿈》

이나모리 가즈오 지음 · 김형철 옮김

얼마 전 한 재벌은 2세에게 기업을 물려주면서 '정정당당하게' 증여세를 내겠다고 발표했다. 기업을 마치 한 개인의 소유물처럼 여기는 태도도 문제지만, 당연히 내야 할 증여세를 내는 것을 선심 쓰듯, 대단한 일인 양 행세하는 것을 보면서 씁쓸했다. 일본의 한 재벌은 이와 정반대의 모습을 보여준다. 일본의 살아 있는 '경영의 신'이라 불리는 교세라 그룹의 이나모리 가즈오 명예회장이 그 주인공이다.

"교세라라는 기업은 나의 가족과 일족을 풍족하게 해 주기 위해 있는 것이 아니다. 그렇기 때문에 나는 자식을 비롯해 혈연 관계에 있는 사람을 후계자로 뽑지 않을 것이다."

기업 경영의 목적은 경영자 자신의 꿈이나 욕망을 이루기 위해서가 아니라 '종업원의 이익과 행복, 사회의 진보 발전에 공헌하기' 위해서라는 것이다. 그는 작년에 불문(佛門)에 들어가 수행하기 위해 회장직에서 은퇴한 후 6억 엔에 달하는 천문학적 액수의 퇴직금을 전액 교육기관에 기부했다. 《소호카(素封家: 인격과 덕망을 갖춘 옛날 일본의 큰 부자. 불교의 長者와 같음)의 꿈》은 이나모리 명예회장의 자서전이자 경영철학서다. 이 책에서 그는 자신의 인생 목적은 영혼을 닦는 것이며, 그것은 일을 통해서 가능하다고 말한다. 그의 이러한 생각의 밑바탕은 불교이다. 그가 성공한 인생을 이루기 위해 실천해 온 것이 부처님의 가르침, 육바라밀이다. 그의 설명 몇 가지를 간추려 본다.

보시는 세상을 위해, 다른 사람을 위해 힘쓰는 것, 배려하는 마음이며, 따뜻함이다. 돈이 없어도 다른 사람을 위하려는 마음을 내면 된다.

인간은 육체를 가지고 있는 한 해서는 안 될 일을 자신도 모르게 범할 수 있다. 능력이 뛰어난 사람도 본능이나 감정 등 삼독심으로 일을 처리할 수 있다. 그러면 겸허함을 잃게 되고 나만 좋으면 괜찮다는 이기적인 인간이 되고 결국 주변의 협력을 얻지 못해 인생을 망가뜨리게 된다. 이것을 막아주는 것이 지계다.

열심히 배우고 일하는 정진은 인간성을 높여준다. 그 좋은 예가 에도(江戶) 시대의 니노미야 손토구다. 고아로 불우한 소년시절을 보낸 그는 새벽부터 밤늦게까지 밭에서 일해 풍요로운 마을을 일궈냈다. 이 일로 인해 그는 지방 영주에게, 만년에는 막부(幕府)에 발탁되어 큰 업적을 남겼다.

어떤 괴로운 일도 견뎌내고 참는 것이 인욕이다. 살다보면 모욕 받는 일, 비방 받는 일이 비일비재하다. 이때 인욕하지 못하면 분노가 마음을 지배하게 되어 더욱더 큰 잘못을 저지르게 된다.

인생은 파란만장하다. 좋은 일 나쁜 일이 번갈아 오기 때문에 마음이 흔들린다. 마음이 흔들리면 아무 일도 할 수 없다. 하는 일마다 그르친다. 흔들리는 마음을 진정시키고 자신을 돌아보아 지키는 것이 선정이다.

이 다섯 가지 바라밀을 수행하면 지혜, 즉 우주의 진리에 도달할 수 있다. 그때 우리의 마음은 우주심과 하나가 되어 하는 일이 다 이루어진다.

저자가 이 책을 쓴 동기는 자신을 되돌아보면서 젊은이들과 이야기를 나누기 위해서라고 한다. 그가 젊은이에게 하고 싶은 이야기는 이렇다.

"인간으로서 올바른 사고방식을 갖고 목표를 향해 열심히 노력하면 꿈은 실현된다. 즉 인생은 마음에 그리는 대로 된다. 나는 지금까지 그렇게 살아왔다."

- 인생에서 가장 중요한 것은 계속, 즉 한 가지의 일을 계속하는 일이다. 이제부터 취직하고 자신의 인생을 구축해야 하는 젊은 세대에게 내가 전하고 싶은 말은 한 걸음 한 걸음 착실하게 계속 노력하라는 것이다. (p.96)

- 한 걸음 한 걸음의 축적이 실은 마법과 같은 상승 효과를 가져다 준다. (p.107)

- 나는 '남을 배려하고 도와주려는 마음'을 갖는 것이 중요하다고 직원들에게 강조했다. 철저한 독립채산제로 인해 각 아메바는 업적을 높이기 위해 필사적으로 노력하게 되는데, 자칫하면 '우리만 좋다면'이라는 이기적인 생각으로 이어질 수 있다. 결국 아메바끼리 경쟁이 시작되고 나아가 회사가 내부로부터 붕괴되고 만다. 각 아메바가 상대방의 일을 배려하면서 정정당당하게 경쟁해야 아메바 경영은 진정한 의미에서 성공하는 것이다. (p.134)

- 고난에 대해서는 정면으로 맞서 노력을 거듭한다. 또 성공에 대해서는 자만하지 않고 더욱 진지하게 노력을 거듭한다. 그렇게 해서 인생의 많은 시련과 맞서는 것만이 인간으로서 크게 성장해 갈 수 있는 길이다. (p.177)

일본에서는 지방에 사는 덕망 높은 부자를 '소호카'라고 부른다. 이들은 부자일 뿐만 아니라 인품이 훌륭하고 도덕성이 뛰어났다. 세계적 CEO 이나모리 가즈오는 바로 그런 인물이다. 27세의 젊은 나이에 전자부품회사 교세라를 창업해 글로벌 대기업으로 키워냈다. 열정 경영, 도덕 경영, 창의 경영을 기조로 자본금 300만 엔에서 출발한 교세라는 연 매출 5조 엔이 넘는 초일류기업으로 성장했다.

모든 사람들이 성공을 꿈꾸고 그 꿈을 이루기 위해 노력한다. 하지만 안타깝게도 누구나 다 성공을 거머쥐지는 못한다. 성공하는 사람들은 누구일까. 그들은 특별한 능력을 갖고 태어난 것일까, 아니면 운이 좋은 것일까. 이나모리 가즈오는 《소호카의 꿈》을 통해 명쾌한 해답을 제시하고 있다.

"인생은 자신이 그리는 대로 된다." 그는 '마음에 무엇을 그리는가'에 의해 인생이 달라진다고 단언한다. 마음에 그리는 느낌, 생각, 꿈, 비전, 희망 혹은 마음에 품은 철학, 이념, 이상에 의해 그 사람의 인생이 결정된다는 것이다. 단, 전제조건이 있다. 적당히 생각하고 막연하게 그려서는 안 된다. "공부든 일이든 조금 노력하다 잘 안 되면 거기서 포기하는 사람이 있다. 그래서는 아무것도 얻을 수 없다. 끈질기게, 그것도 이제는 이 이상 할 수 없다는 경지까지 노력해 봐야 한다."

그는 이런 마음의 중요성에 대해 여러 번 강조한다. 저자는 "이 우주 전체에 이타의 마음과 사랑이 충만해 넘친다"고 믿고 있다. 정신문명의 진화에 있어, 훌륭한 마음을 가진 사람은 세계에서 반드시 중심 역할을 해낼 수 있을 것이라고 강조한다. 일을 단순한 생계 수단이 아니라 영혼을 닦는 수련 과정으로 보는 저자의 노동관 또한 가슴에 새겨야 할 대목이다. 그는 성공하려면 우선 일을 좋아하고, 회사를 사랑하라고 충고한다. 또 한 가지 일을 계속하면 비범해진다고 강조한다.

젊은 시절 우둔하게 보이던 사람이 열정적으로 한 우물을 파는 동안 그 분야의 프로가 되고 최고 자리에 오른 예에 주목한다. "하나의 일에 질리지 않고 평생을 노력해온 사람들이 명인이요, 달인이다."

그는 《소호카의 꿈》을 통해 우리 모두에게 인생 체험을 통해서 얻어낸 인생 성공 방정식(인생의 결과=능력×열의×사고방식)을 소개하고 있다. 성공하는 사람들에게는 세 가지 공통점이 있다. 바로 능력(신체적 능력 포함), 열의(자신의 의지로 정할 수 있는), 사고방식(태도, 마음가짐 등)이다.

이 세 가지 요소는 곱하기로 연결되며, 그 중에서도 사고방식을 가장 중요한 요소로 강조한다. 사고방식은 마이너스(-)와 플러스(+) 두 가지 방향성을 갖고 있기 때문에, 인생을 긍정적으로 바라보는 플러스 사고를 가진다면 능력이 다소 떨어지더라도 훌륭한 결과를 얻을 수 있다는 것이다.

더불어 《소호카의 꿈》은 저자의 성공 이야기를 담고 있다. 이 책에는 오사카 대학 입시에 실패하지만 좌절하지 않고 다시 일어선 일, 적자인 회사에 입사했다 홀로 남은 경험, 교세라 창업 당시의 일 등 성공을 이루기 전 좌절과 노력의 나날들과 성공을 이룬 현재의 이야기까지 그의 한 평생이 진솔하게 담겨 있다.

35

검객이 전하는 자기 계발의 지혜

《오류서(五輪書)》

미야모토 무사시 지음 · 안수경 옮김

검선일여(劍禪一如), 외부의 적을 죽이는 것이 검이라면 선은 내부의 적, 마음의 번뇌를 베는 것이니 같다는 것일까. 하여튼 선가(禪家)에서는 살인검(殺人劍), 활인검(活人劍) 등 칼과 관련한 말을 즐겨 사용한다.

일본의 전설적인 검객 미야모토 무사시는 검도를 통해 도인의 경지에 이른 인물로 알려져 있다. 13세 때부터 30세에 이르기까지 60여 차례 진검 승부에서 한 번도 패한 적이 없다는 그는 검도부터 서화(書畵), 도예에 이르기까지 달인의 경지에 올랐고, 그의 병법서인 《오류서》는 현대 일본의 경제인들에게 필독서로 꼽힌다. 병서가 최고 경영

전략서, 자기 계발서로 인기가 높다는 것은 현대사회가 상시적인 무혈전쟁 상태인 무한 경쟁의 시대임을 반증하는 것인지도 모른다.

이 책은 땅(地)·물(水)·불(火)·바람(風)·허공(空) 등 5장으로 되어 있다.

'땅의 장'은 병법에 대한 핵심 개념을 설명하고 있다. 땅의 성질은 단단하고 확고하다. 땅에 발을 딛지 않고서는 한시도 설 수 없다. 이처럼 기본을 갖추지 않으면 병법을 알 수 없다. 술(術)만 익혀서는 진정한 도(道)를 터득할 수 없다는 것이다. 큰 곳에서 작은 곳을 알고, 얕은 곳에서 깊은 곳에 이르기 위해서는 기본을 철저히 다져야 한다.

'물의 장'은 고정된 모습이 없는 물에 비유하여 설명한 장이다. 둥근 그릇에 담으면 둥근 모양, 네모난 그릇에 담으면 네모꼴로 변한다. 하나의 물방울이 되기도 하고, 큰 바다가 되기도 한다. 이런 물의 성질을 본받아 어떤 상황에서도 두려움 없이 자유자재로 변화하여 대처할 수 있는 마음가짐, 전투 시에 취해야 할 각종 자세를 익혀야 한다.

'불의 장'은 실제 싸움, 전투에 관한 사항이다. 1대 1의 싸움이든 대규모 전투이든 싸우는 것은 마찬가지이고, 그 목적은 이기는 것이다. 전투에서 승리하기 위해서는 승부의 대세를 읽고 그에 따라 여러 대책을 강구해야 한다. 어떻게 환경을 활용하여 선수(先手)를 치며, 기선을 제압하고 적을 혼란에 빠뜨릴지 등을 숙달한다.

싸움에서 이기기 위해서는 상대방을 알아야 한다. '바람의 장'은 어디에도 걸림이 없는 바람처럼 상대를 속속들이 파악하기 위해 다양한 병법과 전술 등을 이해한다.

이 모든 것을 터득하여 몸에 익히면 '허공'의 장에 이른다. '공(空)'이란 아무 것도 없어 충만한 것이다. 이 경지에서는 이미 비법(秘法)도 기본도 없다. 때를 만나면 거기에 상응하여 자유자재로 대처한다.

무사시는 자신의 병법을 배우려는 사람들에게 아홉 가지 사항을 주문한다.

첫째, 사심(邪心)을 품지 말 것.

둘째, 도를 엄격히 수행할 것.

셋째, 널리 예능을 익힐 것.

넷째, 갖가지 기능의 도를 알 것.

다섯째, 합리적으로 사물의 이해와 득실을 분별할 것.

여섯째, 모든 일에 대해 사물의 진실을 구분하는 힘을 기를 것.

일곱째, 현상으로 나타나지 않는 본질을 감지할 것.

여덟째, 사소한 현상에도 주의를 게을리 하지 말 것.

아홉째, 도움이 되지 않는 필요 없는 일을 하지 말 것.

《오륜서》의 내용을 보면 한 분야에서 최고의 경지에 오르면 다른 분야에서도 통하게 마련임을 알 수 없다. 그리고 다시한번 확인하게 되는 것은 달인이 도달한 비법의 경지는 가장 기초적인 상식에 해당한다는 것이다. 삶의 지혜니 진리라는 것 또한 그러하다.

- 검도의 가르침이란 선 수행자에게 주어지는 화두와 같다. 의심과 두려움에 흔들리고 마음과 영혼이 마구 소용돌이치면서도 수행자들은 스승의 가르침을 받아 조금씩 조금씩 깨달음을 얻는다. 검이 더 이상 검이 아니고 목적이 더 이상 목적이 아니게 되며, 또한 모든 상황에 대해 즉각적인 지식을 얻을 수 있을 때까지 검도 수련자들은 밤낮으로 수천 번을 베면서 맹렬히 연습을 거듭하고 끔찍한 전쟁터에서 거칠게 기술을 익힌다. 가장 기초적인 가르침이 곧 가장 높은 경지의 지식이며, 달인 역시 이런 단순한 수련을 매일매일 계속해 나가야 한다. (pp.37~38)

- 병법의 도에서 말하는 마음가짐이란 곧 평소와 다름없는 마음이다. 평상시나 전투할 때나 조금도 다를 바 없이 넓은 시야에서 진실을 추구하며, 지나치게 긴장하거나 해이해져서도 안 된다. 생각이 편벽되지 않도록 중심을 잘 잡고, 생각을 서서히 변화시켜 그 변화가 잠시도 멈추지 않도록 항상 자유로이 움직이는 심리 상태를 유지하기 위해 신경을 써야 한다. (pp.71~72)

- 올바른 정신을 근본으로 삼고 진실한 마음을 깨달아 병법을 폭넓게 실행하고 바르고 분명하게 대세를 판단할 수 있는 능력을 갖춘 후 하늘의 도를 실천해야 한다. 하늘의 마음에는 선이 있지만 악은 없다. 지혜가 있고 도를 깨달아야 마음은 비로소 공이 된다. (p.151)

1584년은 일본 내전이 4세기 넘게 이어지던 때였다. 당시 일본의 왕은 명목상의 왕으로 각 지방의 호족들이 끊임없이 내전을 벌이는데, 1603년 도쿠가와 이에야스가 히데요시의 아들 히데요리를 무찌르고 일본의 최고 권력자 쇼군의 자리에 오르며 진정한 의미에서의 전국 통일을 이룬다(도쿠가와 막부 또는 에도 막부). 이에 지방 군벌들은 점차 그 세력이 약화되었고, 사무라이들은 잉여 인력, 하류계급으로 전락되어 갔지만, 무예에 헌신하며 검도를 비약적으로 발전시켰다.

미야모토 무사시는 1584년 미마사카 지방의 미야모토 촌에서 태어났다. 그가 7세 되던 해에 아버지 무니사이가 그와 그의 어머니를 버렸고, 얼마 후 어머니마저 죽자 무사시는 승려인 외삼촌에게 맡겨져 어린 시절을 보낸다. 기록에 의하면, 그는 이미 13세에 일 대 일 결투에서 사람을 베어 죽였으며, 16세에 두 번째 승부를 벌여 역시 승리를 거둔다. 이후 50세에 정착할 때까지 전국을 떠돌며 수많은 결투와 여섯 번의 참전을 겪는다.

29세가 되기 전에 60회가 넘는 결투를 벌여 모두 승리했다. 이제 천하에 적수가 없자 진검 승부를 하지 않기로 하고 검도의 길을 통해 완전한 깨달음을 얻는 데에만 몰두하게 된다. 그는 직접 쓴 글에서 50에서 51세가 되는 1634년에 와서야 비로소 병법을 이해하게 되었다고 말한다. 1638년 영주의 지휘관으로 발탁되어 반란을 진압하기도 했던 무사시는, 1643년에 은퇴한 이후 레이겐도 동굴에서 은둔생활을 하였고 사망(1645년) 몇 주 전에는 제자인 데라노 노부유키에게 오륜서를 불러주어 기록하게 한다.

《오륜서》는 세계 3대 병법서 중 하나다. 불가에서는 우주를 이루는 5가지 근본 요소를 땅·물·불·바람·하늘이라 하는데, 사람의 몸에서 이에 대응하는 부분이 각기 머리, 양 팔꿈치와 양 무릎의 5부위다. 이를 가리켜 오륜이라고 한다. 오륜서는 병법의 도를 땅·물·불·바람·하늘의 다섯 가지로 나눈 다음, 그것을 각각 한 장으로 하여 내용을 기술했다.

미야모토 무사시가 개인적인 결투의 경험을 통해 깨달은 점을 정리하고 자신이 창시한 '니텐이치류'의 검법에 대한 설명이 주요내용이다. 검술에 대해 이야기하는 것에 그치지 않고 전투에서의 심리적·신체적 영역의 변화에 대해서도 매우 자세하고 구체적으로 설명하고 있다.

검도를 수련하기 위해서는 자기 자신을 다스릴 줄 알아야 하며 엄한 훈련의 고통을 참아내며 위험에 직면해서도 흔들림 없는 마음을 닦아야 한다. 검의 길이란 단순히 검술을 훈련하는 것을 가리키는 것이 아니라 무사도에 따라 사는 것을 의미한다.

시간이 흐를수록 사람들은 중국의 손자병법과 마찬가지로 《오륜서》 역시 전장에서 유용하게 쓰일 수 있을 뿐만 아니라, 모든 형식의 전쟁에 적용될 수 있다는 점을 발견하게 되었다. 특히 경쟁이 매우 치열한 현대사회 속에서 미야모토 무사시의 '마음 가다듬기', '예리한 감각', '적의 허점 공격' 등의 관점은 더욱 효과적으로 빛을 발할 수 있을 것이다.

36

웰빙하려면 죄를 짓지 말라

《오대산 노스님의 인과 이야기》

과경 엮음 · 정원규 옮김

날이 풀린 요즘 가끔 집 근처 공원에 가보곤 한다. 그리 넓지 않은 공간이지만 유모차에서 졸고 있는 갓난아기, 엎어졌다 일어나며 아장아장 걷는 아기, 농구를 즐기는 청소년, 건강을 위해 달리는 중년, 지팡이를 짚고 산책하는 노인들 등 다양한 사람들을 볼 수 있다.

그렇다. 인생이란 이렇게 태어나서 기다가, 엎어지며 걷다가, 뛰다가, 다시 힘겹게 걷다가, 기다가 죽는 것이다.

엎어지는 것은 인생에 있어서 고(苦)라 할 수 있다. 갓난아기가 걷기 위해 수없이 넘어지듯이 인생에 있어서 고를 피할 수는 없다. 문제는 고에 직면했을 때의 태도다. 어떤 사람은 있지도 않은 절대자에게 매달리고, 어떤 사람은 남에게 잘못을 돌리며 원망만 한다. 그런가 하면 아예 어쩔 수 없는 운명이려니 하고 자포 자기하는 사람도 있다. 이 모두 각자 처한 상황이 있을 것이다. 그러나 이런 방식으로는 고통에서 벗어날 수 없다.

그러면 어떻게 해야 하는가?

불교에서는 모든 일에는 원인이 있다는 인과(因果)를 가르친다. 지금 겪는 고통은 남 때문도 아니고 처음부터 그렇게 정해진 숙명도 아닌, 자기가 지은 행위의 결과라는 것이다. 고통을 만든 원인이 자기이므로 거기에서 벗어나는 것도 바로 자기의 노력에 의해야 한다는 것이다. 배가 고프면 자기가 먹어야지 남이 대신 먹어줄 수 없고 똥이 마려우면 자기가 싸야지 남이 대신 싸줄 수 없다는 것이다.

중국 오대산 묘법 스님의 법문을 엮은 《오대산 노스님의 인과 이야기》는 바로 이러한 인과 법문이다. 주된 내용은 현대 의학의 처방에 의해서도 치유되지 않은 사람들이 묘법 스님의 인과 법문을 듣고 병이 나은 사례들이다. 예를 들면 이렇다.

사례 1: 한 농민이 폐암에 걸렸다. 병원에서 치료를 받았지만 백약이 무효였다. 묘법 스님은 그가 살생을 많이 했고 특히 닭을 죽인 업이 가장 심하다, 그러므로 살생을 진정으로 참회하고 희생된 닭을 위하여 49번 《지장경》을 독송하라고 처방했다. 농부가 스님의 가르침대로 하자 암이 사라졌다.

사례 2: 날이 어두워지면 무서워져서 불이 켜 있지 않은 방은 들어갈 수도 없었던 사람, 그는 전생에 마을 입구에 있던 등(燈)의 기름을 훔쳤다.

사례 3: 위장병을 앓는 사람은 전생에 음식을 낭비하고 함부로 음식물을 파괴했기 때문이다.

사례 4: 심한 당뇨병을 앓고 있는 한 여인, 그녀는 생선을 많이 먹었다. 이미 죽어 있는 생선이었으나 그 물고기는 먹은 사람을 기억하기 때문에 그녀가 병을 앓게 된 것이다.

사례 5: 원인을 알 수 없이 온몸이 아프지 않은 곳이 없는 사내, 그는 평소 부모님에게 욕설을 퍼붓고 폭행한 불효자였다.

묘법 스님의 법문의 요지는 불교의 계율을 지키는 것이 가장 건강하고 행복하게 사는 방법이라는 것이다. 구체적으로는 첫째, 병은 입으로 들어온다. 육식은 살생을 전제하므로 금해야 한다. 채식이라도 고맙게 여기고 아껴서 먹어야 한다. 둘째, 선을 행해야 한다. 셋째, 참회하는 삶을 살아야 한다. 넷째, 긍정적으로 살아야 한다. 마음의 법칙에 의해 어둠은 어둠을, 밝음은 밝음을 불러온다.

요즘 화두는 웰빙이다. 몸에 좋다면 물불 가리지 않고 이것저것 하기 전에, 명의나 명약을 찾기 전에 자신의 마음과 행동을 돌아볼 일이다.

죄 짓고는 못 사는 법이다.

- 중생의 고기를 먹으면서 염불하면 탐욕이 제거되지 않으며, 나쁜 기운이 소멸되지 않아 부처님의 명호와 마음이 상응할 수 없으니, 백년을 염불해도 극락세계에 왕생할 수 없습니다. (p.49)

- 한 사람이 선으로 향하면 많은 사람들이 이익을 얻을 수 있으며, 많은 사람들이 선을 행하면 사회가 정화되니, 이것이 바로 불교가 세상 사람을 구제하는 이상입니다. (p.143)

- 도심을 발한 후 절대로 조급해 하지 말아야 하며, 먼 길을 천천히 가야 한다. 단지 가기만 하면 목적지에 도달할 수 있을 것이다. 두려운 것은 가지 않는 것이다. (p.251)

- 어떤 수행의 문을 가야 할 지 수행의 문을 결정해야 합니다. 어떤 법의 문으로도 모두 성불할 수 있습니다. 중요한 것은 장원심(長遠心:꾸준한 마음)입니다. (p.293)

- 화와 복은 모두 자기 자신이 조성하는 것이며, 천신은 단지 세상의 법관과 같다. (p.319)

《오대산 노스님의 인과이야기》는 중국 오대산에 은거하며 살았던 묘법 스님의 법문을 엮은 책이다. 묘법 스님은 1916년에 태어나 수년 동안 오대산에서 폐관 수행을 통해 큰 깨달음을 이루었다. 시절 인연이 도래하자 세상에 나와 중생을 교화하는 데 힘썼는데, 특히 생생한 인과법문을 통해 업장을 소멸함으로써 치유시키는 신이한 힘이 있었다고 한다.

중국에서는 《현대인과실록》이라는 제목으로 발간, 배포되었다. 《현대인과실록》은 오대산에서 묘법 스님의 제자인 과경 거사가 스님의 이야기를 정리한 것이다. 과경 거사는 본디 무신론자였다고 한다. 1990년 오대산에서 묘법 스님을 뵙고 새롭게 발심하여 스님의 지도로 염불 수행을 시작하였다. 이 책에는 염불 수행한 사람들의 체험담, 인과의 도리를 이해하고 참회해 병을 고친 사람들의 이야기가 실려 있다.

과학의 발전으로 세상은 나날이 편리해지며 풍족해지는데 고통 속에서 헤매는 사람은 더 많아졌다. 특히 병으로 고통을 당하는 사람은 날로 늘어난다. 이 책에서는 높은 도를 이야기하기 전에 도를 얻는 데 기초를 다지는 길을 말하고 있으며, 지금 당장 겪고 있는 고통에서 벗어날 수 있는 길을 제시한다.

스님은 질병의 고통에 대해서 "병이 입으로부터 들어온다"고 한다. 먹지 말아야 할 것을 먹어서, 말하지 말아야 할 말을 해서, 혹은 저지르지 말아야 할 짓을 해서 병이 생긴다는 것이다. 먹지 말아야 할 것이란 육식을 말하는 것으로 동물이라고 하여 생명으로 생각하지 않고 살생하니 나중에 되갚음 당한다는 뜻이다. 이와 관련한 생생한 일화를 소개하여 스스로 깨닫게 한다.

묘법 스님은 식당에서 나눠주는 이쑤시개 같은 별 것 아닌 물건이라도 많이 탐하거나, 가난하지 않으면서 길에 버려진 종이 박스를 주워 파는 일, 공포소설을 써서 다른 사람의 마음에 불안감을 주는 일조차 어떻게든 다시 돌아온다는 것이다. 꼭 본인이 아니더라도 가족들, 후대의 자손, 다음 생에까지 영향을 준다고 강조한다.

보통 사람들은 거창한 철학적 지식보다는 소박하고 현실적인 이야기에 더 감동을 느낀다. 고통 속에서 허덕이는 중생을 구제하고자 산에서 내려와 불법을 전한 오대산 묘법 노스님의 법문은 사람들로 하여금 고통의 원인을 돌이켜 보게 하면서 어떻게 하면 고통에서 벗어날 수 있는지를 일께워준다.

묘법 스님은 "수행인에게는 조그마한 잘못도 우리 몸의 기를 막히게 하여 불편하게 하며, 고기를 먹으면서 염불하면 백년을 염불해도 부처님과 상응할 수 없다."고 역설한다. 높은 도를 이야기하기 전에 도를 얻는 데 기초를 다지는 길을 말하고 있으며, 지금 당장 겪고 있는 고통에서 벗어날 수 있는 길을 제시해 준다는 점이 이 책의 가장 큰 매력이다.

이 책의 다양한 사례를 통해 자기의 잘못을 깨닫고 인과의 법칙을 이해하게 되고, 지금의 모습은 지난 과거의 결과이며 다가오는 미래를 결정하는 원인임을 깨닫게 된다. 다른 생명을 사랑하는 것이 바로 자기를 살리는 길이며, 자기의 영혼을 진정으로 복되게 하는 길임을 알게 해 주니 얼마나 값진 책인가.

37

선, 행복의 길 최고의 처세술

《선의 생활》

정성본 지음

하늘에 구멍이 난 듯이 비를 퍼부어 물난리가 나더니 이제는 불볕
더위가 기승을 부린다. 비가 올 때는 어서 해가 나기를 바라더니 햇볕
이 쨍쨍 나자 소나기라도 한바탕 쏟아지기를 바란다. 더우면 더워서
추우면 추워서 난리다. 이것이 인지상정이기는 하되, 그래서 흠이라고
까지는 할 수 없되 너무 안달복달하는 것이 문제다. 그러면 선사(禪師)
들은 어떻게 더위를 날까?

어느 납자가 동산(洞山) 선사에게 물었다.

"추위나 더위가 오면 어떻게 피하시겠습니까?"

"어째서 추위와 더위가 없는 곳으로 가지 않는가?"

"그런 곳이 어디에 있습니까?"

"추울 때는 자네를 얼려서 죽이고, 더울 때는 쪄서 죽이는 곳이지."

선사라고 하여 추위와 더위를 느끼지 않을 리 없다. 다만 사태를 대하는 태도가 다를 뿐이다. 선사들은 추우면 추운 곳에, 더우면 더운 곳에 뛰어든다. 선(禪)이 선다운 것은 어떤 문제든 회피하지 않고 정면으로 응시하고 돌파하는 것이다. 발 딛고 있는 일상을 떠나지 않고 생활 속에서 걸림 없는 자유를 누리는 데 선의 가치가 있다.

그런데 언제부터인가 삶 속에 살아 있던 선이 신비의 나라로 가 있다. 참선을 해서 도를 깨치면 천기(天機)를 알고, 운명도 척척 알아맞출 수 있는 것으로 착각하는 사람이 의외로 많다.

그런가 하면 선은 불립문자(不立文字), 교외별전(教外別傳)이므로 경전과 어록을 보지 말라는 주장을 서슴지 않는 사람도 적지 않다. 부처님의 법과 수행의 길이 담겨 있는 경전을 읽지 않고, 조사(祖師)들의 삶과 깨달음이 온축돼 있는 어록을 읽지 않고 어떻게 불교를 알 것이며, 참선 수행을 통해서 깨달음의 경지를 체득할 수 있는지 궁금하기 짝이 없다.

《선의 생활》은 선에 대한 이러한 터무니없는 오해를 불식시킨다. 선불교가 "지금 여기서 각자가 주인이 되어 창조적인 삶을 자유자재로 살아가는 생활의 종교"임을 명쾌하게 보여준다. 일례로 운문 선사의 '날마다 좋은 날(日日是好日)'의 설명을 보자.

"운문이 제시한 문제는 그대들의 하루 생활이 '날마다 좋은 날이 되도록 해야 한다'는 실천 수행의 정신을 절실하게 강조하고 있는 법문이다. 하루하루를 좋은 날로 만들기 위해서는 '지금'을 좋은 시간이 되게 해야 한다. 지금을 좋은 시간이 되도록 하는 것은 지금 여기서 두려움과 공포가 없고 평안하고 즐거운 마음으로 사는 것이다. 그냥 멍청하게 웃고 즐겁게 사는 것이 아니라 밝은 마음으로 지금 여기서 자신의 일을 지혜롭게 하는 것이다. 인간은 일을 통해서 자기 성장을 이루고 자신의 의미 있는 삶으로 좋은 하루를 만들 수 있는 것이다."

이렇듯 저자는 선과 자아, 선의 생활, 선과 수행, 선의 행복, 선의 가르침 등 다섯 항목으로 선을 풀이하면서 선이 저 멀리 신비한 곳에 있는 것이 아니라 우리 곁에 숨 쉬고 있다는 것을 일깨워준다.

선에서 강조하는 것 한 가지, 냉난자지(冷暖自知), 물이 차고 더운지는 직접 마셔 보아야 안다. 왜 삶이 수행이어야 하며 수행을 왜 해야 하는지, 선의 정신으로 사는 것이 왜 행복하며 선이 가장 훌륭한 처세술인지 이 책을 읽어보면 안다.

- 《법구경》에 "현명한 사람은 고독한 경지에서 힘쓴다."고 말하고 있는 것처럼, 보살의 구도적인 삶은 고독한 경지에서 더욱 힘차게 무르익도록 해야 한다. (p.15)

- 물은 높은 곳에서 낮은 곳으로 흐르는 불변의 법칙성을 지니고 있다. 여법하게 물이 갈 길을 가는 모습은 불도의 세계를 대변하고 있다. 높은 곳에서 낮은 곳으로 흐른다는 것은 자기를 낮추는 하심과 겸손의 미덕을 닦는 인욕의 실천 수행을 가르치고 있다. 그리고 단순히 높은 곳에서 낮은 곳으로 흐르는 것이 아니라 높은 곳이나 모난 곳은 낮추고 평평하게 하며, 낮은 곳은 돋우고 부족한 곳은 보완하며 언제나 수평을 유지하면서 흐른다. 이러한 모습을 통해서 우리들의 마음을 평등하고 여여하게 실천 수행의 정신을 배울 수가 있다. (p.30)

- 선승들의 생활은 흔적이나 자취, 종적을 남기지 않는다. 물고기가 물 속에서 자유롭게 헤엄쳐도 물에는 자취가 없으며, 새가 허공을 자유롭게 날아다녀도 허공에 그 자취를 남기지 않는다. 자취나 흔적을 남긴다는 것은 명예와 형식 권위에 사로잡힌 모양인 것이다. 흔적을 남기지 않는다는 것은 자신의 인생과 삶을 명예나 업적, 형식적인 권위로 후대에 길이 남기는 일에 힘쓰지 않는다는 것이며, 그것은 바로 지금, 여기에서 자신의 삶에 최선을 다하여 충실하게 살았다는 의미인 것이다. (p.59)

《선과 생활》은 한마디로 자신의 존재 의미를 자각하고, 삶의 이정표를 재확인하는 방향을 제시해 주는 책이라고 할 수 있다.

어떤 이는 선이라 하면 옛 선사들의 어려운 가르침만을 생각하거나, 일상 속에서 쉽게 접할 수 없는 것으로 단정 짓는다. 그러나 저자는 그렇지 않다고 단언한다. 편안히 근원적인 마음을 열고, 조금만 더 자신의 삶을 지혜롭고 풍요롭게 보낼 원력을 세운다면 생활 속에서 선사상의 전개는 그리 힘든 것도, 먼 것도 아니라는 것이다.

선불교는 각자가 머무르고 있는 지금 여기의 이 공간에서 눈앞의 주위나 경계에 매달려 자기 주체를 잃어버리지 않고, 스스로가 주인이 되어 살아가는 삶의 지혜를 체득하도록 가르친다. 언제 어디에서나 근원적인 본래심으로 삶을 진실되게 살아가라고 강조한다.

《법구경》에서는 "지금 여기에 살라. 과거는 지나갔고, 미래는 오지 않았다. 오직 지금의 현실에 살라."고 누누이 이른다. 불교는 '지금'이라는 현재를 중시한다. 이러한 현실성을 한층 더 구체적인 일상생활 속에서 전개하도록 강조한 생활불교가 선불교다. 지금이라는 시간 이외에 우리들이 살고 있는 곳이 없기 때문이다. 선불교는 지금 여기에서 자기 존재의 자각과 함께 일상생활의 모든 일을 자기와 혼연 일체가 되어 창조적인 삶으로 전개하는 것이 중요하다고 말한다.

시간은 물과 같이 연속적인 것이기 때문에 사실 하루는 지금의 연속이다. 불교에서 시간을 과거·현재·미래의 삼세로 나누어 말하고 있지만, 사실 이 삼시는 '지금'이라는 시간에 응축된 것이다. 따라서 하루를 좋은 날로 만들기 위해서는 지금이라는 시간을 좋은 시간이 되도록 해야 한다.

지금이라는 시간을 좋은 시간이 되도록 한다는 것은 자기 자신이 지금 여기에서 번뇌 망념의 괴로움, 근심 걱정, 두려움과 초조나 공포가 없는 평안하고 즐거운 마음으로 사는 길이다. 그냥 멍청하게 웃고 즐겁게 사는 하루가 아니다. 자기 자신이 일체의 번뇌나 망념이 없는 청정하고 밝은 마음으로 지금 여기서 스스로의 일을 지혜롭게 하는 것이다. 이를 통해 자기 성장을 이루고 의미 있는 삶으로 좋은 하루를 만들 수 있다.

인생의 참된 길을 열어 갈 수 있는 지혜의 눈을 만들기 위해서는 철저하고 냉정한 자기 비판과 좌선 명상의 실천을 통한 자기 사유가 필요하다. 좌선과 명상은 부처님과 조사들의 체험적인 진실된 말씀을 배우고 익히는 것이다. 자기의 일상생활을 지혜로 만드는 적극적이며 자각적인 실천이 좌선과 명상이다. 또 이렇게 불법을 좌선의 실천으로 깨달아 자각적인 지혜와 안목을 갖추고 나면, 개인적인 차원에 머물지 않고 나아가 이를 일체 중생과 더불어 공유해야 한다.

이 책은 〈정각도량〉과 〈동대신문〉 등에 실은 단편들을 가려 모은 것이다. 저자는 이 《선의 생활》을 통해 생활 속에서의 선사상 전개에 도움이 되길 바란다. 또 자칫 평범해 질 수 있는 일상 속에서 자신을 자각하여 근원적인 본래심으로 돌아가 창조적인 삶을 살아갈 수 있도록 도움을 주기 위해 만든, 저자의 자비심이 느껴지는 책이다.

7

이 시대, 그 남자가 아내와 아들에게

38

돈 안 들고 우등생 만드는 비결

《기적의 도서관 학습법》

이현 지음

지금 세계에서 가장 성공한 사람을 꼽으면 누굴까?

가치관이나 세계관에 따라 차이가 있겠지만 빌 게이츠를 꼽는 데 큰 이견은 없을 것 같다. 인생 성공의 보증서인 하버드 대학 졸업장을 휴지조각처럼 버리고 맨손으로 마이크로 소프트사를 일궈낸 인물. 그는 자기 성공의 비결을 이렇게 말했다.

"나를 키운 것은 동네의 작은 도서관이었다."

비싼 사교육비를 들여 과외를 한 것이 아니다. 공짜로 동네 도서관을 이용했다. 결과는 대성공이다. 이것이 가능한 것이 현대 사회의 특성이다. 바로 정보화 사회이기 때문이다. 이제는 정보가 부족한 것이 문제가 아니다. 너무 넘쳐서 골칫거리다. 수많은 정보 속에서 자기에게 꼭 필요한 것을 가장 빠른 시간에 찾아서 자기 것으로 활용할 수 있어야 성공한다. 정보 수집의 단계를 넘어 선택과 판단, 결정을 얼마나 효율적으로 할 수 있는가가 리더의 가장 중요한 조건이다.

도서관은 예나 지금이나 정보를 수집하고 관리하는 곳이다. 우리 역사에서 가장 뛰어난 임금으로 꼽히는 세종대왕이나 정조는 왕위에 올랐을 때부터 집권 기반이 튼튼했던 것이 아니다. 세종도 장자가 아니었기 때문에 불안한 상태에서 임금이 되었고, 정조는 늘 암살의 위험 속에서 살아야 했다. 그럼에도 탁월한 제왕이 될 수 있었던 것은 바로 도서관을 매우 효과적으로 활용했기 때문이다.

세종은 집현전을 세워 학자를 양성했다. 집현전은 요즘으로 말하면 최신 시설을 갖춘 종합도서관이다. 최신 이론과 정보를 수집하고 뛰어난 젊은이들을 그곳에 모아 공부하게 하였다. 그 신하들이 동량이 되어 조선 역사상 가장 안정적인 태평성대를 일구어 냈다. 정조도 마찬가지다.

이런 훌륭한 기능을 갖고 있는 도서관을 효율적으로 활용하는 방법을 알려 주는 책이 있다. 이현의 《기적의 도서관 학습법》이다. 저자가 도서관의 가치를 뼈저리게 느끼고 애찬론자가 된 것은 프랑스 유학 시절의 경험 때문이다.

불어를 한마디도 못하는 아이를 데리고 떠난 유학생 엄마의 가장 큰 고민은 자녀 교육이었다. 말도 전혀 통하지 않는 이국에서 아이가 제대로 적응할 수 있을지 걱정이 태산이었다. 이를 한방에 해결해 준 것이 도서관 교육이다. 프랑스 말을 전혀 할 줄 모르는 아이가 도서관에서 프랑스 아이들과 어울리면서 친구가 되고, 도서관 지도 선생님과 책을 보고 이야기하면서 저절로 불어를 터득하면서 프랑스 생활에 적응할 수 있었다.

저자는 부모가 아이들에게 가르쳐야 할 것은 하나하나의 교과학습이 아니라 좋은 교육 환경으로 이끌어 주는 것이며, 숨 막히는 사교육 시장으로 아이를 내몰 것이 아니라 도서관에서 세상을 이해하고 사랑하게 만들면 공부는 저절로 하게 된다고 강조한다.

- 어릴 때부터 도서관을 잘 활용하는 아이는 수많은 책 속에서 자신이 필요로 하는 책을 찾고, 그 책 속에서 자신이 원하는 내용을 찾아 정보로 활용할 줄 알게 된다. 한마디로 능동적으로 정보를 찾고 분석할 수 있는 능력을 갖게 된다는 이야기다. (p.36)

- 도서관은 살아 있다. 내가 요구하면 요구한 만큼 변하는 곳이다. 내가 희망하는 도서가 하나 둘씩 쌓여갈 때 난 이 지역의 진정한 시민이고, 내가 지역 사회에 적어도 하나는 기여하고 있다는 자신감이 생긴다. 나의 작은 행동 하나가 나뿐만 아니라 우리 아이들과 다른 이용자에게 또 다른 기회를 부여하니 이 또한 좋지 않은가. (p.56)

- 나는 도서관의 책 배열 순서 속에 세상의 모든 진리가 들어 있다고 믿는다. 그래서 아이들 교육도 도서관 책 순서에 따라 하려고 노력한다. 가장 먼저 아이에게 올바른 사고 체계를 알려주기 위해 책 읽기를 시키고, 그 책 읽기를 통해 올바르게 생각하는 힘을 키우게 한다. (중략) 아이와 함께 도서관에 가면 책 배열 순서를 놓고 오랫동안 아이와 이야기 할 수 있는 여유를 갖자. 무조건 많은 책을 읽게 하려고 다그칠 것이 아니라 도서관 구조가 어떻게 되어 있고, 왜 그런 구조로 해놓았는지, 어떤 책들이 어떤 목적으로 일정한 규칙을 갖고 배열되어 있는지를 아이에게 말해 주자. (p.70)

이 책의 저자인 이현은 우리 주위에서 볼 수 있는 평범한 엄마다. 이 책을 통해 아이에게 책을 가까이에서 접하고 흥미를 갖게 하기 위한 도서관 학습법을 소개하고 있다.

저자가 처음 도서관을 접하게 된 것은 중학교 1학년 때였다. 학교가 너무 멀어서 아버지 퇴근시간을 맞추기 위해 시간을 보냈던 도서관, 그때는 독서실 이상의 의미가 없었지만 프랑스 유학 시절을 겪으면서 도서관은 그녀의 인생을 바꿔 놓았다. 서른셋의 나이에 다섯 살 딸과 떠난 유학에서 도서관은 '위안' 그 자체였다. 아이는 도서관에서 친구를 만나고 프랑스어를 익혔다. 저자 또한 지역의 정보를 도서관을 통해 얻었다.

프랑스는 도서관 교육이라는 것이 있었다. 프랑스에는 학원 대신 도서관에서 교육이 이루어진다. 도서관에는 어린이뿐만 아니라 다양한 사람들을 위한 프로그램이 분기별로 마련되어 있고 다양한 공연이 열리기도 하며 정보를 공유하기도 한다. 도서관은 자녀의 사회성을 길러주는 데도 도움이 된다. 도서관에서는 아이가 책을 깨끗하게 보게 하고, 대여 기간을 지키고 제자리에 꽂아두게 한다. 이런 습관을 통해 다른 사람을 배려할 수 있는 마음을 기를 수 있다.

책은 억지로 읽는 것이 아니다. 아이들에게 독서 환경은 가장 중요하다. 책읽기에 특화된 곳이 도서관이다. 도서관은 꺼내 읽을 수 있는 책이 무한정 있기 때문에 호기심을 갖기에 좋다. 다른 사람의 눈을 의식하는 까닭에 바른 자세로 책을 읽는 습관도 생긴다. 책은 좋아하는 책부터 읽게 하고, 책을 읽고 마음껏 엉뚱한 소리도 하게 만든다. 엄마가 질문해서 대답하기보다는, 아이가 자연스럽게 질문할 때까지 기다려 줘야 한다. 수학이나 영어도 동화책을 통해 흥미를 가지고 배울 수 있다. 한 가지 주제로 깊고 넓게 읽히고 작가별로 책을 읽게 하는 등 자녀들을 위한 독서법은 매우 다양하다.

《기적의 도서관 학습법》은 단지 아이를 위한 독서 교육법만을 제시한 책이 아니다. 이러한 도서관 교육법은 성인 또한 이용할 수 있다. 다만 우리가 관심을 가지지 않고 필요성을 못 느끼기 때문에 알지 못하는 것이다.

이 책의 마지막 장은 도서관 100배 즐기기로 도서관을 이용할 때 더욱 잘 활용할 수 있는 사례를 소개한다. 도서관을 통해 다양한 문화 프로그램에 참여할 수 있으며 지역 문화를 접할 수도 있다. 지역·나라 별로 도서관은 다양한 특색을 지니기 때문이다. 이를 자녀 교육에 활용할 수도, 자기 계발에 활용할 수도 있다. 그리고 도서관의 연장선상으로 도서관에서 빌려온 책을 집 안에 작은 도서관으로 만들어 활용하는 방안도 소개한다.

마지막에는 어머니들의 도서관 학습법에 대한 상담 내용과 북시터 선생님들의 상담 내용, 그리고 전국의 도서관 주소록을 첨부해 도서관을 이용하고자 하는 사람들에게 실질적인 도움을 주고 있다.

39

자녀 행복 바른 습관이 좌우

《공부도 놀이도 신나는 아이로 키워라》

서광 지음

도둑도 자기 자식이 도둑이 되는 것을 원하지 않는다. 시쳇말로 훌륭한 사람이 되기를 원한다. 너나 할 것 없이 자식 교육에 열을 올리는 것도 이 때문이다. 초등학교에 들어가기 전부터 영재교육이다 뭐다 조기교육, 선행학습에 열을 올린다.

그러나 이런 식의 교육 투자가 과연 바람직한지는 의문이다. 성적 향상에는 도움이 될지 모르나 그 열성이나 비용에 비해 그 결과는 그리 바람직하지 않은 것 같다. 무엇보다 당사자 자신들이 행복해 하지 않는다.

성적이 좋아서 일류대학을 가더라도 심성이 뒤틀리고 생활 습관이 좋지 않으면 결코 성공할 수 없다. 사회는 독불장군 식으로 혼자 사는 것이 아니라 남과 더불어 살기 때문이다. 돈을 쏟아 부어 성적을 올려 주기보다 먼저 자녀의 심성과 생활 습관을 바로잡아 주는 것이 자녀의 미래를 위해 더 낫다.

《공부도 놀이도 신나는 아이로 키워라》는 이런 관점에서 어린이 교육을 말한다. 저자 서광 스님은 어린이 캠프 운영의 경험을 통해 이른바 문제아들의 유형과 그 해결책을 일곱 가지로 나누어 조목조목 알려준다.

1. 자꾸 거짓말하고, 자기에게 불리한 말을 남에게 돌리는 등 말로 미움을 사는 아이
2. 툭하면 싸우고 남의 일에 참견하고 산만하기 짝이 없는 아이
3. 지나치게 다혈질이고 제어하지 못해 걸핏하면 화를 내는 아이
4. 늘 돋보이고 싶어 하고 겸손을 모르고 잘난 체하는 아이
5. 고집이 세고 모든 일에 자기 방어적이어서 왕따 당하는 아이
6. 식탐이 심하고 잘못된 식습관이 굳어진 아이
7. 정리정돈을 잘 못하고, 혼자서는 잘 못하는 자립심 없는 아이

이상의 유형을 보면 어린이를 대상으로 하고 있지만 어른에게도 똑같이 적용된다는 것을 알 수 있다. 사실 문제 어른들이 더 많다.

문제를 알면 해답도 자연히 나오게 마련이다. 서광 스님이 조언하는 문제 해결 방법은 대략 이렇다.

> 첫째, 아이가 직면한 문제를 발견한다.
> 둘째, 아이의 단점을 드러낸다.
> 셋째, 단호한 태도를 잊지 말고 자신의 단점을 알도록 유도한다.
> 넷째, 아이의 문제 해결에 가족 전체가 함께 노력한다.
> 다섯째, 아이 스스로 문제를 해결하도록 한다.
> 여섯째, 보상을 통해 아이의 행동을 적극적으로 유발한다.
> 일곱째, 아이가 또 다른 나쁜 습관에 길들여지면 이전의 성공적인 문제 해결 경험을 상기시킨다.

해법을 알았다고 해서 문제가 일거에 없어지는 것은 아니다. 이 책에서는 이런 방법을 구체적으로 어떻게 적용해야 하는지 실제 사례를 들어 알기 쉽게 설명하고 있다.

문제라라고 해서 너무 걱정할 필요는 없다. 문제없는 아이는 없다. 아이를 믿고 인내심을 갖고 노력하면 아이는 바르게 자라게 되어 있다.

아이는 부모를 보고 자란다. 아이에게 문제가 있다면 필시 부모에게 문제가 있게 마련이다. 먼저 자신을 돌아보는 것, 아이 교육의 출발점이 아닐까.

- 조기 교육은 말 그대로 남보다 빨리 가르쳐서 당장에 1등 하고 100점 받자는 것이 아니다. 아직 공부가 뭔지도, 왜 해야 하는지도 모르는 아이 앞에서 화내고 칭찬하는 것은 교육이라고 부를 수 없다. 조기교육은 아이가 자라 20년, 30년 뒤에 얼마나 사회적·인격적으로 완성되고 만족한 삶을 살 수 있는가를 앞서 고민하는 부모들이 아이의 인생에 걸친 문제 해결 능력을 키워주는 과정을 이르는 말이 되어야 한다. (p.5)

- 아이가 자라면서 드러내는 대부분의 단점은 주변 환경에서 원인을 찾을 수 있다. … 일반적으로 합리성이 결여되어 있거나 감정 조절을 못 하는 부모 앞에서 아이는 일단 위기를 모면하기 위해 거짓말과 말 돌리기로 자신을 방어하는 습관을 들이게 된다. (pp.40~41)

- 아이들의 문제 행동은 일차적으로 가족 관계에서 기인하는 경우가 많다. 따라서 부모는 반드시 가족이 형성하고 있는 관계를 되돌아볼 필요가 있다. 부모 대 아이, 아이 대 아이, 그리고 가족 전체 대 아이 등 구성원 간의 관계를 여러 각도에서 파악한 후 아이의 문제 행동에 대한 대책을 세워야 한다. 아이들은 부모의 거울이다. 부모의 의식이나 마음가짐, 행동을 거울삼아 아이들은 말하고 생각하고 행동한다. (p.135)

《공부도 놀이도 신나는 아이로 키워라》는 서운사의 어린이 캠프에서 만난 아이들의 문제 행동을 중심으로 원인을 파악하고 교정하는 과정을 담았다. 이를 통해 문제 행동을 일으키는 아이들의 원인이 무엇인지, 어떤 해결방법이 있는지를 알아볼 수 있다. 나아가 부모들이 취해야 할 자세까지 상세하게 알려주고 있다.

캠프에 참가한 아이들 중 부모에게 너무 의존하고 있어서 스스로는 아무것도 할 생각이 없는 아이들에게 '자립심'과 더불어 '감사할 줄 아는 마음'을 가르쳐 준다. 공동생활 규칙을 정해서 따르게 하고, 캠프에서 자신들을 위해 수고하는 스님들에게 반드시 감사를 표현하게 하는 것이 그 방법이다.

아이가 해야 할 일을 부모가 많이 해 주면 해 줄수록 아이는 그만큼 말과 행동, 아는 것과 실천하는 것이 서로 일치하지 않는 어른으로 자라게 된다. 무언가를 혼자 해내는 능력은 부모가 길러주는 것이다. 아이가 스스로 할 수 있도록 구체적인 방법을 가르쳐 주고, 어떤 일을 할 때 아이가 함께 거들 수 있도록 기회를 줌으로써 아이가 스스로 할 수 있다는 것을 느끼게 한다.

아이들이 잘못을 했을 때, 부모는 때리지 말고 말할 기회를 주어야 한다. 아이를 다른 아이와 비교하는 것은 절대 금물이며, 충분한 대화의 시간이 필요하다. 특히 아이들은 자기 또래의 친구들과 토론을 하며 많은 것을 배운다. 어떤 일을 할 때, 직접 선택하고 결정하도록 하면 자연히 책임감이 생긴다. 잘못된 판단을 내렸을 때는 그것이 왜 잘못 되었는지, 어떻게 하면 보다 나은 선택을 할 수 있을지 같이 고민해 보는 등 훌륭한 조력자 역할을 수행해야만 한다.

원칙 있는 교육만이 자녀를 변화시킨다. 부모는 교육자이고 자녀는 교육의 대상자라는 생각을 갖고, 마음을 드러낼 때와 숨겨야 할 때를 잘 분별해야 한다.

가족 이외의 다른 사람의 의견을 잘 들어봄으로써 아이의 장단점을 객관적으로 잘 찾아낼 수 있다. 부모와의 일 대 일 관계가 아닌 상황에서 아이들이 보여주는 행동은 때로는 판이하게 다를 수 있음을 유의해야 한다.

아이들은 각자 독특한 성격과 성향을 가지고 있으므로 획일적인 방법으로 가르칠 수는 없다. 내 아이에게 맞는 맞춤식 개별 교육을 해야 하며, 문제 행동의 교정에 있어서도 아이의 성격과 발달 정도에 따라 다른 방식을 취해야 한다. 어릴수록 부드러우면서도 단호한 방법을 쓰는 것이 효과적이다. 초등학교 4학년 이상부터는 아이의 문제 습관이 이미 어느 정도 굳어진 상태이므로 강한 충격요법을 쓸 필요가 있다.

당당하고 멋진 부모가 당당하고 멋진 아이를 키워낸다. 자녀에게 매력적인 부모가 되어야 한다. 자녀가 부모에게 느끼는 호감과 자부심은 부모를 모델로 해서 그들의 가르침을 중요하게 생각하고 배우려는 노력으로 자연스럽게 이어진다. 아이들은 자신의 일에 최선을 다하는 당당한 부모의 모습을 통해 부모를 본받으려 하며, 그러한 부모의 조언이나 지적을 즉시 흡수하려 한다. 부모가 훌륭한 교육자로서의 역할을 수행하기 위해서는 아이보다 더 열심히 배우고 노력하려는 자세가 필요하다.

40

부모·자녀 모두 행복한 불교 교육법

《부처님 말씀대로 가르치세요》

김종서 지음

우리의 교육열은 전 세계적으로 정평이 나 있다. 서점에 가면 성공적인 자녀 교육법을 다룬 책들이 넘쳐난다. 그러나 그 많은 성공 비법을 소개하고 있는 책들을 보면 걱정이 줄어들기는커녕 오히려 주눅이 든다. 그렇게 따라하려면 슈퍼 부모가 되어야 한다. 그렇지 못하는 부모는 죄를 짓는 기분이 든다. 뭔가 잘못되어도 크게 잘못되었다. 그 구체적인 사례 하나.

한 초등학교 5학년 아동이 극기 훈련에 참가했다. 비만이 심했던 이 아동은 다른 어린이에 비해 걷기가 몹시 어려웠다. 배가 아프다고 거짓말을 했으면 차를 타고 쉽게 갈 수 있었다. 그러나 이 아동은 포기하지 않았다. 선생님의 도움을 받아가며 끝까지 걸었다. 집에 돌아가자마자 이 아동은 엄마에게 자랑스럽게 말했다.

"내가 그렇게 고생하기는 처음이지만 끝까지 걸어갔어."

돌아온 엄마의 대답은 이랬다.

"너도 배가 아프다고 하였으면 차를 탈 수 있었을 텐데 왜 그렇게 머리가 돌아가지 않니."

위의 에피소드에서도 알 수 있듯이 교육열은 높지만 그 방향은 잘못된 경우가 적지 않다. 무엇이 옳고 그른지 따지지 않고 그저 성과만 올리려 한다. 그러다 보니 오히려 아이나 부모 모두가 괴롭다.

《부처님 말씀대로 가르치세요》의 미덕은 무엇보다 자녀나 부모 모두에게 스트레스를 주지 않는다는 점이다. 자녀 교육에 관련된 여러 문제에 대해서 부처님이나 선지식들은 어떻게 생각하고 말씀하셨는지를 쉽게 풀이한 이 책은 교육이란 무엇인지 그 근본부터 차근차근 생각해 볼 수 있는 실마리를 제공한다. 그리고 구체적인 사례를 불교적 관점에서 해설한다. 몇 가지 예를 들면 이렇다.

중생들의 능력에 따라 설법을 달리하는 부처님의 대기설법(對機說法)은 요즘말로 하면 눈높이 교육이다.

부처님의 탄생게(誕生偈)로 유명한 천상천하 유아독존(天上天下 唯我獨尊)은 인간의 존엄성, 절대성의 선언이다. 바보, 장애자, 가난한 사람, 못생긴 사람, 누구라 할 것 없이 자기 자신이 지구상에 있는 인간 중에서 가장 소중한 존재다.

이와 같은 '천상천하 유아독존'의 핵심 개념에 비추어 볼 때 현행 교과 성적 평가 방법인 절대 평가나 상대 평가는 모두 인간의 존엄성을 유린한다고 볼 수 있다. 부처님의 가르침에 합당한 평가 방식은 자기 자신의 전후간의 발전 정도, 즉 전에 비해 얼마나 향상되었는가를 비교하는 자기지향(自己指向) 평가이다. 이 평가 방법에서 경쟁상대는 타인이 아닌 자기 자신이므로 향상일로(向上一路)의 길을 걷게 된다.

이밖에도 《법화경》의 '화성보처(化城補處)' '삼거화택(三車火宅)' '장자궁자(長者窮子)'의 비유를 들어 '학습동기 유발'을 설명하고, '상구보리 하화중생(上求菩提 下化衆生)'을 교육자의 윤리로 이끌어낸다.

이 책을 읽고 실망하는 사람도 있을 것이다. 경쟁이 극심한 우리 사회의 실정에서 볼 때 지나치게 이상적이고, 자녀를 일등으로 만드는 방법도 제시하지 않기 때문이다. 그러나 자식의 진정한 행복을 위해 한번쯤 꼭 읽어야 할 책이다. 얼마 전 한 초등학생이 "학원 좀 적게 다녔으면 좋겠다."는 유서를 남기고 자살했다는 기사를 보고 마음이 아팠다. 우리 시대 잘못된 교육열을 바로잡아 주는 대안으로 이 책이 떠올랐다.

- 겨울 나뭇가지 속에 꽃과 잎의 징조가 없다고 하여 나무에 잎이 있고 꽃이 있음을 부인할 수 있겠는가? 부처님께서는 《원각경》에서 "금광을 녹임으로써 금이 생기는 것이 아니며, 일단 금이 된 후에는 금의 본성이 무너지지 않는다."라고 말씀하셨다. (p.33)

- 불교에서는 개개인의 절대적 가치의 존중을 천상천하 유아독존이라고 가르치고 있다. (중략) 바보, 장애인, 가난한 사람, 못생긴 사람, 누구라 할 것 없이 자기 자신을 지구상에 있는 58억 인간 중에서 가장 소중한 '천상천하 유아독존'의 존재라고 믿고 있다. (p.48)

- 그 사람을 싫어하는 마음이 나타난 것은 그 사람의 잘못된 행동 때문이 아니라 내가 그 사람의 잘못된 행동만 보았기 때문이다. 원인은 나에게 있지 결코 상대방에 있는 것이 아니다. (p.78)

- 만일 '나와 더불어 남이' 나의 마음속에 자리 잡게 되면 아마도 이 사회는 보다 밝은 사회로 될 것이다. 다시 말하면 오늘날 사회악의 근원은 철저하게 '나'만을 생각하고 '남'을 무시하며 억압하고 소외시키며 심지어는 남도 내가 사는 수단으로 생각하기 때문이다. (pp.151~152)

지금까지 불교와 학문의 각 분야와의 관련성에 대하여 쓴 논문이나 서적이 있으나 그 수는 극히 적다. 더구나 이들 논문이나 서적은 이론적이고 학문적이기 때문에 그 방면의 전문가가 아니면 이해하기 어렵다. 문자 그대로 우리의 일상생활을 향상시키는 데 도움을 줄 수 있도록 학문의 각 분야를 불교적 관점에서 조명한 서적은 거의 없다. 이 책《부처님 말씀대로 가르치세요》는 불교를 교육학과 접목시켜 올바른 가르침의 자세에 대해 이야기 하는 책이다.

교육은 개인마다 다른 적성과 잠재적 능력을 찾아내 최대한의 자아 실현을 이룩할 수 있도록 도와주어야 한다. 저자는 교육학을 전공했기에 교원이나 학부모에게 자녀 교육에 대해 강연할 기회가 많았다고 한다.

이 책은 저자의 강연 내용을 불교적 관점에서 바라본 것이다. 자녀 교육에 관련된 여러 문제들에 대해 부처님이 어떻게 생각하고 말씀하셨는지를 쉽게 풀이해 두었다. 불교적 내용에만 국한되지 않고 일반적인 교육학 이론 또한 잘 어우러져 있기에 불교 가정은 물론 보통 가정에서도 자녀 교육을 위한 길잡이의 역할을 하리라 생각된다.

《화엄경》에는 "세간에 집착하지 않으며, 제법을 취하지 않으며, 분별을 일으키지 않으며, 세상 일에 염착하지 않으며, 경계를 분별하지 않는다."는 말이 있다. 우리는 늘 누군가를 나누고 구분지어 평가하곤 한다. 부자는 사는 집과 드나드는 식당과 입는 옷, 장식물이 가난한 사람과 달라야 한다고 분별하며, 학식이 많은 사람들은 무식한 사람을 멸시한다. 어떤 의미에서 보면, 오늘날 사회의 제반 문제는 고정관념에 의한 분별심에서 나타난다고 볼 수 있다. 우리는 《화엄경》의 한 줄을 통해 이러한 구분 짓기, 경계 나누기에서 벗어나야만 작금의 사회 문제를 해결할 수 있다는 가르침을 얻는다.

오늘날의 우리 사회는 정의보다 불의가, 성실보다 불성실이, 정직보다 거짓이, 사랑보다 미움이, 봉사보다 이기가, 근검보다 사치가 판치는 사회로 치닫고 있다. 부처님은 이와 같은 도덕적 위기를 이미 예견하고 오계 또는 보살십선계를 생활 규범으로 제시했다.

인간의 이기심을 그대로 방치할 경우 살생이 점차 많아지며, 남의 물건을 훔치게 되고, 성이 문란해지며, 거짓말을 하고, 욕설에 익숙해지기 때문이다. 이러한 도덕적 위기에서 인간을 구하기 위해서는 '사람 됨됨'을 회복해야만 한다. '일체중생 실유불성(一切衆生 悉有佛性)'의 가르침을 철저히 믿고 실천해야 한다. 자신에게, 모든 사람들에게 불성이 잠재되어 있음을 믿어야 한다. 불성에 따라 행동하며 수행하며 불성을 찾아 정진할 때 비로소 이 사회가 도덕적인 사회, 사람됨됨이 넉넉한 사회로 나아갈 수 있을 것이다.

이 책은 위와 같이 문제 중심적 접근을 시도하고 있다. 그렇기 때문에 각 장의 꼭지 간의 논리성은 배제되었다. 따라서 처음부터 순서대로 읽는 것보다 필요에 따라 제목을 골라 읽는 것이 바람직하리라 생각된다.

41

노력이 천재를 이긴다

《미쳐야 미친다》

정민 지음

우리 시대의 국민작가 조정래는 이렇게 말한다.

"미련스런 노력 말고 무엇이 우리의 인생을 책임질 수 있고, 우리 인생에 빛을 줄 수 있겠는가. 나는 내가 타고난 재능보다는 미련스러운 노력을 믿고자 했다. 타고난 작은 재주도 치열한 노력을 바치면 커진다는 것을 믿었기 때문에."

그렇다. 한 분야에서 일가를 이룬 인물치고 노력가가 아닌 사람은

없다. 노력은 열정이다. 하고 싶어 미치고, 미쳐서 할 수밖에 없는 열
정에 빠질 때 노력이 이루어진다. 정민의《미쳐야 미친다》(不狂不及: 미치지
않으면 일을 이룰 수 없다)는 인생을 광적인 노력으로 돌파한 조선시대 지식인
의 내면을 들여다본다. 이 책에 수록된 엽기적인 노력가들의 이야기
를 읽다 보면 전율의 기쁨을 맛볼 수 있다. 김득신(金得臣)의 예를 보자.

조선 중기의 뛰어난 시인 김득신. 과거에도 급제했으니 매우 총명
한 사람? 전혀 그렇지 않다. 그는 둔재 중의 둔재였다. 머리가 너무 나
빠 열 살에야 비로소 글을 배우기 시작했고, 당시 흔하게 읽던《십구
사략(十九史略)》의 첫 단락 26자를 사흘을 배우고도 구두조차 떼지 못했
다. 스무 살이 되어서야 겨우 글 한 편을 지을 수 있었다.

이런 그가 어떻게 과거에 급제하고 당대의 뛰어난 시인이 될 수 있
었을까. 그 비결은 오직 무식한 노력이었다. 걸을 때나 앉아 있을 때는
물론이고 이야기를 주고받을 때도 옛 글을 외우지 않은 때가 없었다.
자신이 책 읽은 횟수를 기록한 〈독수기(讀數記)〉에 의하면《사기》의 〈백
이전〉은 1억 1만 3,000번(1억은 요즘 단위로 10만에 해당), 〈노자전〉 등은 2만 번,
〈중용서(中庸序)〉 등은 1만 8,000번을 읽었다.《장자》·《대학》 등도 많이
읽었으나 1만 번을 채우지 못했기 때문에 〈독수기〉에 싣지 않는다고
말하고 있다.

이렇게 병적으로 읽어댔으면 웬만한 것은 줄줄 외우지 않았을까.
그렇지 않다. 말을 타고 길을 가다가 책 읽는 소리가 들려 왔다. 분명

귀에 익은 구절인데 도무지 무슨 글인지 알 수 없었다. 보다 못해 말고삐를 끌던 하인이 〈백이전〉임을 설명해 주었다. 10만 번 이상을 읽었는데도 정작 김득신 자신은 어디에 나온 글인지 알 수 없었다. 이런 둔재가 끝까지 책 읽기를 그만두지 않아 만년에는 시인으로 이름을 떨쳤다.

실학자로 이름이 높은 이덕무는 어떠한가? 그는 끼니를 거르기 예사로 가난했다. 집이 변변치 않아 한 겨울에 동상에 걸려 열 손가락이 부어 피가 터질 지경에서도 책을 빌려달라는 편지를 보냈다. 스스로 '책만 읽는 멍청이'라는 뜻의 간서치(看書痴)라 칭한 그는 이런 혹독한 환경에서도 오로지 책만 읽었다.

누구나 웬만큼은 어려움을 참아내며 노력할 수 있다. 그러나 가시적인 성과도 나타나지 않고, 앞으로도 가망이 있어 보이지 않는 데도 끝까지 밀어붙이는 노력가는 참으로 드물다. 그는 비록 흥행에서는 실패할지라도 결코 무대를 포기하지 않는 인생이라는 연극의 당당한 주연배우다.

이 책에 수록된 또 다른 인물들, 굶어죽은 천재 천문 수학자 김영, 조선 최고의 시인으로 꼽히는 권필, 조선시대의 이단아 허균, 귀양 온 정약용을 만나 삶을 바꾼 황상 등의 이야기도 인생이란 무엇인지, 삶을 대하는 자세가 어떠해야 하는지 되돌아보게 한다.

- 절망 속에서 성실과 노력으로 자신의 세계를 우뚝 세워 올린 노력가들, 삶이 곧 예술이 되고, 예술이 그 자체로 삶이었던 예술가들, 스스로를 극한으로 몰아세워 한 시대의 앙가슴과 만나려 했던 마니아들의 삶 속에 나를 비춰보는 일은, 본받을 만한 사표(師表)도 뚜렷한 지향도 없이 스산하기 짝이 없는 이 시대를 건너가는 데 작은 위로와 힘이 될 수 있을 것이다. (pp.6~7)

- 불광불급이라 했다. 미치지 않으면 미치지 못한다는 말이다. 남이 미치지 못할 경지에 도달하려면 미치지 않고는 안 된다. 미쳐야 미친다. 미치려면(及) 미쳐라(狂). 지켜보는 이에게 광기로 비칠 만큼 정신의 뼈대를 하얗게 세우고, 미친 듯이 몰두하지 않고는 결코 남들보다 우뚝한 보람을 나타낼 수 없다. (p.13)

- 처참한 가난과 신분의 질곡 속에서도 신념을 잃지 않았던 맹목적인 자기 확신, 독서가 지적 편식이나 편집적 욕망에 머물지 않고 천하를 읽는 경륜으로 이어지던 지적 토대, 추호의 의심 없이 제 생의 전 질량을 바쳐 주인 되는 삶을 살았던 옛사람들의 내면 풍경이 나는 그립다. (p.83)

- 답답한데도 꾸준히 연마하는 사람은 그 빛이 반짝반짝하게 된다. (p.183)

1960년 충북 영동에서 태어나 한양대 국문과에서 수학한 저자는 사람의 사는 일이 근본적으로 변할 수 없다고 믿는다. 사랑하고 증오하고 기뻐하고 슬퍼하며 부대끼고 어울리는 삶의 형식은 천 년 전의 사람들이나 현대를 살아가는 우리들이나 공유하고 있는 것이다. 그래서 그는 옛사람들의 내면 풍경을 사유하고 캐내는 일에 열심이다. 《한시미학산책》, 《삶을 바꾼 만남》, 《미쳐야 미친다》 등의 저작은 옛사람들의 내면 풍경의 광맥을 찾아다니며 얻은 결과물들이라 할 수 있다.

《미쳐야 미친다》는 '미친' 사람들에 관한 이야기이다. '불광불급(不狂不及)'. 미치지 않으면 미치지 못한다는 뜻이다. 이는 자신이 궁구하는 사물에 미쳐 있지 않고서는 저 아득한 경지에 미쳐 도달할 수 없음을 의미한다. 이처럼 자신의 분야에 미쳐 있는 사람들은 18세기 이전에는 흔히 만나기 힘들었다. 왜냐하면 당시에는 유학 경전에 기반한 유교적 관념론이 팽배했던 고로 '완물상지'라 하여 사물에 얽매여 뜻을 잃어버리는 것을 경계하는 학문적 공감대가 있었기 때문이다. 그러나 18세기를 전환점으로 해서 완물상지의 이치는 '격물치지'의 패러다임으로 교체된다. 관념의 세계에서 걸어 나와 사물의 있는 바와 그 역사를 엮어내어 사물로서 말하게 하고 그 뜻에 다가서는 방식으로 사유의 시스템이 전복되었다는 것이다. 이 시대의 격랑 속에, 미쳐서 미친 사람들이 한데 얽혀 있다.

그러므로 '미쳤다'는 말은 단순히 실성한 자를 가리키는 말이 아님을 구태여 덧붙일 필요가 없을 것이다. '미친' 사람들은 그 '미침'의 대상을 갖는다. 자신이 미쳐 있는 대상에 집착하고 광적으로 연구하는 그들의 병통이 그들을 자신의 분야에서 우뚝 서게 만든 원동력이 되었음을 이 책은 보여준다.

부스럼 딱지의 맛이 복어와 비슷하다 하여 등창을 앓는 친구를 찾아다니며 딱지를 뜯어먹는 등의 엽기적인 광증부터 다락에서 식음을 전폐하고 시간도 잊은 채 그림 그리기에 미쳐있던 이징과 같은 화가, 정약용·정약전 형제, 추사 김정희에 이르기까지 다양한 광증이 소개된다. 그리고 이 광증이 전문가들의 전성시대인 현대에도 역시 자신의 주체를 세우는 일과 관련되어 있음을 잘 짚어 준다.

이 책에는 무언가에 미쳐서 격렬하게 그것을 쫓았던 사람들의 흔적이 진하게 배어 있다. 그들은 결국 대가의 경지에 도달했다고 기록되었다. 물론 그들의 삶이 우리 모두에게 닮고 싶은 삶으로 보이는 것은 아니다. 그들이 미쳤던 것은 오직 그들만을 위한 대상이었으므로 더욱 그러하다.

그렇다면 우리는 무엇을 해야 할 것인가? 미칠 대상을 찾고 그것에 미쳐야 한다. 그래야 우리도 저 옛사람들이 미쳤던 그 경지를 밟아 볼 수 있지 않을까? 그것이 전인미답의 영역일지라도 자신이 자부심을 느끼며 밟아나갈 수 있는 그 길을 찾는 데 더 치중해 보아야 할 일이다. 이 정보의 범람 시대, 미혹되지 않기 위해 나를 세우는 일 역시 이 광증을 디딤돌로 삼을 수 있을 것이다.

42

극복 못할 절망은 없다

《기적은 당신 안에 있습니다》

이승복 지음

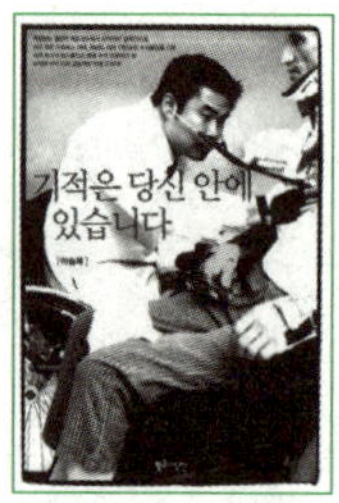

"나는 살기 위해 이곳에 올라오는데 어떤 사람들은 죽으러 올라옵니다."

우리나라 다리 중에서 가장 높은 광한대교 꼭대기에서 나사 조이는 일을 생계로 하는 사람이 푸념하듯, 안타까운 듯 하는 말이다. 몇 달 전 TV에서 이를 보면서 한참 동안 생각에 잠겼던 적이 있다.

외환위기 이후 하루가 멀다 하고 자살 기사가 끊이지 않은 적이 있었다. 흔히 사람들은 죽을 각오로 살면 되지 않느냐고 말한다. 틀린 말이 아니다. 그러나 어느 누구인들 자기 목숨 아깝지 않겠는가. 그럼에도 스스로 생을 마감할 때는 그만큼 절망이 컸기 때문일 것이다. 그 누구의 말도 위안이 되지 않고, 도무지 앞이 보이지 않기 때문일 것이다. 그러나 여기 그 자체가 희망이자 위안인 사람이 있다.

이승복, 미국 명문 다트머스 의대, 하버드 의대 인턴과정 수석졸업을 거쳐 세계 최고의 존스 홉킨스 병원 수석전공의다. 이력이 말해 주듯 그는 아주 잘 나가는 사람이다. 그러나 머리가 좋다거나, 더구나 운이 좋았기 때문이 아니다. 오히려 억세게 운이 나빴다.

미국 이민 1·5세대인 그는 아버지의 지독한 반대를 무릅쓰고 체조 선수의 길을 걷는다. 가슴에 태극 마크를 달고 올림픽에서 금메달을 따기 위해 부모가 이미 미국 국적을 취득했음에도 한국 국적을 포기하지 않고 체조에 몰두한다(지금도 그는 한국인이다).

그는 미국 명문대의 체조 특기 장학생 제의를 미리 받아 놓았을 정도로 뛰어난 실력을 인정받았다. 그러나 18세에 연습 도중 불의의 사고를 당한다. 결과는 남의 도움이 없이는 아무 것도 할 수 없는 사지 마비 척수 장애. 10여 년의 노력이 산산조각이 나고 만다.

밀려오는 좌절과 분노, 그러나 그는 주저앉지 않는다. 자신 때문에 괴로워하는 가족을 떠올린다. 그리고 생각을 바꾼다. '소변을 볼 수 있는 것만도 행운아'라고. 그는 경기가 끝났다고 여기지 않는다. 체조 올림픽 금메달은 사라졌지만 인생 올림픽이 있다고.

몇 번의 고비를 넘기며 그 힘든 재활 훈련에 몰두한다. 이제 걷지는 못하지만 휠체어는 탈 수 있다. 아무 힘도 들일 필요가 없이 버튼 하나로 작동하는 전동 휠체어 대신 사용 가능한 자신의 모든 힘을 쏟아 부어야 하는 수동 휠체어를 택한다. 몸이 편하면 마음 또한 게을러지는 법, '절대로 게을러지지 않겠다' '한순간도 삶을 헛되이 보낼 수 없다'는 각오 때문이다.

이후 피나는 노력으로 대학을 졸업하고 정상인도 어려운 의과대학을 졸업하고 의사가 된다. 기적이 일어난 것이다. 그는 말한다.

"모든 것은 스스로 어떤 삶을 선택하느냐에 달려 있다. 선택을 통해 많은 것을 바꿀 수 있다. 선택이 상황까지 바꿔주지는 않지만, 선택을 통해 삶을 대하는 자세를 바꾸면 그것으로 모든 것이 바뀌는 것이다."

"나는 나의 장애가 환자들에게 삶의 희망과 용기를 불어넣는 도구로 사용되기를 바란다."

삶의 무게에 지친 당신,《기적은 당신 안에 있습니다》라는 책을 읽어보시길. 거기에서 처절한 운명마저 사랑할 수 있는 지혜와 용기를 얻을 수 있을 것인즉.

- 우리에겐 희망이 필요했다. 그것은 내가 금메달만을 바라보며 어려운 체조 훈련을 견뎠던 것과 마찬가지였다. 의사가 되어 재활 의학 분야의 훌륭한 의사가 되는 것, 그것은 나에게 또 다른 올림픽 금메달을 향한 도전이었다. (p.175)

- 단지 좋은 성적으로 의대를 졸업하고 세계 최고의 의대에서 인턴 과정을 밟는다고 해서 올림픽이 끝난 것이 아니었다. 이제 나는 진정한 의사로 거듭나야 했다. 지금까지 누군가에게 내가 할 수 있다는 걸 보여주고 나를 증명하기 위해 의학을 공부했다면, 이제는 정말로 누군가에게 도움이 될 수 있는, 환자들이 믿고 신뢰할 수 있는 최고의 의사가 되기 위해 노력해야 했다. (p.270)

- 사지 마비라는 청천벽력은 이미 45만 명이나 되는 미국인들이 겪은 일이고, 매해 8천 명이나 되는 새로운 사람들이 겪고 있는 일이다. 그것은 누구에게든 일어날 수 있고, 나에게 일어난다 해도 전혀 이상한 일이 아니다. 그 다음은 환자의 선택에 달려 있다. 사지 마비가 되었어도 나처럼 얼마든지 원하는 삶을 추구하며 적극적으로 살 수 있고, 혹은 평생 비관하며 슬픔과 분노 속에서 살 수도 있다. 모든 것은 스스로 어떤 삶을 선택하느냐에 달려 있다. 우리는 선택을 통해 많은 것을 바꿀 수 있다. 선택이 상황까지 바꿔주지는 않지만 선택을 통해 삶을 대하는 자세를 바꾸면, 그것으로 모든 것이 바뀌는 것이다. (p.323)

이승복 씨는 1973년 가족들과 함께 처음 미국 땅을 밟았다. 당시는 매년 2만 명에 이르는 한국인이 미국 본토로 쏟아져 들어가던 가족 이민의 시대였다. 이승복 씨의 아버지는 경희대 약학대를 졸업한 후 약국을 운영하던 엘리트였지만, 늘 약국 생활을 답답해하고 있었다. 그러던 차에 이민을 가면 한국에서보다 더 잘 살 수 있다는 주위 사람들의 이야기를 듣고 이민을 결심하게 된다.

처음 자리 잡은 곳은 초기 한인 이주자들이 많이 정착했던 뉴욕 퀸스 구역의 플러싱(Flushing)으로, 소란스러운 곳이었다. 힘든 이민 생활은 그때부터 시작되었다. 여덟 살의 어린 나이였지만 그는 부모님이 조금만 덜 바쁘고 피곤하기를, 그러기 위해서는 자신이 훌륭한 사람이 되어 부모님의 고생을 덜어 드려야 한다고 생각했다.

어느 날 YMCA에서 또래 아이들이 체조하는 모습을 보고 체조로 올림픽 금메달의 꿈을 이루면 부모님을 기쁘게 해드릴 수 있을 거라는 확신이 들었다. 그렇게 시작한 체조는 1983년 고등학교 3학년으로 올림픽 예비군단의 최고 선수로 인정받는 등 그의 올림픽 금메달의 꿈은 금세 이루어질 것 같았다.

체조에 대한 지나친 열정은 그의 인생을 한순간에 바꾸어놓았다. 1983년 7월 5일, 그는 코치의 말을 어기고 혼자서 마루를 향해 뛰어올랐다 그 찰나의 순간에 꿈이 산산조각 났다. 평생 휠체어에서 일어설 수 없다는 것이었다. 올림픽 금메달의 꿈이 깨진 순간, 모든 희망은 사라졌고 오직 분노만이 남았다.

희망이 에너지이듯 그의 분노 또한 에너지였다. 재활 훈련에 그의 모든 에너지를 쏟아 부었다. 물리치료를 한 지 4개월에 이르자, 근육들을 거의 모두 쓸 수 있었다. C7-C8 환자 중에서 그처럼 재활 속도가 빠른 환자는 처음 보았다며 칭찬을 아끼지 않았다.

어느 날,《하워드 러스크 박사의 자서전》이라는 책을 읽으며 그는 고통스런 재활 훈련의 의미를 깨닫게 되었다. 대부분의 의학이 육체의 상처를 치료하는 데 초점이 맞춰져 있는 데 반해, 재활 의학은 육체의 상처뿐만 아니라 정신적 상처, 생명을 연장하고 삶의 질을 향상시키는 문제까지 두루 관여하는 학문이었다. 꿈을 잃어버렸던 그의 가슴에 '재활 의학'이라는 새로운 설렘이 찾아온 것이다.

그는 뉴욕대(NYU)를 목표로 잡았다. 장시간 책상 앞에 앉아 있을 수도 없었고 손으로 글씨조차 쓰기 힘들었지만, 체조에 쏟던 정열을 학업으로 돌렸다. 마침내 뉴욕대에 입학했다.

뉴욕대 마지막 학기에 그는 메디컬 스쿨 진학에 대해 털어놓았다. 그러나 어느 누구도 그것을 가능하다고 생각하지 않았다. 정상인들도 힘든 의학 공부가 장애인인 그에게 어려울 것은 너무도 당연한 일이기 때문이었다. 하지만 그는 굴하지 않았다. 당당히 콜럼비아 대학에 입학해 공중보건학 석사학위를 받았고, 명문 다트머스 의대를 거쳐 하버드 의대에 들어가 인턴 과정을 수석으로 졸업하는 영예를 안았다. 그리고 마침내 세계 최고의 병원인 존스 홉킨스 병원의 재활 의학 수석 전문의가 되었다. 그는 지금 또다시 척수신경과를 공부하려고 하고 있다. 인생의 금메달을 향한 그의 도전은 멈추지 않는다.

43

어린이 손에 총칼을 들려주지 말라

《타인의 고통》

수전 손택 지음 · 이재원 옮김

나는 요즘 하루에도 몇 번씩 죽는다. 개구쟁이 아들이 나를 무찔러야 할 적으로 삼고 총으로 쏘아대기 때문이다. 아들은 총을 쏘기 전에, 마치 영화감독이 배우에게 연기 지도를 하는 것처럼 어떻게 쓰러져야 하는지를 지시한다. 나는 최대한 고통스러운 모습을 하며 멋지게(?) 쓰러져야 한다. 한참을 이렇게 아들 비위를 맞춰주고 난 뒷맛은 아들이 즐거워하는 것만큼이나 씁쓸하다. 놀이 중에서도 하필이면 전쟁놀이인가? 전쟁이 무엇인가? 한마디로 사람을 죽이는 것이다. 사람 죽이는 것이 놀이가 되다니.

수전 손택의 《타인의 고통》은 사진을 주된 소재로 하여 전쟁의 본성을 살피고 있다. 손택에 따르면 현대사회는 온통 사방이 폭력과 잔혹함을 보여주는 이미지로 뒤덮여 있고, 이로 인해서 사람들은 타인의 고통, 전쟁을 일종의 스펙터클로 소비해 버린다고 한다.

아닌 게 아니라 우리는 9·11 테러와 이라크 전쟁이라는 비극적인 사태에서 이를 확인할 수 있다. 2001년 9월 11일 세계무역센터가 공격당했을 때 그 건물에서 간신히 피해 나왔던 사람들이나 근처에서 그 장면을 봤던 사람들은 공습 장면을 설명하면서 "영화 같다."고 말했다. CNN으로 생중계된 이라크 전쟁은 마치 게임 같다고들 말한다.

수십만 명이 죽어 나가는 실제의 전쟁을 안방에서 마치 한 편의 영화를 보는 것처럼 보게 된 오늘 '타인의 고통'은 "하룻밤의 진부한 유흥거리"가 된다. 그리고 사람들은 고작 타인의 고통에 대해 연민을 보낸다. 그러나 수전 손택은 연민은 우리의 무능력함뿐만 아니라 우리의 무고함(우리가 저지른 일이 아니다)까지 증명해 주는 알리바이가 되어 버리기 때문에 타인의 고통에 대해 연민을 보내는 것만으로는 부족하다고 한다. 그러면 어떻게 해야 할까.

"특권을 누리는 우리와 고통을 받는 그들이 우리와 똑같은 지도상에 존재하고 있으며 우리의 특권이 (우리가 상상하고 싶어 하지 않는 식으로, 가령 우리의 부가 타인의 궁핍을 수반하는 식으로) 그들의 고통과 연결되어 있을지도 모른다는 사실을 숙고해 보는 것, 그래서 전쟁과 악랄한 정치에 둘러싸인 채 타

인에게 연민만을 베풀기를 그만둔다는 것, 바로 이것이야말로 우리의
과제이다.”

　수전 손택은 대표적인 미국의 현실 참여 지식인이다. “미국은 대량
학살 위에 세워져 있다.”며 미국의 은폐된 역사, 베트남 전쟁의 허위를
폭로했고, 1988년에는 서울을 방문하여 한국 정부에 구속 문인의 석
방을 촉구했다. 9·11 테러 직후 지식인들마저 반이성적인 태도를 보
일 때 “다 같이 슬퍼하자, 그러나 다 같이 바보가 되지는 말자.”며 이
성을 되찾을 것을 호소했다.
　부록으로 실린 〈문학은 자유이다〉·〈현실의 전투, 공허한 은유〉·
〈다 같이 슬퍼하자, 그러나 다 같이 바보가 되지는 말자〉·〈우리가 코
소보에 와 있는 이유〉 등도 전쟁, 타인의 고통과 관련하여 꼭 읽어보
아야 할 명문이다.
　우리는 6월을 ‘호국의 달’이라고 한다. 이렇게 명명이 된 것은 아
마 6·25 한국전쟁 때문일 것이다. 그러나 냉정하게 말하면 6월은 전
쟁의 달이다. 6월 한 달만이라도 어린아이의 손에 장난감일지언정 총
칼을 들려주지 말자. 양심적 병역 거부자였던 에른스트 프리드리히의
책《전쟁에 반대하는 전쟁!》의 첫 장은 남자 어린아이가 장난감 병정
과 대포를 가지고 즐거워하는 모습이고, 마지막 장은 군사 공동묘지
라고 한다.

- 그 사진에서 우리가 보는 것은 고꾸라져 쓰러지는 바람에 카메라에서 벗어나 나뭇잎처럼 흔들리는 인물, 그의 몸체와 머리, 일종의 운동 에너지일 뿐이다. 그렇지만 고작 몇 십 센티미터, 그것도 대부분 그 반도 안 되는 거리에서 사진에 찍혔던 모든 연령대의 캄보디아 여성들과 남성들은 영원히 죽음을 응시하고 있으며, 영원히 살해 당하기 일보 직전에 처해 있고, 영원히 학대받고 있다. (p.96)

- 사진 없는 전쟁, 즉 저 뛰어난 전쟁의 미학을 갖추지 않은 전쟁은 존재하지 않는다. 카메라와 총, 그러니까 피사체를 쏘는 카메라와 인간을 쏘는 총을 동일시할 수밖에 없는 이유가 바로 이것 때문이다. 전쟁을 일으키는 행위는 곧 사진을 찍는 행위인 것이다. (p.104)

- 매우 영향력 있는 어느 분석에 따르면, 우리는 스펙터클 사회에서 살아가고 있다. 각각의 상황은 스펙터클로 변신해야만 우리에게 현실적으로(즉 흥미롭게) 다가온다는 것이다. 게다가 사람들은 스스로 이미지가 되기를, 즉 유명인사가 되기를 갈망한다. 이렇게 현실은 위신을 잃어버렸고 따라서 재현만이 남게 된다는 것이다. 대중매체를 통한 재현만이 말이다. 이것은 터무니없는 과장이다. (p.161)

수전 손택의 수식어는 다양하다. '참여하는 지성,' '대중문화의 퍼스트레이디', '동시대 미국 문단의 악녀' 등등 마치 그녀의 모습이 다양하게 존재하는 것같이 많은 수사들이 동원된다.

사실 그녀는 고발의 형식으로 현실에 참여한다. 베트남 전쟁이 한창이던 1966년 당시 유명시사지 〈파르티잔 리뷰〉를 통해 그녀는 '지금 미국에서 무슨 일이 벌어지고 있는가?'를 기고하였다. 이 글을 통해 그녀는 "미국은 대량학살 위에 세워졌다.", "백인은 역사의 암이다." 등 독설을 뱉듯 미국에서 벌어지고 있는 추악한 진실을 고발의 형식으로 추적했다.

《타인의 고통》은 수전 손택의 날카로운 현실 참여의 감각을 그대로 보여준다. 진정 타인의 고통에 개입할 능력을 상실해 가는 현실에 대한 비판을 그녀는 이 책을 통해 개진하고 있다. 그 비판의 대상은 바로 사진, 그리고 그 사진의 대상인 피사체로서의 타인의 고통, 나아가 그 고통을 응시하는 '우리'의 자세, 이렇게 세 가지이다.

수전 손택이 주장한 내용의 골자는 이러하다. 우리 사회는 폭력과 잔인함을 담은 이미지로 가득 차 있다. 우리는 이러한 범람하는 고통의 이미지 가운데 서 있다. 우리는 그것을 '소비'한다. 타인의 고통에 다가서서 그것을 공감하고 그 고통에 개입하여 실천하는 능력을 망각하고 그것을 단지 스펙터클로 소비할 뿐이라는 것이다. 사진은 타인의 고통을 전시하고 소비하도록 우리를 이끈다. 그러므로 피사체를 향해 누르는 셔터에는 조준 대상을 향해 당기는 방아쇠와 같은 크기의 폭력이 묻어 있다.

수전 손택은 타인의 고통이 우리의 유희를 위한 것이 아님을 분명히 해 둔다.

저 찢어지고 이지러진 고통 받은 육체, 죽음을 앞둔 공포의 눈동자, 총구의 총알이 관자놀이를 통과하는 그 순간, 살점이 벗겨져 갈빗대가 드러나도 끊기지 않는 질긴 육체의 명. 사진은 이 고통의 순간을 영원히 지속시킨다. 피사체는 그 속에서 영원히 죽음을 마주하고 영원히 떨어야 하며 영원히 고통 받아야 한다.

타인의 고통이 하룻밤의 진부한 유흥거리가 된다면, 사람들은 타인이 겪었던 것과 같은 고통을 직접 체험해 보지 않고서도 그 참상에 정통해지고, 진지해질 수 있는 가능성마저 비웃게 된다. 따라서 수전 손택은 이렇게 주장한다.

연민은 쉽사리 우리의 무능력함뿐만 아니라 우리의 무고함까지 증명해 주는 알리바이가 되어버리기 때문에, 타인의 고통에 연민을 보내는 것만으로는 부족하다고 말이다. 그녀는 우리에게 아무것도 할 수 없다는 무력감을 극복하고, 잔혹한 이미지를 보고 가지게 된 두려움을 극복해 우리의 무감각함을 떨쳐내길 주문하고 있다. 이를 통해 현실에 대한 충실함 속에서 실천의 실마리를 마련할 수 있을 것이다.

수전 손택의 말대로 '특권을 누리는 우리와 고통을 받는 그들이 똑같은 지도 상에 존재하고' 있다. 그렇다면 우리의 과제는 무엇일까? '우리의 특권이 (우리가 상상하고 싶어하지 않는 식으로 가령 우리의 부가 타인의 궁핍을 수반하는 식으로) 그들의 고통과 연결되어 있을지도 모른다는 사실을 숙고해 보는 것, 그래서 전쟁과 악랄한 정치에 둘러싸인 채 타인에게 연민만을 베풀기를 그만둔다는 것, 바로 이것이다.

44

깨달음 후에도 삶은 계속된다

《깨달음 이후 빨랫감》

잭 콘필드 지음 · 이균형 옮김

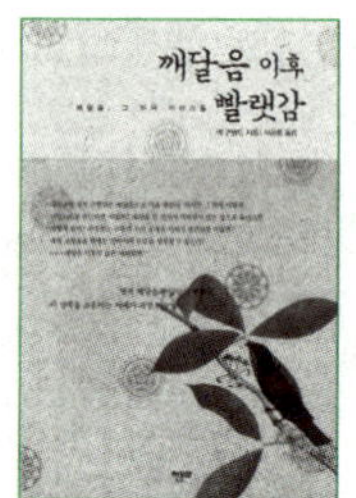

80년대 한국 불교를 뒤흔들었던 논쟁을 기억할 것이다. 불교계와 사회 각계각층의 지식인들은 물론 일반인들의 귀까지 쫑긋거리게 했던, 이른바 돈점 논쟁 이야기다. 대체로 깨달음 이후에도 수행이 필요한가, 혹은 깨달음은 수행의 완성과 동시적인가가 쟁점이었던 것으로 기억한다.

그러나 그 시시비비를 떠나서 깨달음, 혹은 깨달음 이후를 둘러싼 논쟁이 대단한 사회적 이슈로 등장했었다는 점이 중요하다. 깨달음이 단순히 수행자만의 문제가 아님을 의미하기 때문이다.

오늘 소개하는 책은 돈점의 문제를 다루지는 않는다. 오히려 승속을 막론하고 수행자 혹은 깨달음에 도달한 이가 반드시 겪어야만 하는 일상의 삶에 대한 이야기이다. 수행자도 밥을 먹고, 똥을 싸고, 빨래를 해야 하니까.

이야기의 초점은 여기에 있다. 당신이 황홀한 깨달음의 순간에 도달한 후, 세탁이 필요한 더러운 빨랫감에 마주치거나 돈 문제나 애인의 문제로 고민하게 된다면?

저자 잭 콘필드는 이 책에서 깨달음으로 나아가는 길, 깨달음의 순간, 깨달음 이후 맞닥뜨리게 되는 '황홀한 깨달음'과 '지저분한 일상'의 혼란스러운 뒤섞임, 지저분한 일상으로부터의 새로운 깨어남을 다룬다. 단계마다 불교를 비롯하여 다양한 종교인들의 예화를 인용하여 수행자들이 직면하게 될 곤란과 해법을 자상하게 일러준다.

스승의 입장이 아니라 동반자의 입장에서 하는 조언들은 마치 친구와 얘기하는 느낌을 갖게 한다. 친구와의 대화 도중에 '아하, 이것이지' 하고 떠오르는 생소하면서 꽉 차 오르는 환희와 같은 것들 말이다.

우리는 책의 곳곳에서 그런 경험들을 마주칠 수 있다. 그리고 그 경험들은 하나같이 깨달음의 완성으로 연결된다. 일상의, 깨달은 자들의 일상에서 마주치게 되는 사소하고 잡다한 경험들이 어떻게 우리의 삶을 풍요롭게 해 줄 수 있는지에 대한 하나가 아닌 다양한 답안으로 맞닥뜨리는 즐거움들이 만만치 않다.

잭 콘필드가 이야기하는 깨어남(見性)이라는 것에 전적으로 동조하지 않을 독자들 또한 적지 않을 것이다. 필자 역시 마찬가지이다. 하지만 그 깨어남의 수준에 동조하지 않는다 하더라도 수행이 조금씩 진전될 때마다 부닥치게 되는 수행자의 정신적 당혹감을 훔쳐보는 것도 재미라면 재미이다. 더욱이 그 재미의 끝자락에는 늘 자신의 삶을 되돌아보게 하는 진지함이 무의식 중에 이끌려온다. 이 책이 가지는 크지도 작지도 않은, 그렇지만 소중한 장점이다.

삶에 대한 안내서는 넘쳐나지만 수행에 대한 적절한 안내서는 흔하지 않다. 더욱이 이 책은 수행을 통해 깨달음에 대한 지식을 얻을 것을 권하지 않는다. 오늘도 그렇고 내일도 그렇고 어제도 그러했던, 일상의 삶에 직면하여 어떻게 '우리에게 주어진 그대로를' 사랑할 수 있는지 무작정 다가서 볼 것을 권한다.

진짜 사랑하는 법, 진짜 사는 법을 배우고 싶은 독자들에게 일독을 권한다.

- 수백만의 사람들이 위대한 성자로 생각하는 우리 주지스님인 아잔 차에게 내가, 스승님은 늘 완전히 깨달은 존재처럼 행동하지만은 않는다고 불평했을 때, 그는 웃으면서 그것이 좋은 일이라고 말하였다. "왜냐하면 그렇지 않으면 네가 아직도 네 밖에서 붓다를 찾을 수 있다고 생각하고 있을 테니까. 하지만 그는 여기엔 없어." (p.20)

- 대부분의 수행은 자기 몸을 뒤덮고 있었던 '용의 비닐'을 벗겨내는 데서부터 출발한다. 수행의 시작과 함께, 우리는 우리의 몸과 마음이 얼마나 갑갑하고 흉측한 껍질들로 덮여 있었는지를 자각하게 된다. 기도든 명상이든 헌신이든, 이를 통해 드러나는 첫 번째 비늘은 우리 몸에 각인된 습관적인 긴장이다. 이때 할 일은 단지 가만히 앉아서 긴장된 부위-어깨나 등, 턱이나 다리 등-의 경직 상태가 드러나기를 기다리는 것이다. 삶에서 갈등이나 어려움을 만날 때마다 우리는 습관적으로 몸을 위축시킨다. 그리하여 빌헬름 라이히가 말하는 '성격적 갑옷'이 형성되는 것이다. (p.56)

- 한 선사는 이렇게 말한다. 깨달음은 단지 시작일 뿐. 그것은 여행의 첫걸음이다. 깨달음을 자신의 새로운 정체로 알고 붙들고 있어서는 안 된다. 그러다가는 즉시 탈이 난다. 깨달음 후에는 곧 분주한 삶 속으로 돌아가서 여러 해를 살아야 한다. 그때에만 배운 것이 소화된다. 그때에만 온전한 내맡김을 배울 수 있다. (p.111)

잭 콘필드는 세계적인 불교학자이자 서양의 대표적인 명상 지도자 중 한 사람이다. 그는 《깨달음 이후 빨랫감》을 통해서 수행과 일상이 모두 중요하며 사실은 하나라는 것을 전하고자 한다. 깨달음은 실재한다. 깨어나는 것은 가능하다. 이러한 체험은 의외로 흔하며 그리 멀리 있지 않다. 그러나 우리는 한 가지 사실을 직시해야 한다. 깨달음은 지속되지 않는다. 지나가버린다. 깨달음이라는 황홀경에서 깨어나면 생활이라는 이름의 빨랫감이 기다리고 있다.

이 책은 수행과 일상을 어떻게 바라보고 조화시킬 수 있는지에 대해 명석하고 지혜로운 대답들을 간직하고 있다.

이 책의 저자는 서양에서 영성에 대한 공부를 시작하여, 동양에서 실제 수행에 입문했다. 책의 첫머리에 등장하는 개인적 체험은 절로 미소가 지어진다. 그가 승려가 되었을 때, 처음으로 배우게 된 것은 절하는 방법이다. 서양인인 그에게 절하는 것은 무척이나 어색하고 생소한 일이었다. 그러나 불교에서 '절'이란 청빈·깨달음·자비의 길을 가는 '승려됨'의 의미를 몸으로 실현하는 방법이자 겸손과 각성을 위한 훈련이다. 그는 절의 막내였기 때문에 절 안의 모든 사람들-선배-에게 절을 해야만 했다.

어떤 때는 절을 하는 것이 당연하게 여겨졌다. 참 스승이고 선배로 자신의 길잡이가 되어줄 사람들이기 때문이었다. 그러나 자신보다 어리고, 오만한 사람, 단지 자신보다 몇 주일 먼저 왔다는 이유만으로 절을 올려야 한다는 사실에 분통을 터트렸다. 저자는 고민 끝에 절을 받는 모든 사람들에게서 존경할 만한 면을 찾았다. 그 후, 그는 선배들은 물론이고 젊은 승려들에게는 그들의 활기와 삶이 지닌 무궁한 가능성에 대해 절을 올렸다. 심지어 목욕을 하기 전 우물에 절을 올리기도 했다. 이 책을 채우고 있는 것은 바로 이 '절하기'의 정신이다. 절을 배우다 보면, 우리의 마음속에는 생각보다 많은 자유와 자비심이 감추어져 있음을 발견할 수 있다고 한다.

한편 이 책은 수행의 전 과정을 꼼꼼하게 조언한다. 각 단계마다 몸과 마음에 일어나는 현상과 의미, 그에 대해 어떻게 대응해야 할지 친절하게 안내해 준다. 책의 곳곳에는 영적인 수행에 오랜 세월을 바친 서양의 스승들은 물론, 라마, 랍비, 요가 수행자에 이르기까지 다양한 사람들의 체험이 담겨 있다. 저자는 그들의 경험을 통해 영적 체험들을 어떻게 이해하고 다루어야 할지 조언한다. 수행의 과정에서 나타나는 퇴보의 경험으로 위축되어 있는 이들에게 용기를 주고, 매 순간의 삶을 긍정할 수 있는 지혜를 주고 있다.

이와 같이 깨달음에 대한 동서양의 지혜를 총 망라하고 있는 이 책을 읽노라면 지적 즐거움도 상당하다. 특히 장의 앞머리마다 등장하는 선시나 선의 경구들은 읽는 재미를 더한다.《성서》,《숫타니파타》,《역경》,《탈무드》, 이슬람 신비주의인 수피의 잠언에서 세계적인 선사 숭산 스님의 일화, 그리고《모리와 함께 한 화요일》,《내가 배워야 할 모든 것은 유치원에서 배웠다》 같은 지극히 현대적인 책들에 이르기까지, 깨달음의 과정을 바라보는 다양한 관점을 만날 수 있을 것이다.

무슨 말을 할 수 있겠습니까?

책을 만드는 동안 남편의 음성을 들으며

흐르는 눈물을 주체할 수 없었습니다.

그저 미안하고 모두에게 고마울 뿐입니다.

먼저 몸을 바꾼 남편이나 세상에 남은 저와 아들이나

세세생생 몸과 마음에 밴 부처님의 가르침과

그 가르침이 오롯이 담긴 책들 덕분에

아득한 슬픔을 희석시키고 있습니다.

안방이며 주방, 심지어 베란다까지 앉은 책들을 보면서

"아빤 우리 집을 서고로 만들고 싶어."라고 하던 아들이,

유품을 정리할 때, 책은 그대로 놔두라고 하더군요.

"아빠를 생각하면 책을 읽는 모습이 떠올라요."라고 하면서.

아빠의 손때가 묻은 책에서 아빠의 체취를 느끼며

마음속 깊은 외로움을 삭이고 있을 아들에게 큰 선물을 주신

남편의 지인들께 정말 감사드립니다.

설악무산 스님, 법인 스님, 원묵 스님,

김병무 이사장님, 이병두 종무관님…

흩어져 있는 남편의 원고를 한데 모으고

새롭게 편집해 준 석길암 박사님,

책갈피, 내용 요약에 힘써주신 이도흠 교수님,

책을 펴내주신 이규만 대표님과 임동민 편집팀장님,

책표지를 보내주신 44곳의 출판사 담당자님,

책을 멋지게 만들어주신 디자이너님,

이 책을 읽어주실 분들께 마음 깊이 감사드립니다.

이 책이 저와 아들의 삶에 큰 힘이 되듯

이 책과 인연 있는 모든 분들에게 힘이 되었으면 합니다.

사기순 손모음